강강수월래

강강수월래 1

고충녕 지음

작가의 말

 1천 년도 훨씬 넘는 오랜 역사를 거쳐 오는 동안, 한국과 일본 사이에는 뿌리깊은 불화의 역사가 있습니다.

 가장 가까운 이웃이면서도 왜 그토록 멀게만 생각되어야 하는지 참으로 안타까운 사실이 아닐 수 없습니다. 그러나 궁극적으로는 함께 서로 어깨를 맞대고 살아가야만 하는 지리적인 당위성이 그러한 사실을 그냥 넘겨 버리지 못하게 합니다.

 왜 이토록 불편한 이웃으로 존재하고 그 무엇이 두 나라 사이를 가로막고 있는지, 이젠 그만 풀어 헤쳐 버려야 할 때입니다.

 그러려면 두 나라 사이에 서로가 서로를 진실로 이해하고자 하는 올바른 사고와 실천적인 노력이 있어야 하고 또 역사의 질곡 속에 그림자로 감추어져 있는 사실들을 숨김없이 고백해야 하는 진솔한 태도가 있어야 한다고 생각합니다.

 '왜 한국이 싫은가?'라는 질문에 대다수 일본인들은 분명한 대답을 하지 못하고 있습니다.

 '왜 일본이 그토록 싫은가?'라고 한국인에게 물어도 돌아오는 대답 역시 지극히 단순하고 표피적이기 짝이 없습니다.

 정확한 이유와 원인도 모르고 그저 감정적이고 타성에 젖어 있는 대답뿐입니다. 그러나 저는 '아니 땐 굴뚝에 연기 나랴' 하는 우리의 속담처럼 거기에는 반드시 그럴 만한 이유가 있다고 늘 생각해 왔습니다.

이러한 이유를 바탕으로 나름대로 정리해 보고자 노력했습니다만 제 자신이 비할 데 없이 아둔한 처지라 좀더 호소력 있는 내용이 되지 못한 점 스스로 부끄럽게 생각하고 있습니다.

이 글에 등장하는 인물과 상황은 많은 부분, 사실에 입각한 내용을 토대로 하고자 노력했습니다.

여러 부분에 창작이 불가피한, 미래 발생적 상황과 타협하여 가급적 살아 있는 내용으로 만들고자 했습니다만, 제 스스로의 한계가 이 정도인 것에 부디 이해로써 다듬어 주시기를 바랍니다.

세계는 동북 아시아의 존재를 주목하기 시작했으며 미래의 세계를 이끌어 나갈 튼튼하고 확고한 기둥으로 인식을 크게 하고 있습니다.

그러한 세계사적 밝은 미래가 다가오고 있는 이 시점에 두 나라간의 상호 인식하는 정도가 지금처럼 원시적 관점에 머물러 있어서는 안된다는 조바심이 이 글을 쓰게 했습니다.

원한의 폭은 좁히고 이해의 폭은 넓혀서 새로운 역사를 함께 만들어 나가야 하겠습니다. 그러한 뜻 있는 사람들이 참으로 그립습니다.

1998년 8월 고충녕

강강수월래 / 차례

반한 시위, 반일 시위

*

    동경을 출발해 지바 시로 향하는 요시무라 기자의 승용차 안에서 강우는 여러 가지 복잡한 생각으로 뒤숭숭한 머리를 잠시라도 비워 두고 싶어 눈을 감았다.

    그러나 다른 한쪽의 의식 세계는 앞으로 다가올 모든 사건의 충격들로부터 견뎌 낼 수 있도록 마음의 각오를 단단히 준비하고 있어야 한다는 듯 한사코 깨어 있기를 강요하고 있었다.

    지바 역 광장에서 오전 10시부터 대규모 시민 집회가 예정되어 있다는 정보를 며칠 전에 입수하고 이를 취재하기 위해 아침 일찍 동경을 출발했다.

    지나는 길 곳곳마다 유난히 혹독했던 장마로 크게 파손된 도로를 보수하는 공사들이 바쁜 갈 길을 자꾸 더디게 만들고 있었다.

    유달리 비가 많이 내린 이번 장마는 일본에서 기상 예보가 시작된 이래, 가히 기록적인 강우량이라고 일본의 매스컴들은 매시간마다 스포츠 중계 방송이라도 하듯 보도를 했다.

보통 한 달 정도에 그치던 예년 장마와는 달리, 기간도 20여 일이나 더 오래 끌어 왔었다.

서태평양 적도 부근의 수온이 오랜 기간 높은 상태를 지속함에 따라 발생한 무려 네 개의 초특급 태풍이 일본 열도를 연달아 밀어닥치는, 미증유의 기상 이변을 불러온 것이다.

계속된 태풍의 내습에 뒤이은 강력한 해일은 큐슈 지방과 이곳 지바 연안처럼 직접 태평양에 면한 지역을 맹타, 농경지는 물론 인명 피해도 크게 늘어나고 말았다.

고베 대지진에는 미치지 않더라도 무려 300여 명도 넘는 인명 피해와 수만 명의 이재민 발생은 흉측한 수마의 자취를 더욱 참담하게 만들고 있었다.

이토록 막대한 태풍의 피해 상황에 접한 일본 정부는 모든 행정 체제를 피해 복구에 집중하기 위해 국가 재난을 선포하고 즉각 수습에 나섰으며, 거의 모든 공권력과 지원 단체가 밤낮을 가리지 않고 총동원되기에 이르렀다.

효율적이며 일사불란한 조직과 잘 훈련된 복구 요원들로 도로 곳곳에는 재해 복구에 열중하는 사람들로 넘쳐났고 그런 수고 덕분에 신간선 등 주요 철도망은 긴급 복구를 바로 눈앞에 두고 있었다.

무엇보다 다행인 것은 거미줄처럼 세밀하게 얽혀 있는 대도시의 지하 철도망이 극히 일부를 제외하고는 치명적인 피해를 입지 않아 사회 전체가 마비될 지경으로까지는 가지 않았다는 것이다.

일본 국민들 스스로가 도로와 통신 등의 불필요한 이용을 가급적 억제하는 자제력을 보여 줌으로써 처음 예상했던 복구 기간과 비용을 크게 감소시켜 주었던 것이다. 그래도 원래 상태로 완전히 정상화를 이루기까지는 총체적으로 3, 4년은 족히 걸릴 것이라 하니 그 피해 정도가 어느 만큼인지 충분히 짐작이 되었다.

이러한 자연 재해로 인한 비상 사태가 강우에게는 또 다른 의미로, 조심스럽게 지켜보게 하는 뚜렷한 동기가 되었다.

수년 전 일본의 고베 시를 비롯한 관서 지방에 대지진이 발생하여 수천 명의 사망자와 엄청난 재산 피해가 발생했을 때의 일이다. 위정자들은 불안정한 민심의 수습과 정부에게 돌아올 비난의 화살을 돌리기 위해 재일본 한국 교포들에게 화재 발생의 누명을 씌우는 듯한, 참으로 위험하기 짝이 없는 발언을 공식적인 자리에서 언급했던 것이다.

당시의 놀란 가슴은 강우로 하여금 오늘날까지 일본에서 발생한 자연 재해를 단순히 일본 국가 내부의 재난으로만 치부할 수 없도록 하고 있는 것이다.

이러한 일본의 사정을 아는지 모르는지 한국에서는 매스컴을 선봉으로 하여 매일 반일 집회가 끊이지 않았고, 날이 갈수록 드세지는 감정의 골은 더욱더 깊어만 갔다.

한국에 거주하는 일본인들에 대한 위협과 압력은 그 크기를 더해서 일본의 재일 한국인들에게로 번져 갔다. 따라서 어느 시기에 한꺼번에 터질지 모를 물막이처럼 위험 수위는 기록적인 강수

량과 크기를 같이 하려는 듯 위태로운 시간의 연속이었다.

이 모든 갈등의 원인을 꼭 집어서 바로 이것 때문이라고 단정지을 수 있을 만큼 현실은 그렇게 간단치가 않았다.

강우는 자칫하면 집회 시간에 맞추어 가기 어려울지도 모르겠다는 요시무라 기자의 걱정 어린 말에, 이럴 줄 알았으면 차라리 좀더 확실한 전철을 이용할 것을, 하고 후회도 해보았지만 기왕에 내친걸음이라 고스란히 체념할 수밖에 없었다.

인공 위성까지 활용하여 첨단의 교통 정보를 제공한다는 GPS 그래픽 안내 화면에 가득 표시되어 있는 자동차 전용 도로는 하나같이 혼잡을 나타내는 붉은색으로 물들여진 채 암담한 모습만 나타내고 있었다.

옆에서 자신의 승용차를 운전하고 있는 요시무라는 강우와 동년배 기자인데, 오래 전 한국에 파견되어 근무한 적이 있는 인연으로 오늘날까지 강우와 매우 가깝게 지내 오는 시사 통신의 베테랑이었다.

유난히 흰머리가 거의 백발과 다름없기 때문에 겉보기로는 강우보다 4, 5년 정도 나이가 더 들어 보였다. 그래서 때때로 서로 자기가 형이라고 우길 만큼 친밀한 관계를 유지해 오고 있었다. 그러나 생일은 강우가 오히려 두어 달쯤 빠른 편이었다.

초조함을 달래려는 듯 요시무라가 라디오를 켰다. 본능적으로 NHK 라디오 뉴스 프로그램 버튼이 눌려지고, 전부터 귀에 익숙한 아나운서의 빠른 음성이 일본 국회 동향과 정부의 각료 회의 결과에 대한 소식을 담담하게 전하고 있었다.

강우는 창 밖의 풍경에 눈을 돌리며 녹음이 한창 제 색깔을 터뜨리고 있는 것을 무심히 바라보고 있었다. 그러나 두 귀만은 라디오의 스피커에 고정시킨 채 현실의 사태와 연결할 수 있는 어떠한 소식이라도 무심코 흘려 버리지 않기 위해 긴장의 강도를 한껏 높여 두었다.

한국과 일본 사이의 팽팽한 긴장감 때문에 두 나라간의 긴장감은 곧바로 태평양 연안의 주변 국가들에게 즉각 예민한 반향을 불러일으켰다.

주변 국가들의 입장과 변화되어 가는 안보 상황들이 미묘하고도 서로 복잡하게 얽혀들어가 섣불리 예측하기 어려운 분위기를 만들어 가고 있었다.

과거처럼 국제 관계가 명확하게 확립되지 못했던 시기에는 한 국가가 가지고 있는 힘의 유무에 의해 행동의 정당성이 부여되기도 하고 주권을 속절없이 양보당하기도 했다. 그러나 불완전하지만 기본적으로 국가간의 외교 규칙과 상호 관계가 국제법의 테두리 아래 비슷하게라도 모양을 갖추고 있는 지금의 시대, 특히 동북 아시아처럼 경제 발전과 사회 성숙도에서 극단적으로 차이가 나지 않는 지역에서는 역시 자기 나라의 이익을 최대한으로 확보하기 위한 손익 계산이 체제와 이념이라는 명분보다 먼저 앞설 수밖에 없었다.

그러한 이기적인 필요에 의하여 이념이 전혀 다른 국가간의 이합집산도 얼마든지 가능하게 되고 말았다. 이익 우선의 개념에도 정치적 이익과 경제적 이익이라는 두 가지 각기 다른 변수가 복잡하게 엉켜 있어서 국가간의 입장에 따라 어느 쪽 개념이 현실적으로 우선하는가를 알기는 어려운 일이었다.

러시아의 경우 예전의 연방 국가들간에 끊임없이 발생하는 돌발 사태로 인하여 이러한 계산과 판단마저 보류케 함으로써 공식적인 정부의 의견이 제때에 발표되지 못하고 있으며, 중국의 경우도 어느 쪽의 계산 방식을 따를 것인지 쉽게 판단을 내리지 못한 채 사태의 진전되어 가는 모습만 조심스럽게 주시하고 있었다.

국수주의 성향이 다분히 짙은 뉴스 해설자가 과거의 실례를 들먹이며 역사적 배경까지 장황하게 들어가면서 일본의 입장을 강변해 가고 있을 즈음에서 강우는 홀깃 요시무라 기자의 표정을 살폈다. 강우의 시선을 의식했는지 그가 슬그머니 손을 뻗어 라디오를 꺼버렸기 때문에 차안은 다시 나지막하게 엔진 소리만 들렸다.

"강우 씨, 러시아의 움직임이 지나치게 소극적인 것이 어쩐지 이상하지 않아?"

어색한 분위기를 의식해서였는지 아니면 나름대로 다양한 의견이 실제로 필요해서였는지 요시무라가 엔진 소리를 누르고 강우를 돌아보며 말머리를 넘겼다.

이럴 때 강우는 정색을 하고 반겨야 할지, 대충 얼버무려 형식적으로 넘겨야 할지 너구리 같은 요시무라의 본심이 늘 부담스러웠다. 즉 농담이 진담 같고, 진담이 농담 같은 애매한 표현에 강우는 한참씩 속으로 갈팡질팡하기 일쑤였다.

"글쎄, 내가 보기에 러시아는 앞으로도 한참 동안 외부 변화에 능동적으로 대처해 나갈 여유를 갖지 못할 것 같은데……."

강우는 결국 한술 더 떠서 물안개 작전으로 슬며시 넘기기로 했다.

"그럴까? 아무리 러시아가 예전 위성 국가들간에 골치 아픈 분쟁들이 끊임없이 불거져 나온다 하더라도 거대 국가의 위상은 역시 쉽게 무시하지 못할 존재가 아닐까? 어떤 형식이든지 자신의 위신과 이익을 그대로 앉아서 양보당하진 않을 거야……."

"그렇겠지. 요시무라 씨가 보기엔 어떤 모습으로 참견할 것 같아?"

"글쎄, 누가 정확히 알 수 있겠어, 그놈들의 속셈을……."

"허허허, 누가 뭐래도 러시아는 아직 일본에겐 제일의 공적(公敵)일 수밖에 없지. 어떤 모습을 하더라도 실제 이득은 별로 없을 것이 확실해. 하지만 요시무라 씨 말대로 누가 알겠어, 그놈들의 속셈을……."

"그럴 수밖에. 북방 4개 도서의 영유권 문제가 금세 해결될 내용도 아니고……. 지금 우리 일본과 한국 사이에 벌어진 사건은 러시아에게도 결코 남의 일처럼 생각되지는 못하겠지……."

자못 의미심장한 이야기가 아닐 수 없었다.

그 말의 무거움 때문인지 한참 동안 두 사람은 침묵을 지키고 있었다.

사실은 러시아보다 중국의 태도가 일본에겐 더욱 큰 비중으로 작용하리라는 것을 모든 사람들은 인정하고 있었다.

대만의 바로 코앞에 있는 작은 섬 하나가 제2차 세계 대전 이후에 일본의 영토로 귀속되어 있는 것을 오래 전부터 손톱 아래 가시처럼 여기고 있었으나 중국 본토와 대만과의 아직 확실히 정리되지 못한 체제 문제가 미처 반환을 위한 행동을 할 수 있는 기회를 주지 못하고 있는 형편이었다.

중국 본토와 대만 사이에 관계 확립이 이루어진 뒤 혹은 그 전에라도 언제든지 소유권 문제로 비화될 소지를 내포하고 있었다.

그 문제는 바로 지금 한국과 일본식의 방식이 될지, 아니면 한국과의 분쟁 형태와는 또 다른 적절한 모색이 이루어질지 두고볼 일이지만, 현재 일본이 보이고 있는 영토에 대한 병적인 집착과 중국이 일본을 대하고 있는 냉정한 인식과 태도의 면에서 볼 때 쉬운 결론은 결코 예상할 수 없었다.

이처럼 일본은 동북 아시아 여러 주변 국가들과 영토 분쟁의 소지를 안고 있거나 현재 분쟁중이라는 사실 때문에 매사가 지극히 예민할 수밖에 없었고, 그 일거수 일투족이 주변 국가들로 하여금 신경을 바짝 곤두세워 긴장하게 만들고 있었다.

일본 역시 그러한 환경을 너무도 잘 알고 있었으므로 오늘날처럼 강력한 경제적, 군사적 배경을 필수 조건으로 갖추어야 했던 것이라고 강우는 쉽게 이해할 수 있었다.

그러한 자신들의 입장을 지키고 유지해 나가기 위해서 일본은 앞으로 어떠한 희생이라도 치를 만반의 준비가 되어 있다고 생각하면, 강우는 그만 머리 속이 아득해지기만 했다.

일본이 강해지면 강해질수록 한국과의 대치 상태에서 계속 원만한 타협과 조화를 기대하기는 어려울 것이고 어떤 방법으로 직접적인 분쟁을 피해 가며 타개해 나가야 할지 대책이 얼른 서지 않는 난처한 입장이었다.

"무슨 생각을 그렇게 골똘히 해, 강우 씨?"

요시무라의 굳은 표정이 강우의 옆얼굴을 슬쩍 스치고 지나갔다.

"아니, 아무것도……."

사실 강우와 요시무라는 서로 가깝게 지내기는 해도 진짜 속마음을 허물없이 털어놓지는 못하는, 그런 일정한 한계선을 유지해 오고 있었다.

그러나 어느 쪽이든 어렵고 난처한 경우에 처해 있을 땐 서슴없이 도움이 되어 주기도 하여 그런 면에서 서로가 고맙게 생각하고 있었다.

바로 얼마 전 한국으로부터 파견되어 동경지사로 부임중인 신참내기 후배 기자가 나리타 공항의 입국 심사에서 일본 입국 사증을 거절당하는, 전례 없는 곤경에 처하게 되어 강우에게 다급한 전화를 한 적이 있었다.

두 나라 사이의 정황에 따라 이따금씩 일반 관광객이나 출입의 목적이 불명확한 사람들의 입국을 냉정하게 거절하는 경우는 가끔 있어 왔지만, 언론계에 종사하는 공식적인 사람들은 관례상 준외교관에 속할 정도로 자유로운 출입을 서로가 보장하도록 약정이 되어 있었으며 이것은 기본 상식이었다.

그럼에도 불구하고 두 나라간의 껄끄러운 사정이 사정인지라 공항 입국 심사관의 다분히 감정 어린 횡포에 그만 입국 거절을 당하고 말았던 것이다.

공항 입국 심사관이 한국 기자의 입국을 거절한 이유는 한국에서 미리 준비한 항공권이 왕복이 아니라 편도라는 것이었다.

아는 사람이야 다 아는 내용이지만 언론사 특파원에게는 왕복 항공권을 요구할 수도 없으며, 귀국 일정과 업무 일정을 항공권의 날짜에 일일이 맞추어야 한다는 것은 어처구니없는 일이었다. 따라서 이것은 입국 심사관이 의도하는 바를 노골적으로 드러내는 소행임이 확실했다.

여러 시간을 두고 신참내기 나름대로 설득도 하고, 언쟁도 벌이며 혼자 해결을 해보려 했지만 어림도 없는 일이었다.

이미 단단히 작정을 하고 무모하게 기자의 입국을 거절한 심사관과 제아무리 실랑이를 벌이고 화를 내본들 효과가 있을 리 없었다. 그런 사정을 강우는 요시무라에게 전하여 그의 도움으로 쉽게 해결했던 것이다.

물론 요시무라가 대신 사과를 했지만 말로 표현할 수 없이 착잡한 심정은 지금까지도 가슴 아래 앙금으로 남아 있었다.

시계는 벌써 10시를 가리키고, 갈 길은 아직도 제법 남아 있었다. 전혀 예상하지 못했던 도로 복구 공사여서 강우는 낭패감 속에 아무 말 없이, 가지고 있던 도로 안내 지도와 GPS 그래픽 안내 화면을 번갈아 살펴 가며 달리 우회할 수 있는 길을 나름대로 모색해 보았다. 그러나 어느 곳도 모두 비슷한 상황이라 결국 속절없이 처분에 맡겨 버려야 했다.

우여곡절 끝에 승용차가 지바에 도착했을 때는 이미 11시가 훌쩍 넘어 있었다.

서둘러 두 사람은 걸음을 재촉하여 역의 광장으로 향했다.

그러나 막상 광장에 도착하자 두 사람 모두 깜짝 놀라지 않을 수 없었다. 집회와 시위로 한창 떠들썩해야 할 광장은 평온을 유지한 채 함성은커녕 밝은 모습의 피서객들만 오가고 있었다.

벌써 집회가 끝날 정도로 늦은 시각은 아니었고 광장 어느 구석에서도 시위 뒤끝의 흐트러진 모습은 찾아볼 수가 없이 반듯하게 정돈되어 있었다.

의아스러운 생각이 들어 근처 파출소에 들러 물어 본 결과, 행사 일정이 갑자기 내일로 연기되었다는 것이었다. 허탈감에 웃을 수도, 울 수도 없이 망연자실했다.

집회의 시기가 휴일인 데다 집회에 관한 정보가 너무 일찍 누설되어서 대외적으로 여러 가지 어려운 문제가 발생할 가능성에 대비해 중앙 정부로부터 공개적인 공휴일을 가급적 피하라는 은밀한 지시가 있었다는 것이다.

두서너 군데 관련이 있을 것 같은 단체에 전화를 걸어 확실하게 내용을 확인해 본 뒤 두 사람은 가까운 찻집으로 갔다.

"요시무라 씨, 아무래도 중앙 정부가 세심히 계획하고 관변 단체가 동원되는 정부 주도형의 시위가 확실한 것 같아."

"왜 그렇게 생각하지?"

"그렇지 않고서야 시민들 스스로의 자발적인 시위인 경우 자기들이 어렵게 준비한 시위 일정을 애매한 이유 때문에 자진해서 연기하는 무모함은 생각하기 어려운 일이거든. 다른 참가자들의 일정도 제각기 다를 것이고, 공용인 광장을 시간에 구애 없이 마음대로 사용하도록 늘 비워 둘 수도 없을 테니까……."

"글쎄, 강우 씨 추리가 맞을지도 모르겠군."

"그렇다면 이번 시위를 통해 뭔가 좀더 의미 있는 정부의 생각을 가늠해 볼 수도 있지 않을까? 이번 취재를 비중 있게 다루어 보는 것도 좋을 것 같아."

"취재 계획을 포기하고 그냥 이대로 되돌아갈 생각을 하니 아찔하군. 그런 교통 지옥 속에서 다시 차를 운전하고 싶은 생각은 조금도 없어."

서로의 일정을 논의한 결과, 이대로 취재를 포기하고 다시 되돌아가는 것도 찾아올 때 이상으로 고역을 치르기 십상이었고 어차피 일요일이기도 했으므로 내일까지 하루를 지바에서 그냥 눌러 앉아 기다려 보기로 했다. 그러나 뜻하지 않게 남겨진 하루가 반가운 것만은 아니었다.

업무의 특성상 밤낮이 분명하지 않고 공휴일조차 불분명한 상태의 연속이었기 때문에 요령껏 자투리 시간을 이용하여 휴식을 취하기 위해 이모저모로 애쓰는 처지였으므로 갑작스럽게 던져진 하루의 공백이 오히려 낯설게 느껴지는 것도 무리는 아니었다.

모처럼 찾아온 여유 시간을 어떻게 보낼 것인지 결정도 하지

못한 채 일단 숙소를 예약해 두기로 하고 광장에서 그리 멀지 않은 호텔을 물색하기 위해 거리로 나섰다

"요시무라 씨, 오늘 하루를 어떻게 보내지?"

"음! 난 잘됐어. 오래 전부터 꼭 한 번 찾아보고 싶은 친구가 마침 지바에 살고 있거든. 이번 기회에 꼭 만나 봐야겠어. 강우 씨도 일정이 없으면 나와 함께 가도 좋은데……."

"고맙지만 난 좀 쉬고 싶어. 가까운 곳에 잠시 쉴 만한 곳을 찾아서 몇 시간만이라도 조용히 보내다 오고 싶어."

"그것도 좋은 생각이야. 무엇보다 우리에게 간절히 필요한 것은 역시 휴식이야, 휴식……."

강우는 지바 역 광장에서 가급적 가까운 곳에 아담한 호텔을 예약해 두고 저녁 때 만나기로 약속한 뒤 요시무라와 헤어졌다.

오랜 친구를 만나 보기로 마음먹은 요시무라가 차라리 다행이라고 생각하고 행선지를 결정하지 않은 채 강우는 무작정 지바 역으로 걸음을 옮겼다.

강우는 기왕에 지바까지 온 바에야 끝없이 펼쳐져 있는 태평양을 바라보며 호연지기를 느끼고 싶은 생각이 불쑥 들었다.

'그래, 답답한 시가지보다는 확 트인 곳이 역시 좋겠지…….'

가급적 사람들에게 많이 알려지지 않은 한가한 지역을 찾고 싶어서 강우는 가지고 있던 지도를 펼쳐 보았다.

휴일인 데다 무더운 날씨 탓에 피서객들이 대합실을 가득 메우고 있었다. 강우는 사람들의 얼굴 표정을 어떤 긴장감 없이 바라볼 수 있는 여유도 참으로 오랜만의 일이라고 생각했다.

아무런 간섭 없이 황금 같은 자유시간을 특별한 목적을 정하지 않고 거칠 것 없는 방랑자가 되어 이국의 낯선 장소를 거닐어 보는 것, 그것은 강우에게 어느 무엇과도 바꿀 수 없이 소중한 자기 정화의 기회가 아닐 수 없었다.

태평양 연안을 따라 나란히 그어진 철도망을 지도 위에서 확인한 뒤, 두세 군데 조그맣게 표시된 간이역일 성싶은 곳에서 그때그때 상황을 봐서 내리기로 했다.

어렵사리 사람들 틈에 끼여 넉넉하게 종점까지의 전철표를 구하고 전동차에 올랐다. 여차하면 즉시 뛰어내리기 쉽도록 출입문 가까이 자리를 잡고 서 있자 비로소 골치 아픈 현실로부터 벗어난다는 해방감이 짜릿한 전율이 되어 온몸을 타고 흘러 내렸다.

어디서나 똑같이 생긴 전동차의 모습임에도 동경에서 자주 이용하는 것과는 또 다른, 마치 처음 대하는 듯한 색다른 느낌이 들었다.

규칙적으로 흔들리는 전동차의 흔들림에 몸을 내맡긴 채 앞으로 전개되어질 정경들을 생각해 보려고 잠시 눈을 감았다. 그러나 막상 떠오르는 것은 고국의 동해안, 구룡포 근처 조그만 포구의 해안가 풍경이었다.

눈부실 정도로 새하얀 포말이 바위 사이사이에서 산산이 부서지고 조개껍질, 소라껍질로만 이루어진 하얀 백사장이 가득히 펼쳐진 곳, 고기 비린내 가득한 그물 뭉치들이 지천으로 널려 있는 그런 곳……

20여 년이 지난 오래된 기억임에도 불구하고 놀랄 만큼 선명하게 다가오는 풍경들이, 마치 가까운 날들의 일만 같아 더할 수 없이 반가웠다.

한참을 달리던 전동차가 강우가 마음속으로 미리 점찍어 두고 있던 이치노미야라는 조그만 간이역에 서서히 진입하고 있었다. 사람들이 별로 내릴 기미를 보이지 않는 것이, 이름 있는 해수욕장이나 휴양지로 널리 알려진 복잡한 곳은 아니라는 안도감이 들었다. 그는 전동차가 다시 출발하기 직전에 성큼 뛰어 내렸다.

함께 내리는 몇몇 사람들의 모습으로 미루어, 이곳에 사는 사람들이 확실했으므로 모처럼의 귀한 여행이 피서 인파의 떠들썩한 북새통 속에서 구겨져 버리지 않을 것 같아 무엇보다 다행이었다.

조그마한 역과 전형적인 시골의 정경이 포근했지만 막상 역무원에게 물어 본 바닷가는 제법 먼 거리에 있었다.

다른 역들은 바닷가까지의 거리가 가깝기 때문에 방문객들의 이용이 원활할 것 같았으나 이 역은 미리 살펴 본 지도에서도 그러했듯이 내린 장소에서 다시 한 번 교통편을 이용해야만 바닷가에 도달할 수가 있으므로 해수욕장이든 휴양지든 개발하기에 어려운 점이 있을 법도 했다.

다행히 역 광장에는 몇 대의 택시가 손님을 기다리며 줄지어 대기하고 있었다.

무조건 해변가로만 데려다 달라는 엉뚱한 강우의 주문에 늙수그레한 운전사가 힐끗 룸미러로 넘겨다보고는 익숙하게 한적한 도로를 내달렸다.

얼마를 달렸는지 열린 차창으로 싱그러운 갯내음이 먼저 전해 지면서 광활한 태평양을 감싸고 맞닿아 있는 모래톱 언저리에 도 착했다.

이제까지 혼자 상상해 왔던 것과는 달리 유난히 검은색을 띠는 모래밭이 장대한 위세로 다가오는 태평양을 한아름에 품어 주기 라도 할 듯, 활 모양으로 둥글게 휘어져 있었고 그 모습이 제법 멀리까지 눈에 들어왔다. 이처럼 굴곡 없이 안으로 평탄하게 굽 어 있는 해안선이 무려 1백여 리 남짓이나 된다고 해서 해안선의 이름도 99리 해안이라 했다 한다.

거리낌 없이 활짝 열려 있는 태평양을 저 멀리로부터 바닷바람 이 시원스럽게 불어왔다.

화산암 부스러기가 고운 흑사장을 이루고 있는 해변에서, 낚시 를 즐기고 있는 현지인인 듯한 사람들을 제외하면 순수 외지의 피서객들은 거의 눈에 띄지 않았다. 예상 외로 한산한 정경이 오 히려 의아스러울 정도였다.

강우는 금세라도 터져 나갈 것 같은 희열에 온몸을 고스란히 내맡겼다. 그리고 흉측하게 오염되어 세포 깊숙이 자리잡고 있는 현실의 안타까운 잔재들을 한 점도 남김이 없이 토해 내고, 세척 해 버리고 싶어 가슴속 깊숙한 곳까지 비릿한 갯바람을 들이마시 고 또 들이마셨다.

오랜 시간 동안 바람에 떠밀려 대양을 건너온 파도가 제 머리 를 하얗게 부수뜨리며 검디검은 모래밭 위로 그간의 숨찬 여정에 지친 자신을 그만 쉬게 하려는 듯 '우르릉— 쏴아' 하는 한숨 소리를 남기며 무거운 몸을 뉘었다.

아무런 거칠 것이 없는 대양의 저편 끝머리에 어떤 반가운 희망이 가득 준비되어 있을 것이라고 생각하면서 문득 이 순간 끊임없이 바쁘게 흘러가던 세계사의 한 페이지가 잠시 정지했을지도 모른다는 착각에 젖어들었다.

갑자기 가만히 서 있기도 힘이 들 정도로 온몸에서 힘이 단숨에 빠져나가 버리는 것 같은 허탈감이 엄습해 왔다. 강우는 가까운 풀밭 위로 무너지듯 털썩 주저앉았다.

가슴속 밑바닥으로부터 꽉 채운 뜨거운 불덩어리 하나가 아무런 이유도 없이 목젖을 타고 치밀어 오르는 것을 느꼈다. 그것은 울분이나 슬픔이나 그리움일 수도 있고, 이 모든 것들을 한데 뒤섞어 놓은 응어리일 수도 있는, 강우 자신도 미처 정확히 알 수 없는 어떤 것이었다.

그것이 무엇이든 이제까지의 모든 응어리는 하나같이 눈으로 들어와 머리를 거쳐 가슴 밑바닥으로 쌓이는 정해진 순서를 따르고 있었지만, 지금 이 순간만은 그와 반대로 가슴으로부터 시작하여 머리를 돌아 눈으로 이야기를 하려 하고 있었다. 단순한 이야기라기보다는 차라리 배설이고 토설이었다.

오랫동안 억제되고 감추어져 있던 은밀한 내면의 세계가 와글거리는 몸짓으로 한꺼번에 토출되는 듯한 충격에 심장의 고동이 격하게 뛰는 것을 느끼며 이 순간, 자신의 감정을 제어하는 것이 결코 자신의 의지는 아니라고 생각했다.

사고는 의지대로 흐르지 않았고, 감정은 한계를 넘어서 마음껏 공간 속을 제멋대로 휘젓고 다녔다. 그동안 억제되고 참았던 자아의 응축된 스프링이 한 순간에 탄력을 발휘하는 것 같았다.

귀에선 하늘빛을 닮은 거대한 소리가 가득 울려 퍼지고 있었고, 이따금씩 심장의 격하고 불규칙한 고동 소리가 자신이 아직 살아서 존재하고 있다는 것을 알리고 싶어했다.

억제할 수 없이 격하게 휘몰아치는 감정의 폭풍 속에 파묻힌 채 큰 산짐승의 으르렁거림 같은 신음 소리만 간간이 토해 냈다. 강우는 하늘과 땅 사이에서 무책임하게 내맡겨진 육신을 휘감는 격정의 파도가 스스로 잦아들어 주기를 기다릴 수밖에 없다고 생각했다.

마음껏 고함이라도 지르고 싶었지만, 그것조차도 자신의 의지대로 되지 않았다.

얼마를 그렇게 흔들렸는지 모른다. 격한 감정의 회오리에 스스로 기진맥진하여 지쳐 버렸을 때, 강우는 자신의 영혼 깊은 곳으로부터 꽹과리 소리가 흘러나오는 것을 느꼈다.

그것은 천천히 그리고 빠르게, 작았다가 커지고 돌면서 휘감겨드는 익숙한 산조의 리듬으로 들려 왔다. 하나인가 했는데 둘이 되고 또다시 하나가 되어 이제는 금방이라도 손에 잡힐 듯, 바로 곁에서 신명나는 음률이 되고 율동이 되어 넘실넘실 차고 넘쳤다.

파열하듯 한참 동안이나 고막을 멋대로 헤집어 놓고는 이젠 그만 됐다는 듯이 서서히 제 크기를 줄여 가며 다른 소리들과 함께 멀어져 갔다.

그렇게 사라져 간 뒤에도 오랫동안 길게 여운이 남아 마치 파란 창공에 반사되어 메아리로 되돌아 나오는 듯했다.

차츰 심장이 제 박자를 찾아가고 바람 소리와 파도 소리도 조금씩 구별되어 갔다. 강우는 모래톱 언저리 풀밭 한쪽에 구두와 양말을 벗어 놓고 한여름의 열기에 뜨겁게 달아 오른 모래밭을 빠르게 걸었다. 그리고 파도가 밀려왔다 밀려가는 경계를 따라 어슬렁거리다가 넓고 아득한 대양과 하늘을 가르는 수평선을 향해 한참 동안 석고상처럼 서 있었다.

그 뒤로도 한참 시간이 더 흘러 해 그림자가 제법 길다고 느껴질 때쯤 근처 마을 꼬맹이들의 재잘거리는 소리가 들려 왔고, 덕분에 퍼뜩 제정신으로 돌아온 강우는 이젠 돌아가야 한다고 생각했다.

'그래, 돌아가야 한다. 굳이 시대적 사명이라는 어려운 핑계를 대지 않더라도, 누군가가 어서 오라고 환영하지 않더라도, 지명 수배자가 자수를 하는 기분으로라도 현실로 되돌아가야 할 시간이다.'

발에 붙어 있는 마른 모래를 툭툭 털어 내며 강우는 자신에게 타이르듯이 중얼거렸다.

도착했을 때와 비교하여 가슴속에 쌓여 있던 체증은 표시가 나게 줄어든 듯했고 가슴 한가운데 넓게 비워져 있는 공간이 커다란 소득으로 채워진 것 같았다.

강우는 왔던 길을 되돌아 걷기 시작했다. 그러나 무심히 옮기던 발걸음이 왠지 무겁게만 느껴져 슬며시 걸음을 멈추고 뒤를 돌아다보았다. 그러자 문득 잃어버리고 미처 회수하지 못한 자신의 내면의 한 부분이 그냥 거기 남아 있는 것만 같았다.

'두어라, 그냥 두어. 몽땅 끌어안고 책임도 지지 못할 바에야 그쯤 내버려두고 가는 것도 분수를 지키는 일이 아니겠는가. 아쉬움도 있겠지만 책임 또한 그만큼 가벼워질 테니까……'

혼자 지껄인 소리였지만 그 순간 자신도 놀랄 만큼 한결 기분이 가벼워지는 것을 느낄 수 있었다.

상당히 먼 이치노미야 역까지의 거리를 뉘엿뉘엿 떨어져 가는 석양을 앞세우고 천천히 걸었다.

급작스러운 긴장 이완으로 몸과 마음이 함께 지쳐 있어서 바쁘게 걸음을 옮길 수도 없었다. 너무 한적한 곳이라 오가는 자동차도 전혀 볼 수가 없었다.

바다를 보고 싶은 마음이 앞서, 올 때 미리 되돌아갈 택시를 예약해 두어야 한다는 것을 잊고 있었던 것이다.

사방을 둘러보니 고즈넉한 들이 한가롭게 이어져 있고, 강우는 제 그림자만 길게 이끌고 혼자 걸어갔다. 그 모습을 하루의 일과를 차분히 정리하며 집으로 돌아갈 채비를 하던 농부 몇 사람이 가끔씩 허리를 펴고 쳐다보았다.

돌아오는 전동차 안에서 강우는 근래에 보기 드물게 잠이 들었다.

지바 역 근처에서 간단히 늦은 저녁 식사를 하고 호텔에 들었을 땐 이미 9시가 넘은 시각이었고, 요시무라는 좀 늦을 거라는 전화 메시지만 프런트에 남겨 놓은 채 아직 돌아오지 않고 있었다.

욕실에 들어가 샤워기 아래에 섰을 때까지도 99리 해안의 충격과 여운이 채 가시지 않고 온몸 구석구석에 흥건히 남아 있었다.

해풍에 젖은 소금기를 물로 씻어 내리고 하루의 여정을 취재용 녹음기에 기록하고 있을 때 요시무라가 돌아왔다. 그는 모처럼 그리워하던 친구를 만나 정겨운 이야기라도 흠뻑 나눈 듯, 밝고 생기 있는 모습이었다.

"강우 씨, 여행은 재미있었어?"

"아무렴. 요시무라 씨가 있었다면 오히려 방해가 됐을걸? 그런데 나보다 요시무라 씨가 더 즐거웠던 것처럼 보이는데……?"

가벼운 목소리에 밝은 표정이었으나 의례적인 인사려니 생각하고 강우는 가볍게 대답했다.

"응, 둘 다 좋은 시간을 보낸 것 같군. 비록 자투리 시간이긴 했지만 좋은 친구를 오랜만에 만났더니 어찌나 그리 할 말이 많은지……. 내일 일정만 아니라면 마음 푹 놓고 밤을 새우기라도 하고 싶었는데……."

"그렇겠지. 하지만 그 정도의 아쉬움은 슬쩍 남겨 두고 일어서는 것도 서로에게 좋을 거야."

강우는 하루의 여정을 구태여 말로 설명하고 싶지 않았다. 아니 그런 벅찬 감동을 말로써 표현할 재주가 없었다. 처음 출발할 때는 조금만 덜어 내고자 했는데 뜻하지 않게 너무 많이 덜어 내버린 것 같았다.

그처럼 팽창해 있던 긴장이 한꺼번에 풀어지리라고는 전혀 기대하지 않았고, 막상 자신도 제어할 수 없이 감정의 폭풍이 노도처럼 휘몰아칠 때는 덜컥 불안해지기도 했었다.

어차피 자기 의지로는 조절이 되지 않는 상황이긴 했지만, 한 껏 팽창해 있던 긴장이 지나치게 풀어져 마음속의 공황이 커져 버린다면 그 또한 쉽게 소화시키기도 어려울 것이었다. 현실에 다시 적응하기도 적지 않은 수고가 필요할 것이기 때문이었다.

두 사람 모두 방법은 달라도 자기 정화의 귀한 시간을 보냈다 고 생각하면서 그동안의 긴장이 넉넉히 풀어진 덕분에 이내 깊은 잠 속으로 빠져들 수 있었다.

동쪽 하늘이 훤하게 밝아 오고 반쯤 열린 커튼 사이로 이제 막 떠오르는 태양이 방안으로 쏟아져 들어올 때 강우가 먼저 잠에서 깨었다.

아침 채비를 하면서 강우는 다시 팽팽한 긴장이 온몸 가득 채 워지는 것을 느끼며 비로소 어제의 환영들이 말끔히 사라지고 투 명한 현실이 눈앞에 보이는 것 같았다.

두 사람은 호텔의 커피숍에서 샌드위치 정도로 간단히 아침 식 사를 마치고 가까운 집회 장소로 향했다.

집회의 준비는 하루 전에 거의 마무리가 되어 있었고, 아직 이 른 시간이어서인지 몇몇 관계자들 외에는 그리 부산한 움직임을 보이지 않고 있었다.

강우는 요시무라와 취재 계획을 상의하면서 사정상 내놓고 표 면으로 나서지 못하는 자신의 입장을 생각해서 인터뷰에 필요한 내용을 부탁했다.

요시무라가 행사를 준비하고 집행하는 사람들과 조심스럽게
인터뷰를 진행시켜 나가는 모습을 지켜본 강우는 오늘 집회를 주
관하는 주최자가 순수한 민간 단체뿐만이 아닌, 치밀한 계획에
입각한 정부 기관의 협조와 사주가 있었다는 것을 은밀히 확인할
수 있었다.

독도는 일본 땅(?)

*

집회는 매우 격렬했다.

그것은 단순히 집회라고 간단히 표현할 수만은 없었다. 일본의 자주적 입장을 옹호하는 단순한 차원을 넘어서 극단적이고 과격한 용어를 사용해 가며 한국을 성토하는가 하면, 종국에는 국가의 대표적 상징인 태극기마저 불태우는 형국에까지 이르렀다.

'조선인은 모두 즉시 조선으로 돌아가라. 같은 하늘 아래에서 함께 살 수 없다!'

'우리 영토인 다케시마(독도)를 당당하게 수호하지 못하는 무능한 정부는 물러가라!'

'모든 각오는 되어 있다. 행동만이 우리의 유일한 갈 길이다!'

'국토 수호를 위해 피 흘린 조상의 유지를 받들자!'

이런 섬뜩한 구호들이 거침없이 난무하고, '옛 대일본 제국의 이상과 유지를 높이 받들자'는 등의 충격적이고 원색적인 구호와 함성들이 진동했다.

한국에서 벌어지는 일본을 향한 시위의 양상보다 더욱 격심하게 벌어지는 광경 아래에서 강우의 얼굴은 파랗게 질려 버리고 말았다.

치마 저고리와 한복을 입은 허수아비가 등장하고 불길에 휩싸여 공중에 높이 매달린 채 시위대들의 박수와 환호 속에 검은 재로 변해 가는 순서에서는 차마 똑바로 바라보지 못하고 머리를 옆으로 돌려야 했다.

그토록 냉정했던 일본의 자제력은 도대체 어디로 갔단 말인가. 일본의 지성은 어찌 이다지도 갑자기 무기력해지고 말았는가.

눈에 보이는 엄연한 실상을 강우는 결코 믿고 싶지 않았다.

일상에서 늘 보아 온 일본인들의 순박한 눈빛과 지금 시위에 잔뜩 흥분해 있는 사람들의 거친 함성이 하나로 겹쳐지자 걷잡을 수 없는 혼란스러움으로 금세 현기증을 일으킬 것만 같았다.

더욱 교묘한 것은 패전 후에 맺은 미국과의 방위 협정을 슬그머니 시위 중간에 삽입하여 완전 폐지를 요구하는 계산된 제스처까지 잘 짜여진 각본대로 진행시킴으로써 오랜 기간 동안 준비해 온 국력에 대한 감추어 왔던 자신감을 드러냈다. 동시에 외교적 반발을 우려해 여분의 대비책을 세워 놓는 것도 잊지 않았다.

강우는 전율하지 않을 수 없었다.

이러한 과격 이상의 폭력 시위가 일본 전국으로 확산되어 가고 민중으로부터 자연스럽고 막을 수 없는 필연적인 욕구라는 확실한 명분의 축적이 이루어질 경우, 일본 정부는 다음 단계로 무엇을 염두에 두고 있을 것이며 그에 대한 한국의 대응은 어떠할 것인가에까지 생각이 미치자 머리 속이 그만 몽롱해져 왔다.

이제까지 수많은 시위 현장을 찾아다니며 취재를 해왔지만 이처럼 집회의 수준을 한참 넘어서 폭동에 가까운 시위까지 벌어지는 극심한 사태는 처음이었다.

이것은 이제까지의 상황과는 차원이 명백하게 달라진다는 분명한 신호탄이었고, 책임질 수 없는 돌발 상황에 대한 일본 정부의 입장과 앞으로 벌어질 행동에 대한 변명의 근거를 미리 마련해 두려는 극우주의자들의 교묘한 술책이 분명했다.

강우는 가지고 있던 디지털 카메라로 한참 맹렬하게 불타고 있는 조선인 허수아비의 참담한 모습을 향해 셔터를 눌러 댔다. 그리고 그 옆에서 자랑스럽게 불이 붙은 장대를 들고 서 있는 사람들의 고함으로 일그러진 표정을 또 몇 장 촬영했다. 그런 강우의 모습을 몇 걸음 옆에서 가만히 지켜보던 젊은 남자 한 사람이 강우 옆으로 인파를 헤치며 다가왔다.

요시무라와 강우는 시위 모습에 정신이 팔려 미처 주변에 신경을 쓰지 못하고 있었으나 주변 사람들과는 좀 다른 두 사람의 태도와 모습을 아까부터 지켜보던 사람이 있었던 것이다.

두 사람 앞에 버티고 선 젊은 사나이는 먼저 요시무라 기자에게 크고 완강한 목소리로 시비를 걸 듯 말을 붙여 왔다.

"당신들 대체 무엇 하는 사람들이오? 어디 신분증 좀 봅시다."

두 사람은 퍼뜩 정신을 차리고 사나이의 말을 미처 알아듣지 못한 듯 서로 얼굴만 쳐다보고 있었다.

강우는 본능적으로 심상치 않은 느낌을 받았다. 이내 상황을 눈치 챈 요시무라가 강우의 팔을 이끌고 자리를 피하고자 움직였다. 요시무라의 의도가 오히려 사나이의 고조되어 있는 기분을 더욱 자극했는지 못 이기는 척 따라서 움직이려는 강우의 오른팔을 거머쥐고 더욱 큰소리로 시비를 걸어 왔다.

"이 사람들 정말 수상하구만. 어딜 도망가는 거야 어딜……."

이미 조용히 물러나기는 어려울 것 같았다. 전혀 예상하지 못한 난감한 상황이 아닐 수 없었다.

지나치게 고조되어 있는 주위 분위기로 봐서 함께 맞장구를 쳐 봐야 나아질 게 없을 것이 분명했다.

"지금 우리에게 시비를 거는 겁니까, 뭡니까?"

요시무라가 쉽게 피할 상황이 아닌 것을 눈치 채고 당당하게 말을 받았다.

"우리는 동경의 신문사 기자예요, 기자."

"그렇다면 왜 피하려는 겁니까? 신분증을 꼭 확인해야겠으니 어디 좀 봅시다."

주위에 모여 있던 사람들이 갑자기 시끄러워진 곳으로 주목을 하기 시작했으며 하나같이 의구심 가득한, 험악한 표정들이 되어 있었다.

"무슨 자격으로 그런 요구를 하는 겁니까?"

요시무라가 냉정하게 그러나 다소 작은 목소리로 말했다.

"요구할 만하니까 요구하는 거요."

사나이가 당당하게 버티고 나왔다. 오래 끌 상황이 결코 아닌 것 같았다.

"좋소. 뭐 어렵겠습니까. 보여 드리지요."

요시무라가 여유를 부리며 주머니에서 자신의 기자 신분증을 펼쳐서 사나이의 눈앞에 들이밀었다. 사나이뿐만이 아니라 주변에 있던 여러 사람들이 우르르 고개를 모으고 요시무라가 내민 기자 신분증을 들여다보았다.

요시무라는 고개를 내민 사람들을 향하여 죽 훑듯이 신분증을 돌려 가며 보여 주었다.

"잘들 봤습니까? 봤으면 어서 하던 일이나 계속 하십시오."

요시무라는 별것도 아니라는 듯이 천천히 신분증을 다시 주머니에 집어넣었다.

많은 사람들은 고개를 끄덕이며 다시 시위 연단을 향하여 자세를 바꾸었다. 강우는 내심 그것으로 난처한 상황이 끝나길 기대했으나 결코 그렇지가 않았다.

머쓱해진 처음의 사나이는 당황해서 벌겋게 붉어진 얼굴로 이번엔 강우를 향하여 같은 목소리로 소리를 질렀다.

"당신 것도 보여 주시오."

"그만 좀 하시오. 이 사람도 우리의 동료란 말입니다."

요시무라가 얼굴을 살짝 찌푸리며 사나이에게만 들릴 정도의 크지 않은 목소리로 힐난하듯이 말을 던졌다.

"사실이라면 내 사과할 터이니 어서 좀 봅시다."

의외로 완강했다. 쉽사리 물러설 것 같지가 않았다. 기왕에 내친걸음이고, 이미 당한 창피라고 생각해서였는지 사나이는 망설임 없이 더욱 세차게 밀고 나왔다.

"이 사람이 정말 왜 이래? 우리 동료라니까……."

"그러니 좀 보자구요."

다시 목소리가 커지고 실랑이가 계속 이어지자 주의를 돌렸던 주변의 사람들이 강우의 얼굴로 일제히 눈길을 다시 돌렸다. 무언의 눈길들이 강우를 압박하기 시작했다.

주위의 눈길에 용기를 얻은 사나이는 더욱 목소리를 높여서 아무 말도 못하고 서 있는 강우의 오른손을 힘주어 잡았다.

"이런 실례가 어디 있소? 무례하지 않소?"

강우는 붙잡혀 있는 오른손을 빼내려고 몸을 뒤로 돌리며 팔을 젖혔으나 사나이의 완강한 손은 어림도 없었다.

강우는 사나이의 흥분으로 붉어진 눈을 똑바로 쳐다보며 왼팔로 오른손에 들고 있는 디지털 사진기의 아래 버튼을 누르고 재빠르게 기록용 메모리 칩을 빼내어 아무도 모르게 호주머니에 감추었다.

누구도 눈치채지 못할 정도의 기민한 동작이었다.

"어서 보여 주면 되잖소?"

이번엔 곁에 있던 중년의 사나이가 보기에 답답한 듯 강우에게 재촉을 했다. 안전은 이미 보장될 수 없게 되고 말았다.

앞의 사나이 혼자라면 어떻게든 모면할 수 있을 것 같았으나 곁에서 다른 사람이 갑자기 호응을 하고 나오자 이제는 개인 대

개인의 간단한 상황이 아닌 것이 되어 버렸다.

"좋습니다. 보여 드리지요. 우선 팔부터 놓으시오."

외길이었다. 피해 갈 방법이 없었다. 옆에 서 있는 요시무라도 난감한 표정으로 어쩔 줄 모르고 서 있었다.

그제야 사나이는 힘주어 쥐고 있던 팔을 슬며시 놓았다. 강우는 순간, 여러 가지 생각이 머리를 스치고 지나갔다. 강우의 주머니에는 한국 특파원의 신분이 확실한 허가증 외에 달리 내놓을 것이 하나도 없었다.

"뭘 망설이고 있어요? 어서 빨리 좀 봅시다."

젊은 사나이는 강우의 느린 행동에 강한 불만을 표시하며 생각할 여유도 없이 재촉을 해댔다.

별 수 없이 강우는 천천히 바지 뒷주머니에서 신분증이 들어 있는 기자 수첩을 꺼내어 기자 수첩이란 글씨만 드러나도록 겉표면을 머리 위로 높이 치켜올렸다.

주변에 잔뜩 모여서 소란에 주목하고 있던 많은 사람들의 이목이 동시에 강우가 들고 있는 기자 수첩으로 향했다.

"잘 보셨죠? 이젠 됐습니까?"

강우는 계속해서 손을 내리지 않은 채 들고 있으면서 주변 사람들의 동정을 살폈다.

몇몇 사람들은 그러면 그렇지 하는 표정이었으나 그것도 잠깐, 젊은 사나이의 음성은 강우의 기대를 여지없이 무너뜨리고 말았다.

"누가 그 따위 기자 수첩 말이오? 확실한 당신의 신분증 말이

오, 신분증!"

어차피 사나이는 처음부터 강우가 목표였다. 그는 이번의 폭동에 가까운 집회를 주도하고 집행하는 진행 요원의 한 사람인 것이 확실한 만큼 치밀하고 끈질겼다.

"이제 좀 그만둘 수 없소? 경찰을 부를 것이오, 자꾸 더 괴롭히면……."

요시무라가 이대로는 도저히 안되겠던지 과감하게 거들고 나섰다.

"선생은 가만히 계시오. 난 이 사람의 신분을 꼭 확인해야만 하겠소."

사나이가 요시무라의 성난 위협에도 아랑곳하지 않고 목소리를 줄이지 않았다.

"도대체 당신이 뭔데 신분증 제시를 요구하는 거요? 당신 것도 좀 봅시다."

요시무라의 언성이 기어코 높아졌다.

"마음대로 해보시오, 마음대로……."

사나이는 요시무라의 높은 언성에도 슬며시 코방귀로 대꾸하면서 비웃음마저 얼굴에 띄우며 한번 힐끗 요시무라의 얼굴을 지나치고 이내 강우의 얼굴을 빤히 쳐다보았다.

강우는 얼른 주변을 둘러보았다.

이미 수십 명의 얼굴이 강우의 다음 행동을 기다리며 눈길을 강우와 사나이에게 번갈아 가며 던지고 있었다.

재빠르게 둘러본 저만치에 경찰인 듯한 제복이 언뜻 보이기도 했으나 사람들에 가려서 확인할 수가 없었다.

요시무라가 도저히 안되겠다는 듯 강우의 왼팔을 붙잡고 완강하게 이끌며 사람들 사이를 헤치고 나가려 했다. 젊은 사나이는 요시무라의 그런 행위를 그냥 놔두지 않고 힘있게 그의 몸을 밀쳤다.

요시무라는 휘청 몸을 가누지 못한 채 넘어질 듯 가까이 있는 사람들의 몸에 기대고 말았다. 험악해질 대로 험악해진 사나이의 표정이 요시무라를 붙잡으려 다가서며 두 팔을 내밀었다.

사나이는 이미 이성을 잃은 듯 숨소리도 거칠어졌다.

강우는 이내 상황이 돌변할 것을 예감했다. 망설일 시간이 없었다.

"그만 하시오, 그만. 여기 있잖소. 내 신분증……."

강우는 재빨리 기자 수첩 뒤에 보관되어 있는 신분증을 펴보였다. 그럴 수밖에 없었고, 우선 더 이상의 진행을 급하게 막아야만 했다. 다급하게 돌아가는 분위기는 요시무라에게 일방적으로 위험하기만 했다.

요시무라에게로 향하던 사나이가 얼굴을 돌려 강우가 들고 있는 신분증으로 눈길을 향했다.

손을 높이 들고 있어서 자세히 보이지 않았던지 사나이는 강우의 팔을 잡고 끌어당겨 자신의 눈앞으로 가까이 오도록 했다.

순간 강우는 사나이의 어깨에 확실하게 새겨진 채 감추어진 벚꽃 모양의 문신을 보았다.

틀림없는 일본 국화인 벚꽃 모양의 문신이었다. 그것으로 강우는 사나이의 정체를 알 수 있었다.

정부와 권력의 언저리에서 악어와 악어새의 역할을 충직하게
수행하며 은밀히 공존하고 있는 대규모 조직 폭력단의 정치권 담
당 중간 보스 중 하나였던 것이다.

강우의 머리에 순간 어둠이 스치고 지나갔다. 이 정도의 완력
이라면 쉽게 자리를 벗어나기는 어렵겠다는 위기 의식이 엄습했
다. 요시무라 기자의 존재와 경찰까지도 무시할 정도의 배경이라
면 강우 하나쯤은 대수롭지 않을 것이었다.

강우는 최악의 상황이 예상되었다. 아니나 다를까, 사나이의 고
함 소리가 터져 나왔다.

"내 이럴 줄 알았어. 이 자식 조센징이잖아, 조센징……."

더 이상 할 말이 없었다.

강우는 일단 사방으로부터의 에워싸임만은 피하고자 뒤로 조
금씩 뒷걸음질을 했다. 요시무라가 얼른 강우의 곁으로 따라 붙
었다.

"여러분, 이성을 찾으십시오. 이분은 그런 분이 아닙니다."

그러나 아무 소용없는 요시무라의 목소리였다.

뒤로 밀고 가는 강우에게로 사나이의 손이 번개같이 날아들어
들고 있던 기자 신분증을 낚아채려고 잡았다. 강우는 쥐고 있던
손에 잔뜩 힘을 주어 잠시 사나이의 손과 승강이가 벌어졌다.

두 사람의 힘을 이기지 못하고 수첩이 찢겨지면서 신분증이 사
나이의 손아귀로 들어가고 말았다. 그렇다고 신분증을 다시 되찾
기 위해 무뢰한과 승강이를 벌일 만큼 한가한 시간이 없었다.

주변에 모여 있던 사람들의 인상이 하나같이 험악하게 변해 가며 조금씩 강우에게로 다가오기 시작했기 때문이었다.

그런 강우의 위기를 요시무라는 완전히 막아 줄 수가 없는 힘의 역부족을 느꼈다. 오로지 강우를 뒤에 두고 몸으로 밀어 좀더 안전한 장소로 옮기는 것이 최선일 따름이었다.

주변은 어느새 상황을 눈치 챈 1백여 명 남짓한 군중들이 둥글게 두 사람을 에워싸기 시작했다.

강우는 더 이상의 몰림은 매우 위험한 결과를 가져올 수밖에 없음을 그 경황 중에도 계산하고 더 빨리 뒤로 사람들을 밀치며 가장 가까운 지바 역 쪽으로 향했다.

"저 자식 붙잡아. 조센징 간첩이야, 간첩!"

사나이의 잔인한 외침이 강우의 귓전에 쟁쟁하게 들려 왔다.

"들고 있는 사진기 좀 봐. 틀림없이 스파이야……."

몰려든 사람들의 웅성거림이 커졌다.

동시에 옆에 있던 한 초로의 사나이가 아직껏 오른손에 들고 있던 강우의 사진기를 힘차게 낚아챘다. 있는 힘을 다해 낚아채 가는 바람에 아무 맥없이 사진기의 끈이 떨어지면서 손에서 벗어나 버렸다.

뒤로만 밀려가던 강우의 등이 마침내 지바 역 건물 입구의 가까운 벽에 닿았다.

"저놈 도망가지 못하게 꼭 붙잡아."

다시 사나이의 고함이 밀려드는 군중을 충분히 흥분시키고 자극하게 만들었다. 그러나 이상하게도 사나이는 더 이상 가까이 접근해 오지 않았다.

"죽여 버려야 해, 저런 간첩은……."

"경찰을 불러, 경찰을……."

강우는 이런 곳에서 뜻하지 않은 최후를 당할지도 모른다는 생각이 언뜻 스치고 지나갔다. 그렇지 않아도 시위로 인해 고조된 분위기가 더욱 살벌하게 변해 버렸다. 그래도 그는 얼굴을 숙이거나 기를 꺾이는 표정을 짓지 않으려고 애를 썼다.

조금이라도 허점을 보이기만 하면 이토록 맹렬히 성이 나 있는 군중들의 돌발적인 행위에 몹쓸 일을 당하기 십상이라는 것을 충분히 알고 있었다. 어떻든 지금 이 순간, 이 장소만은 피하고 볼 일이었다.

건물 벽에 등을 대고 있던 강우는 역 출입문을 염두에 두고 조금씩, 그러나 힘을 주어 오른쪽 옆으로 걸음을 옮겼다.

그 순간 어디서 날아왔는지 조각난 벽돌 하나가 강우의 어깨를 내리치며 떨어졌다. 그러나 강우는 참을 수 없는 고통을 내색할 수 없었다.

출입구까지는 아직도 거리가 있었다.

강우는 자세를 조금도 흐트러뜨리지 않고 오히려 벽돌이 날아온 쪽을 향하여 당당한 눈길을 던지며 의연한 모습으로 계속 걸음을 옮기기만 했다. 찢어진 어깻죽지에서는 기어코 붉은 피가 배어 나오기 시작했다.

성난 군중들은 의연한 강우의 표정 때문에 직접 달려들지는 않고 있었지만 아직 포기하지 않고 조금씩 거리를 좁혀 들고 있었다. 그들의 손이 미치는 거리에 접어들면 누구도 말릴 수 없는 험악한 상황이 전개될 분위기가 터질 듯 팽배해 있었다.

다가오는 사람들도 조금씩 수효가 늘어서 이젠 200여 명에 가까운 사람들이 포위망을 형성해 들어왔다. 흔들리지 않는 강우의 모습에 요시무라도 동요하지 않고 강우의 행동에 협조를 하려고 애쓰고 있었다.

요시무라는 강우의 의도를 이미 눈치 채고 있었다. 당신은 이 일에 관여하지 말라는 군중들의 계속되는 요청을 요시무라는 못 들은 척하고 있었다.

이윽고 옆으로 이동하던 강우는 역 안으로 들어가는 출입문 바로 옆으로 접근하는 데 성공했다. 동시에 요시무라 기자의 외마디 소리가 터져 나왔다.

"강우 씨, 뛰어……. 빨리……."

강우는 어깨의 고통도 잊은 채 좁은 출입구를 용수철이 튀듯 안으로 달려들어 갔다. 그리고 뒤를 돌아보지도 않고 안으로 안으로 전력을 다해 뛰어들어 갔다.

뒤에서는 요시무라가 좁은 출입구를 가로막아선 채 듣지도 않는 군중들에게 계속 설득을 해가며 강우의 도피 시간을 벌어 주려고 안간힘을 쓰고 있었다. 그러나 그것도 잠깐, 이내 군중들은 요시무라를 옆으로 밀쳐 버리고 강우의 뒤를 급하게 쫓기 시작했다.

제법 많은 사람들이 역 안에 있었지만 안에 있던 사람들은 이제까지의 상황에 대해 아무것도 모르기 때문에 강우는 별다른 제지를 받지 않았다.

바로 그런 점을 노리고 강우는 자동 개찰구를 훌쩍 뛰어넘어 온 힘을 다하여 계속 달려갔다. 철길과 나란히 홈을 내달리다가 비어 있는 철길을 가로질러 건너기 시작했다. 광장과는 가급적 거리가 먼 반대편으로 건너가야 좀더 안전하리라는 판단이 들었기 때문이다.

뒤에서 역무원의 호루라기 소리가 요란하게 울렸으나 다급한 강우의 귀에는 전혀 들리지 않았다.

몇 개의 철길을 순식간에 건너 가슴까지 닿는 단애를 숨도 쉬지 않고 훌쩍 뛰어올랐다.

흘깃 뒤를 돌아보니 몇몇 극성스러운 젊은 사람들이 이제 막 철길로 뛰어내려와 강우의 뒤를 계속 쫓고 있었다.

다른 이유도 아닌 간첩이라는 엄청난 누명이니만큼 여느 범죄인처럼 소홀할 수 있는 상대가 아니므로 기를 쓰고 쫓고 있는 것이었다.

강우는 다시 반대편 개찰구를 훌쩍 뛰어넘어 밖으로 계속 내달렸다. 다행히 어깨의 상처는 그리 깊지 않은지 출혈이 심하지 않았다. 숨은 턱까지 차오르고 가슴은 깨어질 듯 아파 왔다. 그는 더 이상 오래 달리지 못할 것 같아서 거리를 둘러보았다.

역 근처인지라 그리 멀지 않은 거리에 파출소의 간판이 눈에 들어왔다. 강우는 망설이지 않고 자꾸 느려져 가는 발걸음을 재촉하여 쓰러질 듯 파출소 안으로 뛰어들었다.

그때, 안에 있던 경찰관들이 깜짝 놀라며 자리에서 일어났다.

“도와 주십시오…뒤에 폭력배들이…쫓아오고…있습니다.”

강우는 가쁜 숨을 몰아 쉬며 간신히 말을 던지고는 실내 안쪽으로 깊숙이 걸어 들어가 의자에 털썩 주저앉았다.

“나는…한국의 신문사…기자 안강우…입니다.…지금 간신히…폭력배들로부터 피해서…이곳까지 오게…되었습니다.”

“그래요? 알겠습니다. 염려 마시고 우선 숨부터 고르십시오”

경찰관들은 긴장을 한 채, 문 쪽으로 몰려들었다.

그때 강우의 뒤를 쫓던 사람들 중 서넛이 숨을 몰아 쉬며 파출소 안으로 뛰어들었다.

문 가까이 서 있던 경찰관들이 경찰봉을 꺼내 들고 막 뛰어들어 오는 사람들을 향해 한 걸음 다가섰다.

“저, 저 사람은…간첩입니다. 조선인…스파이예요. 빨리…체포하십시오.”

달려들어 온 사람들은 숨이 턱까지 차오르고 있었고, 다급하게 경찰에게 주문을 하고 있었다.

“아닙니다…나는 신원이 확실한…사람입니다…그렇지 않으면 이렇게…스스로 파출소 안으로…뛰어들어 왔겠습니까? 부디 보호해…주십시오”

갑자기 들이닥친 사람들로 인해 실내가 다소 혼란스러워졌다. 경찰관들도 갑작스런 사태에 영문을 모르고 어리둥절하고 있었다. 폭력단은 뭐고, 간첩은 또 무슨 말인지 얼른 납득이 가지 않는 모양이었다. 그래서 셔츠에 피를 흘린 채 다급하게 파출소 안까지 뛰어들어 온 사람이 도저히 간첩이라는 생각을 하지 못하고

뒤따라 들어온 사람들을 일단 엄하게 제지하며 중간에서 대치하
는 상황이 되었다.

"난 결코 스파이가 아니란 말이오. 어리석은 행동을 삼가해 주
시오. 믿지 못하겠다면 내 손에 수갑을 채워도 좋소. 그러나 당신
들도 내게 폭행을 가했으니 함께 수갑을 차고 사실 여부를 가려
서 법의 처벌에 따르도록 합시다. 어떻습니까?"

강우는 자신 있게 자신의 두 손을 먼저 경찰관에게 불쑥 내밀
었다. 경찰관은 뒤따라 들어온 사람들의 다음 행동을 기다리고
있었다.

추적해 온 사람들은 강우의 완강하고도 자신 있는 태도에 머뭇
거리며 아무 말도 하지 못하고 있었다.

"어서 내 손목과 저 사람들의 손목에 수갑을 채우고 모두 체포
해 주시오. 저 사람들은 나를 이렇게 집단으로 폭행한 무도하기
짝이 없는 폭력배들이란 말입니다. 어서요."

강우는 틈을 주지 않고 경찰관들에게 다그쳤다.

"좋습니다. 당신들 모두 체포하겠습니다. 시비는 차후에 가리
도록 하고……."

경찰관은 서둘러 일을 마무리시키기 위해 뒤따라 들어온 사람
들에게 수갑을 꺼내 들면서 다가섰다.

"아니, 그게 아니고……. 그러니까……."

추적자들은 의외의 사태에 허를 찔린 채 무언가 잘못되어 가고
있다고 판단한 듯 주춤거리며 한 걸음씩 뒤로 물러섰다.

그러는 사이에 헐레벌떡 요시무라가 파출소 안으로 뛰어들어

왔다.

"강우 씨, 괜찮아?"

"응, 나는 괜찮아……."

요시무라는 자신의 신분증을 경찰관들에게 꺼내 보이고 신원을 확인해 볼 것을 요구하며 한 걸음 뒤로 물러서 있는 추적자들을 향해 큰소리로 호통을 쳤다.

"이 무지한, 깡패 같은 사람들을 빨리 체포하시오."

"아니라니까요. 우리는 그저……."

추적자들은 주춤주춤 한 사람씩 문 밖으로 뒷걸음질치며 슬그머니 되돌아나가기 시작했다.

함께 추적해 오던 사람들 6, 7명은 미처 파출소 안에까지는 따라 들어오지 못한 채 바깥에서 파출소 안의 동정만 살피고 있었다.

그 사이에 요시무라 기자의 신원이 컴퓨터를 통해 확인이 되었는지 받아 들었던 신분증을 다시 되돌려 주었다.

"강우 씨, 파출소로 뛰어든 것은 정말 잘했어. 그렇지 않았더라면 무슨 봉변을 당했을지 모를 일이었어."

"아무 할 말이 없을 따름이야. 아무런……."

아직도 채 고르지 못한 숨결을 누르며 강우는 큰 한숨을 내쉬었다. 위기를 가까스로 넘긴 후유증 때문인지, 사태의 실망감이 너무 컸기 때문인지 그는 가만히 눈을 감고 가쁜 숨만 고르고 있었고, 요시무라는 경찰관들에게 그간의 경위를 차분하게 이해시켜 주고 있었다.

예리한 관찰로 강우에게 시비를 걸어서 문제를 야기시킨 폭력단의 중간 보스는 강우가 위기의 순간에 지바 역 건물 안으로 뛰어들어 달리기 시작했을 때 이미 인파 속으로 슬며시 모습을 감추어 버렸다.

사나이의 의도는 자신이 직접 테러의 전면에 나서려는 것이 아니었다. 다만 용의주도하게 상황을 연출해서 민중들의 흥분을 자극시켜 놓기만 하면 되는 것이었다.

절박했던 테러의 순간을 가까스로 넘기고 다시 동경으로 돌아오는 승용차 안에서 강우와 요시무라는 내내 말이 없었다. 역시 예상했던 대로 돌아오는 길 또한 교통 체증이 극심했지만 그런 것들은 조금도 안중에 없었다. 정지해 있는 시간이 많은 덕분에 강우는 오히려 냉정히 정리할 시간적 여유를 가질 수 있었다.

하늘은 구름 한 점 없이 청명하고 녹음이 절정을 이루는 것은 어제와 마찬가지였지만 어제처럼 여유 있는 눈길이 되지 못했다.

아키하바라에서 요시무라와 헤어진 강우는 전철을 타고 이케부쿠로 지사 사무실로 돌아왔다.

감정은 이치노미야의 해안가와 극심한 시위대의 회오리 속을 헤매며 천국과 지옥을 넘나들었고, 이성은 지바 역 광장에서 한 계선을 넘어 절망의 밑바닥까지 밀려갔다.

일본인들의 사고 방식과 행위에 대해 이제는 어느 정도 예측할 수 있으리라는 자신감이, 근래 들어 자꾸 낯설게만 보이는 그들의 표정 앞에서 조금씩 후퇴해 가는 것을 인정해야만 했다.

몸은 더위에 지치고 가슴은 시위의 후유증으로 무겁게 억눌려 있는 상황에서 잠시 마음을 가라앉히기 위해 강우는 정수기에서 찬물 한 잔을 받아들고 자신의 자리에 털썩 주저앉았다.

철저하게 양면성을 가지고 있는 것이 인간이고 일본인들 또한 그런 인간들 중 하나라고 치부해 버리면 그만이지만 거기엔 반드시 이유가 있을 것이라는 생각은 쉽사리 지워지지 않았다.

악몽과도 같았던 오늘의 사태가 분노스럽기보다는 차라리 슬펐다. 노련한 폭력배의 악의에 찬 농간에 잠시 절대 절명의 순간도 있었으나, 그보다는 이성을 잃은 채 군중 심리에 그렇게 간단히 휘말려 버리는 일본인들을 이해하기에는 그다지 어렵지 않을 것 같았다.

강우는 오래 전, 요시무라 기자의 요청으로 일본의 한 신문에 '외국인의 눈으로 본 일본인'이라는 칼럼을 기고한 적이 있었다.

칼럼의 주제는 일본인들의 겸손함에 대한 분석이었는데, 근래에 일어나는 사태를 분석해 보면서 일본인의 겸손함의 내력을 알 수 있을 것 같았다.

근본적으로 일본인들은 세계 어느 민족들에 비해 겸손함이 가장 두드러진 민족이라 할 수 있다. 상대방에게 불편과 피해를 끼치지 않으려는 의식이 어려서부터 몸에 밸 정도로 집요하게 훈육되어지고 자신을 낮추어서 얻는 이득을 특별히 강조해 왔었다.

본의가 아니게 폐를 끼치게 되었을 경우, 상대가 비록 아랫사람일지라도 그것은 쉽게 지나칠 문제가 아니었다. 서양에서는 그저 '미안합니다' 정도로 쉽게 넘어갈 일이 일본에서는 그렇게 간단치가 않은 것이다. 상대가 용서할 때까지 스스로를 죄인처럼 생각하며, 상대가 용서를 한다 해도 그것이 처음과 같이 완전히 해소되지는 못한다.

만일 피해를 끼친 상대가 윗사람이거나 개인이 아닌 조직일 경우 문제는 도를 넘어서 버리고 여간해서 씻을 수 없는 지경까지 이르게 된다. 따라서 종국에는 자살이라는 방법을 택해야 할 정도로 심한 결말을 동반한다.

일본에서는 정치인들의 독직(瀆職) 사건이 종종 문제가 되어 사회를 뒤흔들고 난 뒤, 해당 사건의 관련자 중 책임을 느낀 사람이 스스로 자살을 감행하는 경우가 적지 않다.

자살을 하는 것은 사건에 대한 직접적인 책임을 지기 위한 용기 있는 행동은 아니다. 모든 책임은 사법부의 법적인 판단에 따라도 충분한 정도의 것이나, 그보다는 조직과 사회에 폐를 끼친 것을 해소하기 위한 것이다.

그들은 자신이 목숨을 끊으면서도 그것으로 모든 책임이 해소되었다고 생각하지 않는다. 다만 자신이 감당할 수 있는 가장 큰 징벌이 바로 죽음이라는 방법밖에 없다고 생각한다.

이것은 매우 오래 전부터 있었던 무사 계급의 행동 양식이며 오늘날까지 그대로 전통의 미덕처럼 뇌리에 남아 있는 것이다. 그만큼 상대에게 불편과 피해를 끼치는 것은 법적인 책임보다도 한 차원 위에 있는 무섭고 지독한 것이었다. 그러나 그런 겸손함의 미덕 저변에는 그것이 가지고 있는 커다란 장점 못지 않게 은근히 감추어진 심리상의 문제도 있었다.

자기 양보와 희생이 겸손의 필수 조건이라고 한다면 그것은 즐거움과 만족보다는 약간의 손해와 후회가 동반되는 미덕인 것이며 자연히 피할 수 없는 스트레스를 가슴 아래 켜켜이 쌓아 두게 하는 것이다. 따라서 그런 겸손이 깊으면 깊을수록 심리 저변에 스트레스로 누적되는 양도 함께 많아지게 된다. 그래서 어느 순간, 특정한 자극을 받을 경우 그동안 누적되었던 스트레스가 한꺼번에 토출되는 경향이 종종 있어 왔다.

그 자극이란 거의가 '불안'이나 '공포'의 모습을 띠고 있었고 약한 상대 또는 아랫사람처럼 자기 방어가 쉽게 무너질 수 있는 상대에게 집중되기 마련이었다.

엄밀히 따져 보면 거기엔 소극적 경향과 적극적 경향, 두 가지의 양태로 나눌 수 있다.

소극적 경향은 평상시엔 이지메라는 형태로 나타나기도 하지만 적극적인 경향은 그것이 행동으로 나타날 경우 도저히 믿기 어려울 정도의 잔인함과 폭력을 수반하는 도발적인 행동 양상을 보이기도 한다. 그래서 강우는 세계 최고의 겸손함이라는 미덕과 잔인성이라는 악덕이 똑같은 그릇 안에 공존한다는 과감한 분석을 했었다.

과불급이라고 했던가. 지나친 겸손함은 이처럼 병적인 심리적 기반의 행동 양식을 특이하게 일본 고유의 것으로 만들어 놓았다.

대부분의 외국인들은 바로 이러한 적극적인 경향에 대한 이해가 부족한 경우가 많았다.

겸손은 역시 서양의 양식이라기보다는 동양의 양식이라고 해야 할 것이었다. 때문에 도무지 알다가도 모를 일본인들이라는 말을 도처에서 쉽게 들을 수가 있었다.

일본의 위정자들은 바로 이런 적극적인 경향을 교묘하게 자극하고 이용하여 내부의 불만을 바깥으로 해소시키기 위한 잔인한 방편으로 활용했었다.

이와 같은 칼럼이 지상에 발표되었을 때 강우는 두 가지 각기 다른 반응을 들을 수 있었다.

하나는 일본의 양심과 사회를 지키기 위한 운동에 근본적인 이론을 제공한 좋은 지적이었다는 긍정적 반응과 피해 당사자들의 억울함을 모든 일본인들에게 고스란히 전가시키려는 불확실한 누명이라는 부정적 반응이었다.

이런 엇갈린 반응 때문에 발표를 잠시 망설이기도 했었으나 요시무라의 간곡한 요청으로 발표를 허용했었다.

어쨌든 강우는 일본 사회 일각에 적지 않은 충격을 불러일으킨 유명한 칼럼으로, 지금껏 이에 대한 논의가 계속되고 있다는 소식을 듣고 있었다.

억지로라도 냉정을 되찾기 위해, 들고 있던 컵을 천천히 기울여 물을 마시며 강우는 한국의 어제 날짜 신문을 집어들고 먼저 사설을 천천히 읽어 내려가기 시작했다.

「우리는 근래 한국과 일본, 양국간에 발생하고 있는 일련의 사태에 깊은 우려를 하지 않을 수 없다.

지리적으로 가까운 위치에 인접한 국가간에 발생할 수 있는 일과성 마찰이라고 하기에는 문제의 근본이 심각할 정도로 일방적이라는 점에 주목해야 한다.

오랜 양국간 경제 활동의 역사가 그 시작부터 일본에 유리하도록 짜여졌던 것은 차치하더라도, 시간이 경과하고 거래의 폭이 확대될수록 일본에 대한 무역 손실이 걷잡을 수 없이 늘어만 가고 있다.

그동안 여러 차례에 걸쳐 이의 공정한 시정을 촉구한 바 있으나 그럼에도 불구하고 구체적이고 성의 있는 일본의 시정 자세를 이제껏 확인할 수가 없었다는 점에 깊은 유감을 표시한다.

아무리 자유 경쟁에 의한 적자생존의 원칙이 자유 세계의 기본적 구조라 해도 상호, 호혜 평등의 원칙이 그보다 절대 우선한다는 당연한 논리가 거부될 때 우리의 인내에도 한계가 있다는 엄한 사실을 확실히 표명하고자 한다.

아울러 명확한 근거도 없이 독도의 영유권을 주장하고 나온 일본의 무례함에 거듭 분노하지 않을 수 없다.

그동안 끊임없이 있어 온 주장에 대해 구태여 맞대응할 필요성조차 느끼지 않고 문제시하지 않으려 일축해 왔지만 오늘에 와서 그 정도가 주장의 차원을 넘어 군사적 시위까지 시도되고 있는 만큼 정부는 단호한 조치를 강구하여 국가의 위신과 영토 수호의 엄중한 책임을 다하여야 한다.

두 나라간의 오랜 역사를 두고 보더라도 일본은 그동안 얼마나 많은 침략과 노략질을 자행했었는지 다시 한 번 생각해 보라.

1천 년 이상을 문(文), 민(民) 우선의 덕치 국가로 평화와 공존의 순리적 체제를 유지해 온 우리의 과거와 비교하여, 무단 통치

체제로 인한 힘의 우월성을 우선으로 하고 힘에 의한 정권 유지
와 무력에 의한 이웃 국가들에의 잦은 침공을 다반사로 저질러
온 역사적 사실에 대하여 일본의 황실에서도 인정하고 사죄하지
않았는가.

　우리가 단 한 번이라도 일본을 무력으로 이유 없이 단지 이익
만을 위하여 침범한 역사가 있었는가를 생각해 보라. 입으로만
사죄하고 행동은 그에 따르지 못하는 이중적 태도에 우리는 깊이
우려하지 않을 수 없으며 거듭 말과 행동을 바르게 하여 선린 이
웃의 진정한 모습을 하루 빨리 갖추어 나가기를 다시 한 번 촉구
한다.」

　마음을 정리하고 주의를 다른 곳으로 돌려보기 위해 집어든 신
문이었지만 뜻과는 정반대로 가슴은 더욱 답답해져 왔다.

　강우는 신문을 접고는 답답한 마음을 주체하지 못한 채 물 한
잔을 단숨에 비워 버렸다. 그리고 이번엔 일본의 일간 신문을 집
어들고 사설을 천천히 읽어 내려갔다.

　「우리는 근년 들어 갑자기 경직된 일·한간의 어려운 관계에
대하여 유감스러운 마음을 감출 수가 없다.

　양국간의 오랜 역사적 유대 관계로 미루어 볼 때 과거의 불행
했던 시기가 없지 않았음을 우리의 황실에서조차 언급하고 이에
대한 사과와 함께 적절한 보상을 실행하여 왔다.

　우리의 기본 입장은 이러한 불행했던 과거 역사의 잔재로 인하

여 보다 나은 미래를 지향하고자 하는 선린 우호 관계가 퇴보해서는 안되는 점을 주장하며 실질적인 성과로 이어질 수 있도록 최선의 방법을 강구하고 그에 따른 노력을 아끼지 않고 있다.

그러나 한국으로부터 집요하고 반복되게 이어지는 사과의 요구는 우리의 자존심을 조금도 염두에 두지 않은 채, 아픈 상처가 치유될 수 없도록 부단히 들추어 냄으로써 양국간 어느 나라에게도 도움은커녕 오히려 흉터만 더 크게 만드는 결과를 가져오고 말았다.

'역사는 멈추지 않고 흐른다'는 사실에 입각하지 않더라도 지나간 과거를 잊지는 말되 그것이 앞서 가는 미래를 가로막는 어리석음을 범하지 않도록 유의해야 한다.

…… (중략)

다케시마(독도)의 영유권 문제는 양국간의 대화와 타협으로 해결할 시기는 이미 지난 것 같다.

냉정한 서로의 입장을 견지하고 국제 사법 재판소의 판단과 국제 연합의 결정에 따르는 도리밖에 없음을 한국에 주지하고자 한다.

격한 감정으로 올바른 이성을 흐리게 할 수 있다고 생각하지만 일·한간의 경제, 특히 무역 불균형 문제에 있어서도 한국 내부의 불확정 경제 구조에 의한 기업 편중과 초기 경제 계획 단계에서 수립한 중·화학 공업 우선의 대기업 정책 등으로 인한 부작용을 먼저 겸허하게 인정하고 구조적 개선책을 과감히 시행해야 함을 분명히 알아야 한다. 그리고 한국 내부에 왜곡되어 있는 문

제를 먼저 해결해 나감으로써만이 우리와의 원만한 무역 관계 정
상화가 달성되리라는 점을 명심해야 한다.

경쟁력 있는 국제 무역 질서란 내부가 먼저 안정되어야 한다는
점을 한국도 이미 오래 전부터 주장해 오지 않았던가. 좀더 이성
적인 판단으로 현실적인 대응책을 세워 나가길 거듭 바란다.」

우연하게도 한국 신문과 일본 신문의 사설 내용이 두 나라의
관점을 극적으로 대비시켜 놓고 있었다. 강우는 갑자기 밀려오는
현기증을 참을 수 없었다.

타협의 여지가 도저히 보이지 않을 것 같은, 참으로 막연한 사
태를 눈앞에 두고 머리에 떠오르는 것은 평행선뿐이었다. 그 어
느 쪽도 논리가 모순 투성이라는 점이 강우에게는 까마득한 절망
감으로 다가왔다.

자리를 박차고 일어선 강우는 아직 책상 위에 펼쳐져 있는 신
문들을 한꺼번에 모아 쥐고 책상 옆 쓰레기통에 휙 던져 버리고
말았다.

수년 전, 한국이 외환 자본 시장의 극심한 부도 위기를 겪었을
때 여러 국가들의 조건적인 지원을 받아 간신히 국가 침몰의 위
기를 넘긴 적이 있었다.

덕분에 피할 수 없이 주어진 강제 조건에 따라 한국 내의 자본
시장과 무역 구조가 이전보다 국제 환경의 영향을 더욱 크게 받
도록 변화될 수밖에 없었으며 그러한 변화는 역시 일본으로 하여
금 가장 큰 수혜 국가가 되도록 만든 결과가 되고 말았다.

한국 정부는 지리적 여건에 따르는 산업의 구조적 간격을 심각하게 계산한 나머지, 예상되는 지나친 대일 경제 종속을 우려하여 이른바 수입 다변화 정책이라는 편법의 제도로서 주변 국가의 많은 비난을 무릅쓰면서도 국내 산업의 부족한 경쟁력을 옹호하는 보호 무역 정책을 오랫동안 고수해 왔었다.

덕분에 한국의 산업은 조금씩 경쟁력을 키워 갈 수 있었으며 과도한 대일 경제 의존도의 절대적인 굴레를 무릅쓰지 않아도 되었다.

그러나 안이한 보호 무역의 철망 안에서 너무 오랜 시간을 지나다 보니 적지 않은 부작용 또한 함께 커나갔으며 결국은 지나치게 오래 고여 있던 물처럼 안으로부터 곪아터진 종기가 되어 국가 부도 위기라는 초유의 시련을 자청하여 겪어야 했다.

떳떳하지는 못하지만 그래도 정부의 보호 정책 아래 있을 때 기업 스스로 산업의 경쟁력도 키우고, 자본의 구조도 탄탄하게 갖추어야 했다. 그러나 그러한 임시 보호 울타리가 언제까지나 존재할 줄로 알았던지, 하등의 가치 없는 보이는 것 위주의 경쟁만으로 소중했던 구조 조정의 기회를 너무 간단히 무산시켜 버린 어리석기 짝이 없는 결과를 가져오고 말았었다.

그러한 한국의 외환 위기에 일본은 자신들이 투자한 자본을 슬며시 회수해 보는 풍동(風動) 실험을 하게 되었고, 그 결과 기대 이상으로 한국이 받는 충격이 엄청난 사실에 자신들도 놀랐던 것이다.

그처럼 한국의 시장 경제는 불평등이 당연시되어 버린 맹점 투성이에다 지나치게 과도한 자본 집중의 편중된 무게를 견디지 못하는 이상 구조만 속절없이 드러내고 말았었다.

아직은 협소한 국내 소비 시장의 크기에 걸맞지 않게 커다란 덩치를 무작정 불려 나아가며 과도한 내수 경쟁의 와중에서 자신의 체중조차도 견뎌 내지 못하는 허약한 체질을 만들어 가고 있었다.

순탄한 흐름에서는 커다란 덩치가 보기에는 넉넉해 보일 수도 있었겠지만 막상 지구력을 바탕으로 장거리 경주를 해야 하는 상황이거나 재빠른 순발력이 필요한 위기 상황에서는 조금도 장점이 될 수 없고 부담이 되기만 했다. 체격이 문제가 아니라 체력과 체질이 문제였다.

어느 한쪽으로 무게가 지나치게 쏠려, 균형을 잃은 위태로운 모습으로 대양을 항해하는 선박이 별로 크지도 않은 조그만 바깥 파도에도 견디지 못한 채 침몰해 가는 모습은 차라리 당연한 귀결이라 할 것이었다.

국민들 스스로도 그동안 너무 오랜 세월을 풍요한 생활만 해왔지, 어떻게 사는 것이 조화 있는 소비 생활이고 미래를 염두에 둔 지출인지 전혀 익숙하지 않은 상태에서 갑자기 놓여진 소비 문화를 확대 재생산으로 정착을 시키지 못한 채 낭비 문화라는 삼류 졸부들의 소란스럽고 천박한 모습에 쉽게 빠져들어가고 말았었다.

그 많은 정부 기관과 지원 단체들도 그러한 처음으로 당하는 풍요의 바탕을 생산적 소비로 유도하고 안내를 하여 건전한 생활을 빨리 배우도록 계몽하고 교육해야 했다. 그러나 그들의 기본 의식 또한 일반 대중들과 마찬가지로 머리 따로 행동 따로의 수준에 머물러 있었으니 지도 기관으로서의 역할과 서비스 기관으로서의 역할, 어느 쪽으로도 자기 책임을 수행하지 못하는 무능한 또 다른 과소비 집단으로만 전락하고 말았다.

보호 무역의 비교적 안전한 울타리 아래에서도 이러한 상태라면 타의에 의해 보호의 장벽이 말끔히 걷혀 버린 노출된 상황 아래에서 도대체 어떤 전략이 효과가 있을 것인지 아슬아슬하기만 했다.

결국 활짝 열려진 문을 통하여 일본의 중·단기 자본이 자유롭게 들어오게 되었고 당연히 그들의 근접 영향력이 다른 투자 국가와는 또 다른 의미와 무게로 다가오면서 그토록 염려했던 경제 예속화가 아무도 모르게, 그러나 착실히 진행되어 갔다.

그런 징후가 조금씩 표면으로 나타나는 것도 일반인들은 눈치를 채지 못하고 있었다.

다만 국제 무역 경쟁에서 고비마다 한국의 발목을 잡는 경우가 전보다 더욱 심해져서 감정만 쌓여 가고 있었다.

이미 2천억 달러를 훌쩍 넘어서 버린 대일 무역 적자 누계를 생각하여 냉정한 이성을 앞세우지 않고 감정적 대립, 대결 의지만을 내세우는 한국인들에게 일본은 냉정하고 치밀하게 계산된 영향력을 조금씩 드러내기 시작했다.

다만 국제적 여론과 국가적 위신을 염두에 두고 겉으로 표나지 않도록 은밀하게 진행시키거나 독도 등과 같이 언제든지 당당하고 자연스럽게 나타낼 수 있는 명분을 이용하는 방향으로 실익과 영향력을 동시에 만족시킬 방법을 택한 것이었다.

한국의 경제력이 조금씩 자생력을 키워 가고 한반도 통일이라는 동북 아시아의 커다란 지각 변동이 서서히 시작될 즈음, 일본도 매너리즘에 깊이 빠져 있는 무기력한 사회의 무겁고 오랜 정체성에, 단순한 자극 이상의 무엇인가를 절실히 필요로 하게 되었다.

일본 정부도 내수 시장의 장기 침체와 국민 지지율이 하한점에 이르자 이의 돌파구로 마침 허약한 상태에 빠져 간신히 버티어 나가고 있던 한국에서 활로를 모색하게 되었고, 그 동기는 한·일간의 어로 협정의 폐지로부터 시작되었다.

한국의 수산업은 한국 전쟁으로 철저한 파괴와 빈곤의 장기화로 인해 연 근해 정도에서나 가능할 만큼 선박이 낙후되고 소형이어서 지극히 영세성을 벗어나지 못하고 있었으며, 장거리 출항이 가능한 일본의 대형 어선들에게 속수무책으로 자신들의 앞바다를 고스란히 내어 줄 수밖에 없었다.

그런 상황 아래에서 일본은 자신 있게 상호 연 근해 어장까지 개방하여 자유로운 어로 작업이 가능한 시기적 불평등 협정을 맺었던 것이다.

형식상 자율 조정이라는 애매한 조항을 간신히 체면으로 남겨 두긴 했으나 당장에 국가 재건을 위해 막대한 외부 자본이 필요했던 당시 한국 혁명 정부의 절박함을 기회로 삼아 자신들의 이익을 한껏 확대했던 것이다.

그러나 시간이 지남에 따라 한국의 어선들도 현대화, 대형화되어 가면서 일본만이 독식하던 동해 바다가 한국에게도 서서히 잠식을 당하게 되자, 이젠 협정 자체가 자신들에게 유리한 이점을 확실히 보장해 주지 못한다고 생각한 것이다.

선박의 조건이 같은 정도로 대등하게 올라서자 동해 한가운데 한국의 영토로 되어 있는 독도의 지리적 위치로 인하여 일본이 행동할 수 있는 구역이 자연히 줄어들게 되고 이런 상황 아래에서 한국의 어선들이 자신들의 바로 앞바다까지 드나들게 되자, 그동안 자신들이 누려 왔던 일방적인 혜택은 접어 둔 채 이제 자신들의 이익을 보호하기 위하여 국가간의 엄정한 합의하에 체결된 협정을 일방적으로 폐지하는 이율배반의 행동을 했었다.

단순한 어업 활동의 마찰과 필요성 때문이라면 문제가 크게 확대되지 않았겠으나 그 속에는 그동안 미루어 두었던 독도의 영유권 문제가 저변에 깊숙이 자리하고 있었기 때문에 소홀히 응대할 문제가 결코 아니었다.

일본에게 있어서 독도는 단순히 어로 기점의 확장뿐만이 아니라 한반도, 중국은 물론 몽고, 러시아 일부까지 정치와 군사적인 영향력의 사정거리 안으로 끌어들일 수가 있고, 그러한 상징 이상의 지리적 확대를 꾀함으로써 동북 아시아에서의 지배적 주도권을 행사할 수 있는 요처 중의 요처가 되기 때문이었다.

한국의 나약해진 내부 허점과 일본 내부로부터의 극심한 독도 반환 요구와 함께 정권의 안정화가 시급한 여러 가지 조건에 따라 그들은 서서히 한국의 수세적 입장을 압박해 들어오기 시작했던 것이다.

겉보기에는 국지적 문제로 여겨질 수도 있었으나 더욱 깊은 저변에는 그 정도로 간단히 무시할 수 없는 커다란 문제가 무섭게 감추어져 있었다.

어제오늘 이틀 동안 강우의 의지는 강력한 도전을 받고 있었다. 어디까지 견딜 것인지 두고 보자는 듯이 내적, 외적 충격들이 끊임없이 강우의 의지를 흔들고 있었으며 도피할 곳도 철저히 봉쇄당한 채 항복만을 강요하는 것 같았다.

더 이상의 압력이 가해질 경우 넉넉히 견뎌 낼 수 있을지 강우 스스로도 자신이 서질 않았다.

강우는 벗어 놓았던 웃옷을 손에 들고 다시 사무실 밖으로 도망치듯 나와 버렸다. 차츰 어두워지기 시작해 가는 도로를 걸어서 이케부쿠로 정거장으로 향했다.

그는 마침 입시 학원 건물 안으로부터 한꺼번에 우르르 밀려나오는 학생들 틈에 휩쓸리지 않으려고 잠시 길옆으로 멈추어 선 채 담배에 불을 당기고는 흘러가는 그들의 얼굴을 무심히 바라보았다.

한국 못지 않게 대학 입시의 열기가 거센 일본인지라 학생들의 표정이 하나같이 피로에 잔뜩 억눌린 무거운 모습들을 하고 있었다.

미래의 일본을 이끌고 나갈 저 학생들에게 지금 무슨 이야기를 할 수 있을 것인가. 차츰 더 이기적이며 개인적으로만 흘러가고

있는 저들에게 한국과 일본의 관계를 이야기해서 함께 진지하게
고민해 보자는 말이 얼마나 설득력이 있을까?

일본은 이미 오래 전에 사회적 안정기에 접어들면서 뚜렷한 목
표 의식이 희박해졌고 커다란 변혁의 필요성도 사라진 지 오래여
서 젊은 세대들의 의식 구조는 자연히 자기 자신에게로만 과도하
게 집착되고 미래보다는 오늘을 탐닉하며 이상보다는 당장 눈에
보이는 자극에 먼저 동화되기 마련이었다.

그렇게 나태해진 국민들의 생활 패턴 아래에서 정치적 동의를
구하려 해도 뿌리가 깊은 무관심의 벽을 허물어뜨리기가 힘이 든
것은 당연했다.

그러한 무기력함이 사회 내부에까지 깊숙이 바탕을 이루게 되
자, 그러한 사람들의 관심과 지지를 구하기 위해 좀더 자극적이
고 강력한 이슈가 필요할 수밖에 없었고 정당 정치인들은 자연히
국민들의 말초 신경을 자극하거나 무조건적인 일본 공동체의 의
식을 자극하여 어떤 모양으로든 경쟁적으로 지지를 이끌어 내야
할 입장이었다.

그래서 계층 전반에 걸쳐 무기력에 빠져 있는 일본 사회에 자
극을 주기도 하고 동시에 자신들의 정치적 주도권도 함께 확보하
기 위한 시도가 절대 필요했다.

이렇듯 수구적 필요 논리와 다수의 정략에 따라 치밀한 계산
아래 행동하는 현재 일부 원로 지도자들의 안간힘이 저들 청년들
에게 어떻게 전승되어질 것인가.

의문은 또 다른 의문을 낳고, 강우는 이리저리 사람의 물결에

밀린 채 몰려다니는 학생들의 지치고 억눌린 얼굴에서 미래에 대한 비전 있는 대답을 기대하기란 역시 무리한 것 같이만 보였다. 그는 이케부쿠로 역에서 야마노테 순환 전철을 기다렸다.

오늘 벌어졌던 여러 혼란스러운 분위기 탓에 지금 서 있는 이곳 이케부쿠로의 존재 의미가 새삼스럽게 가슴에 다가오는 것도 우연일 수는 없었다.

태평양 전쟁이 일본의 항복으로 종전되면서 전쟁의 책임을 규명하고 죄의 대가를 치르는 스가모 형무소와 전범 재판소가 바로 이곳에 있었으며 특히 화려한 일본의 자랑거리, 그러나 그토록 악명 높던 장소였다는 선 샤인 빌딩이 강우의 지사 사무실에서 가까운 곳에 자리하고 있었다.

한국인으로서 태평양 전쟁에 참여했던 여러 동포들도 일본의 패망과 함께 전범으로 분류되어 형장의 이슬로 사라지고 말았던 역사의 아픔이 서린 장소, 한쪽 동포가 광복의 환희에 젖어 있을 때 또 다른 한쪽의 동포는 형장에서 전쟁의 책임을 지고 억울하게 스러져 갔던 장소인 것이다.

똑같은 민족으로서 한쪽은 승자의 지위를 누릴 수 있었고 한쪽은 철저한 패자의 위치로 떨어져야 했던, 안타깝고 처절한 역사의 잣대 앞에선 분노조차도 사치여야만 했던 것이다.

조용히 사자(死者)의 안내선처럼 다가와 입을 벌리는 전철 안으로 강우는 내키지 않는 걸음을 옮겼다.

한국, 서울의 지하철 2호선처럼 야마노테 선은 동경 주요 지역을 순환하는 전철이기 때문에 동서남북 여러 방향으로 교통의 연계가 편리하도록 되어 있었다.

지금처럼 머물러 있던 자리로부터 무작정 도망치고 싶을 때 망설일 필요도 없이 이용할 수 있도록 편리하게 코스가 결정되어 있었다.

강우는 가벼운 현기증을 느끼며 전철에 몸을 싣고 차츰 명멸해가는 바깥의 풍경에 마음을 묶어 놓으려 했다. 그렇게라도 해야 머리 속이 더 이상 끓어오르지 않을 것만 같았다.

다행히도 앞좌석 하나가 금세 비워져서 쉽사리 자리에 앉을 수 있었다.

누가 타고 내리는지 신경 쓸 겨를도 없이 두 눈을 질끈 감은 채 자기 자신만 달래면 그만이었다. 아니 달랜다기보다는 차라리 아무런 생각도 하지 않으려 애쓰는 편이 옳을지도 몰랐다.

신문사 입사 초기에 그는 선배 기자로부터 이유 있는 충고를 들었었다.

'기자 생활을 원활하게 하려면 가슴속에서 인간적인 냄새를 깡그리 지워 버려야 한다. 매사를 사무적인 태도로 대해야 일도 쉽고, 지치지도 않으며 슬럼프가 온다 해도 적당히 넘길 수 있다.'

지금 이 순간처럼 그 선배의 충고가 절실하게 느껴진 적도 없었다. 아무리 그래도 사람이 사람다운 향기가 없다면 그런 무미건조한 세계에서는 단 한 시라도 머무르고 싶지 않다고 항변했지만, 그저 빙긋이 웃기만 하던 선배의 의미심장한 표정이 지금처럼 가슴에 와닿은 적은 결코 없었다.

선배는 의욕으로 한껏 부풀어 있는 후배 기자의 머지않은 장래

에 반드시 닥쳐 올 갈등의 근원을 미리 알려 주고 마음의 대비를
시키고자 하는 배려였으나, 햇병아리 신참내기로서는 그런 깊은
의미를 금세 이해하기에 무리였다.

지금 강우 자신이 선배가 된 입장에서 후배에게 반드시 해주어
야 할 충고가 있다면 서슴없이 예전 선배와 똑같은 말을 남겨 주
고 싶은 심정이었다.

그런 충고를 이야기해 줄 수 있다는 것 자체가 인간적인 연민
의 정이 있어야만 가능한 것이 아닐까, 하는 생각이 들자 그같은
이중적 사고 방식이 그리 쉽지만은 않게 느껴졌다.

전철이 신주쿠를 지나고 하라주쿠를 지날 때쯤, 머리 속은 조
금 견딜 만큼 냉각되어 있었고 사고는 다소 여유를 찾아갔다.

아, 이순신 장군

*

　아침부터 강우는 동경의 경시청을 드나들며 수일 전에 있었던 지바 시위가 어떻게 시작했으며 그 배후나 일본 사회에 어떤 영향력을 미치고 있는지, 그 결과가 어떠했는지를 탐문해 보려고 애를 썼다.

　그러나 예상한 대로 여간해서 도움이 될 만한 정보는 입수되지 않았다. 한국을 겨냥하고 계획되었던 시위인지라 관계자 모두가 하나같이 입을 엄중히 봉하고 말았기 때문이다.

　그래도 용의주도한 주의력 덕분에 지바 시위를 뒤에서 계획하고 은밀히 후원한 것으로 예상되는 유력한 인물의 이름이 어렵게 포착되었다.

　역시 짐작이 틀리지 않았다는 확신으로 강우는 즉시 사무실로 돌아와 자료실에서 그와 관계되는 모든 자료들을 수집하기 시작했다.

'이누가이 마사오.'

의외로 입수할 수 있는 그에 대한 자료는 매우 적었다. 그러나 이누가이의 개인 자료보다 그와 관계된 주변 인물과 그가 속한 위치에 더욱 주의가 집중되었다.

이누가이는 자민당 소속으로 당내에서도 가장 커다란 계파의 우두머리인 이케다의 개인 비서인 것으로 밝혀졌다.

'이케다 마사토미.'

그는 자민당 내에서도 가장 영향력이 있고 자신과 주변의 막강한 재력을 바탕으로, 영향력이 크고 강대한 당내 외교 조사회를 이끌고 있는 강경파 우익 민족주의자인 것을 강우는 오래 전부터 잘 알고 있었다. 국회에서도 외교 분과 소위원회의 위원장을 맡아 강력한 영향력을 행사하고 있었다.

조사 결과가 여기까지 이르자 강우는 마음속으로부터 뜨거운 투지가 살아나는 느낌을 강하게 받았다. 다다를 곳까지 다다른 것이다.

그 정도의 영향력이고 조직력이 아니고는 쉽게 실행에 옮기지 못할 정도의 치밀하게 구성된 시위였으며 규모였던 것이 이해가 되었다.

외교 조사회란 무엇인가. 자민당의 대외 지침과 모든 활동의 이론적 근거를 수립하고 제시하여 당의 행동 강령을 제정하는 매우 중요한 기관이었다.

이케다는 그러한 막강한 위치에 있으면서 자신의 주변에 젊은 청년들을 모아들여 미래를 주도하기 위한 인재를 육성한다는 명분으로 잘 훈련되고 세뇌되어진 조직을 튼튼하게 구축하고 있었으며 자신은 노골적으로 표면에 드러나는 일이 없이 배후에서 은신하고만 있었다.

이누가이는 그러한 이케다의 정신에 감화된 젊은 야심가로서 충실하고 능력 있는 심복의 역할을 철저히 수행하는 하수인에 불과한 것도 금세 분석이 되었다. 그는 이케다에게 누구보다 믿음직한 행동 대원이었으므로 드러내 놓고 자신의 존재를 외부에 알리려 하지 않았다.

그의 능력은 뛰어난 실행력과 조직력으로, 이케다의 영향력을 최대한으로 확대시켜 주었고 미래에 대한 튼튼한 방어망이 되어 주었다.

이누가이가 아니면 그처럼 거대한 폭력 조직을 막하에 두고 유용하게 이용할 엄두도 내지 못했을 것이며 그의 이름이 아니면 이케다는 공식적으로는 점잖은 노 정객으로 뒷전에 머물러 있어야만 하는 존재였던 것이다.

이케다 의원뿐만 아니라 현재 일본을 이끌어 가고 있는 정치 지도자들 대다수는 유감스럽게도 국제적 안목과 경험이 지극히 피상적이고 이론적 수준에 머무르는 경우가 많았다. 국가 대외 의존도 측면과 세계 속에서의 위상에 비추어 볼 때 참으로 기형적인 모습이 아닐 수 없었다.

사실, 우선 외국의 전문가들과 중간 통역을 거치지 않고 직접 외국어로 책임 있는 대화를 나눌 수 있는 지도급 인사가 손가락으로 꼽을 정도로 드물었다.

　그만큼 정치 지도자는 그의 능력과 실력보다는 조직과 계파간의 뿌리 깊은 타협을 앞세운 중간적인 현실 논리에 의해 선택되어지기 일쑤였었다.

　그런 모습은 세계 속의 일본이라는 넓은 의미의 책임을 생각하기보다는 자민당 내부의 계파 통치에 적합한 인사들이 대부분이었다.

　즉 이미 오래 전부터 국제용이 아닌 국내용 인사들이 거대한 일본을 지금까지 이끌어 오고 있었다는 것이다. 특히 고령에 속하는 인사들일수록 그런 경향은 더욱 강했고 당연히 국수주의 성향이 지도자들 의식 저변에 강하게 남아 있었다.

　내각 책임제 아래에서 일본 국민들은 자신들의 지도자를 직접 선택하고 선출하지 못한다.

　국회의원을 가장 많이 확보한 다수당의 인물 중 각 계파 원로들의 타협과 낙점에 의하여 결정되기 때문에 집권하기를 원하는 인사들은 당연히 국민의 의견보다는 원로들의 성향을 세심히 살펴야 했고 자신의 통치 철학보다는 원로들의 의견을 넓게 수렴해야만 하는 한계를 가질 수밖에 없었다.

　이같은 한계 아래에서 지금의 지도자들은 차라리 19세기 중·후반의 정치 지도자들보다도 국제적인 감각은 오히려 뒤떨어진다는 결론에 도달하게 되었고 이 점은 어떻게 보면 매우 중요한 의미가 될 수도 있었다.

　일본의 언론, 특히 텔레비전의 영향력은 가히 절대적이라고 할 만한 무게를 갖고 있어서 여론의 형성을 주도하는 데 가장 커다란 매개체가 되었다.

비단 일본의 언론에 국한된 것은 아니겠지만, 특히 매채의 경쟁이 유달리 극심한 텔레비전은 국민들의 호응과 지원에 죽고 사는 것처럼 예민하고 발빠르게 시청자들의 구미를 쫓아가지 않을 수 없었다.

이케다는 이런 흐름을 최대한으로 이용했다. 그리고 언론의 흐름을 유도하는 적극적인 언론 플레이를 주도적으로 펼쳐 나갔다. 따라서 그는 거의 맹목적이라고 할 만큼 일본 절대주의자가 아닐 수 없었다.

이케다의 그러한 행위가 일본의 이익에도 도움이 되지 않으리라는 생각에 일부 의식 있는 당내 계층으로부터의 반발도 없지 않았으나 그런 이유로 해서 노골적인 표현은 하지 않은 채, 교묘한 국익의 명분을 전면에 내세우고 미래의 비전을 제시하는 것 같은 모습으로 위장하여 자신의 생각을 은밀하게 감추어 두고 있었다.

자료 조사와 배경 취재로 이미 시간은 오후 2시를 훌쩍 넘어 버렸고, 때늦은 점심 식사를 위해 강우는 자주 이용하는 근처 찻집으로 발길을 옮겼다.

'라일락'이라는 정겨운 이름의 조그만 찻집은 전문적인 음식점이 아니어서 비교적 간단한 종류 서너 가지가 제공되기 때문에 차림이 단순할 수밖에 없지만, 전문 음식점처럼 식사를 마친 후

곧바로 자리를 일어서지 않아도 된다는 점이 마음을 편하게 해주었다. 무엇보다 소박한 가운데 정갈하고 성의가 듬뿍 배어 있는 차림새가 강우의 식성에도 잘 어울려 주었다.

서른을 갓 넘긴 것 같은 젊은 남자가 주인이어서인지 올 때마다 가볍고 유쾌한 느낌으로 대해 주는 것 또한 단골이 될 수 있도록 하는 요인이 되었다.

강우가 '라일락'을 찾게 된 동기는, 업무 협의 차 요시무라가 강우의 지사 사무실을 찾았던 데서 비롯되었다. 마침 식사 시간이라 함께 식사를 하기 위해 이리저리 북적거리는 음식점 몇 군데를 전전하다가 문득 시간이 급한 요시무라의 안내를 통해 기억을 되짚어 가며 찾아낸 것이다.

큰길가에 위치하고 있지 않기 때문에 특별히 관심을 갖지 않으면 눈에 잘 띄는 편이 아니어서 위치를 미리 알고 찾아오는 사람들 이외에는 쉽게 찾아지지가 않았다.

그 후로도 강우는 천천히 혼자서 식사를 하거나 반대로 시간의 여유가 없어서 음식을 빨리 먹어야 하는 경우에 비교적 자주 이용하는 편이었다.

주인의 성품이 잘 드러나 있는 내부 장식, 즉 스스로 그린 소품의 그림들로 사방의 벽을 조촐하면서도 특색 있게 꾸며 놓은 점 등은 안락한 분위기를 연출해 주는 자연스러움이 깊게 배어 있었다.

그러나 이같은 분위기보다 이곳이 매우 인상에 강하게 남겨지는 확실한 이유가 강우에게는 하나 더 있었다.

　'라일락'을 이용한 지 반 년쯤 지날 때까지도 강우는 주인의 솜씨로 그려진 초상화 한 장의 의미를 전혀 알지 못하고 있었다.

　마치 불교의 선화(禪畵)라도 대하는 양 반추상으로 힘있게 형상화되어 있는 초상화가 다소 궁금하기는 해도 특별한 관심까지 갖게 하지는 않았었다.

　그런데 하필 하나의 작품이랄 수도 없는 그 그림이 실내에서 가장 눈에 잘 띄며 조명도 잘 갖추어진 위치에 자리하고 있을까? 하는 점이 오히려 관심거리가 될 정도였다.

　어느 날, 강우는 '라일락'에 들어서자마자 예약해 놓은 것처럼 늘 사용하는 테이블에 자리잡는 버릇을 깨뜨리고 잠시 장식되어 있는 소품들을 하나하나 살펴보기로 했다.

　당연히 늘 궁금해 하던 초상화에 눈이 오래 머물렀고, 찬찬히 구석구석을 들여다보던 강우의 눈에 영문으로 쓰여진 초상화 한 쪽의 글씨―멋대로 흘려 썼기 때문에 여간 주의를 기울이지 않으면 읽을 수 없는―가 눈에 들어왔다.

　틀림없이 바르게 읽고 있는지 스스로 반복 확인을 하면서 입속으로 중얼거리다가 그는 그만 화들짝 놀라고 말았다.

　「SOON SIN ― LEE」

　'순신 리? 앗! 그렇다. 이 초상화는 바로 이순신 장군의 초상이다.'

　금방 이해가 되지 않았다. 어떻게 소화를 시켜야 할지 암담하기만 했다.

　그래서인지 그날의 점심 식사는 음식이 눈으로 들어가는지, 코로 들어가는지 머리 속이 온통 뒤죽박죽되어 버려서 제아무리 잘 차려진 음식인들 시간을 두고 음미할 여유가 없었다.

강우는 두 가지 의미 중 어느 것인지 식사가 끝나고 후식으로 커피를 주문할 때까지도 도저히 갈피를 잡지 못하고 있었다.

첫째는 마음으로부터 숭배하는 위인으로서 존경과 숭배의 의미로 가장 높고 밝은 위치에 늘 모시고 있다는 뜻일 수 있고, 둘째는 일본이 넓은 대륙과 세계로 진출할 수 있었던 가장 확실한 기회를 무참히 꺾어 버린 장본인이라는 의미로서 불구대천(不俱戴天)의 원수를 대하듯, 단 한 시라도 잊지 않으려는 와신상담의 살벌한 의미일 수도 있었다.

일본의 한복판, 작은 찻집에서 발견한 이순신 장군의 초상, 참으로 기이한 느낌을 감출 길이 없었지만 그렇다고 얼른 붙잡고 물어볼 수도 없는 갈등에 한참을 망설이다가 강우는 몇 주일이 지나고 나서야 궁금증을 견디다 못해 기어코 묻고 말았다.

"주인장, 저기 저 초상화가 무슨 의미를 뜻하는지 물어도 될까요?"

일부러 정색을 피하고 그저 지나가는 말투로 던져 보듯 물었다.

"예? 글쎄요……."

자주 이용하는 단골 손님이기는 해도 강우의 신상을 전혀 모르는 데다 요즈음의 사회 분위기를 의식해서인지 주인은 대답을 망설였다.

"여기……. 내 명함입니다."

주인의 태도에서 자신감을 얻은 강우는 자신의 명함을 건네 줌으로써 주인의 우려가 쉽게 해소될 수 있을 것으로 기대했다.

"아! 그러시군요. 저는 전혀 몰랐습니다. 어쩌면 우리 일본어가 그렇게 유창하신지……."

"인사가 늦었기 때문이지요. 어떻습니까? 내가 오해를 했는지 모르지만, 저 초상화는 혹시 16세기 조선의 이순신 장군이 아닙니까?"

화술의 요령상 어느 정도 초기 대화의 심리적 망설임의 시간을 가능한 빨리 넘겨야 부담 없는 이야기가 가능할 것으로 판단하고 강우는 서론의 서너 페이지를 한꺼번에 넘기며 주인의 답변을 이끌어 내려 했다.

"예! 틀림없습니다."

"그럼 저 인물에 대해서도 물론 자세히 알고 계시겠네요?"

"그럼요. 어릴 적부터 저의 할아버지, 아버지로부터 저분의 위대한 점에 대해 수도 없이 들어 왔어요. 우리 가문에서 대를 이어 숭상하는 영웅이십니다."

강우의 놀라움은 이내 전율로 바뀌었다.

비록 수백 년 전의 일이지만 엄연히 적군의 장수였는데도 불구하고 한국인 앞에서 이처럼 거리낌없이 자신의 집안에서 대대로 숭배하는 영웅이라는 이야기가 그렇게 쉽게 나올 수 있는가. 그 충격으로 강우는 더 이상 말문이 막혀 버렸다.

현재 한국과 일본의 대치 상황을 이곳 주인인들 모를 리 없을 터인데 눈치가 무던히도 둔한 사람인지, 아니면 속세의 시답지

않은 일들은 전혀 안중에도 없다는 것인지 좀처럼 갈피를 잡을
수가 없었다.

그때 다른 손님이 들어왔으므로 그날의 대화는 자연스럽게 중
단되고 제각기 제 볼일을 보는 것으로 끝이 났지만, 지금까지도
그날의 놀라움과 충격이 쉽사리 잊혀지지 않고 있었다.

강우에게는 놀라운 충격으로 남아 있을지 모르나 '라일락'의
주인에게는 일상의 일처럼 무덤덤하게 생각되었는지, 그 뒤로도
강우는 그저 손님으로, 주인은 그저 주인으로 태도에 별다른 변
화 없이 자연스럽게 지내 오고 있었다.

간단히 토스트와 계란 스크램블로 늦은 점심을 마치고 커피 한
잔을 앞에 놓은 강우는 머리 속에 가득 찬 상념들을 정리할 여유
를 찾으려 눈을 감아 보기도 했다.

세계 모든 국가의 해군 사관학교에서 공부하는 정규 교과목 중
에 '세계 해전사'가 있는데 해양 국가인 영국에서 발간된 군사학
교과서로서 그 절대 권위를 단단히 인정받고 있었다.

그 교과서 속에 16세기 조선 수군 사령관 이순신 장군에 대한
공적과 치밀했던 전략이 모범적 해군 전투사의 굵직한 한 페이지
로 기술되어 있고, 수백 년이 지난 현재까지도 많은 연구와 발굴
이 이루어지고 있을 정도로 확고한 위상이 서 있는 위인으로 기
록되고 있었다.

그러한 연구 성과는 바로 일본의 전쟁 역사가들에 의해 정밀하
게 밝혀지고, 연구되어진 결과라는 사실 또한 기억할 만한 일이

었다.

자신들이 당한 패배의 원인을 철저히 분석하고 연구하여 타산지석으로 삼는 자세는 결국 이순신 장군의 진면목도 함께 드러나도록 했으며, 결과적으로 그들에게 커다란 이득이 되었던 것도 사실이었다.

20세기 초엽, 일본과 러시아간에 발생했던 러·일 전쟁 때 동해상 전투에서 당시 세계 최강의 위용을 자랑하던 러시아의 발틱 함대가 약 1주일간을 두고 벌인 대전투에서 수적으로는 절대 열세의 일본 함대에게 처참하게 궤멸당하여 고스란히 수장되어 버린 역사적 사실이 있었다. 이것은 세계 해상 전투사에 오래 남을 정도의 대해상 전투였다.

이러한 굴지의 대승리가 해전사에 명백히 기록되어 있음에도 불구하고 당시 사용했던 대승리의 전략과 전술이 결과만큼 크게 주목받지 못했던 이유가 있었다.

당시 일본의 함대가 사용했던 대승리의 치밀한 전략과 전술은 다름 아닌 수백 년 전 이순신 장군이 일본 해군을 상대로 하여 펼쳤던 전략과 전술, 바로 그것이기 때문이었다.

도저히 상대가 될 수 없었던 절대 열세의 일본에게 당대 최고, 최대의 무적 함대였었고, 러시아의 자랑이자 오만이었던 발틱 함대가 지금도 러시아 해군 역사에 가장 커다란 수치로 남아 있을 정도로 철저한 패배를 당하여 동해 바다에 무참히 수장되어 버린 것이다.

덕분에 러시아 제국의 남진 확장 정책의 기치가 여지없이 꺾여

버려 오랫동안 그 후유증으로부터 벗어날 수가 없었고 세계 역사
의 방향이 그로 인해 바뀌어진 사실을 두고, 세계 각국의 분석가
들은 그렇게 된 요인을 엄밀히 분석하기에 이르렀다.

그 결과, 비로소 이순신 장군의 면모와 지략에 의한 결과라는
것을 알게 되었고 장군의 전략, 전술, 배경이 치밀하게 연구되었
던 것이다.

그때 입었던 패배의 충격으로 인해 당시 거의 불모지나 다름없
던 블라디보스토크 항구가 러시아 최대의 군항으로 개발되고 발
전하게 되었던 것이다.

그 해상 전투를 대승으로 이끈 일본 해군의 장군이 바로 도고
헤이하치로였는데 그는 조선의 이순신 장군을 가장 숭배하고 영
웅 중의 영웅으로 모셨다.

마치 기성 종교의 교주처럼 받들어 숭상하기를 서슴지 않을 만
큼 이순신이라는 이름만 들어도 곧바로 옷깃을 여미고 몸가짐을
정돈할 정도로 철저한 이순신주의자임을 자처했으며 자랑스럽게
생각하고 행동하였다.

세계 정복의 야망에 불타던 프랑스 황제 나폴레옹 군대를 대서
양에 수장시킨 영국의 해군 영웅 넬슨 제독과 견주어도 못하지
않다고 자신하던 그였었다.

그러한 그도 죽을 때까지 조선의 이순신 장군과는 비교의 말조
차도 엄히 꾸짖으며 감히 함께 나란히 서기를 사양할 정도로 존
경의 태도를 잃지 않았다고 한다.

이러한 사실에 입각하여 볼 때 '라일락'의 주인도 가까운 선조

중에 해군 장교 출신이 있었을지도 모를 일이고, 아니면 그보다 훨씬 오래 전의 역사적 내력을 직접 경험한 조상의 후손으로서 전설처럼 위인에 대한 숭배의 사상이 지금까지 전승되어 내려 왔을지도 모를 일이었다.

이처럼 국적이나 자기 중심적 감정에 의미를 두기보다는 능력과 실제 결과에 가치를 부여하여, 그로부터 장점을 고스란히 흡수함으로써 그것이 사실상 일본에게 이익이 되게 했던 것이다.

한국인들은 어떤 사건의 결과보다는 그 사건의 동기와 명분에 더 중요한 가치 기준을 부여한다.

즉 우선 동기와 명분이 올바르지 않을 경우, 결과가 제아무리 좋다 해도 이를 배격하고자 하는 전통적인 가치 기준이 뿌리 깊게 자리하고 있는 것이다. 그러나 일본인들은 명분이나 동기보다는 실제 결과가 좋은지 나쁜지에 가치 기준을 두고 있어서 비록 명분은 적군의 장수일지라도 능력과 결과가 명백히 인정되는 경우 서슴없이 받아들이고 수용하기를 주저하지 않는 실용적인 면이 강했다.

한국인의 의식 저변에는 선비다움을 가장 고결한 인간의 덕목이라고 여기는 면이 있어서 이것을 지조라고 표현하며 그러한 지조를 지키기 위해서는 자신의 생명까지도 서슴없이 내놓을 정도지만 일본인들에게 있어 그러한 지조에 대한 개념은 명확하게 규정 짓기가 어려웠다. 그들이 자신들 생활 속에서 규범으로 지향하거나 사고의 기준으로 여기는 것은 지조보다는 의리라고 표현해야 할 것이다.

한국인들에게 있어서 지조는 정의로 표현되기도 했다. 그 정의를 지키기 위해서는 정권의 존재마저도 간단히 부정하며 배척하고자 하는 단호한 투쟁도 마다하지 않았고, 가족은 물론 가까운 어느 누구라도 버릴 수 있는 동기가 충분히 되었다.

그만큼 정의는 자기 자신마저도 희생할 충분한 가치가 있었기 때문에 역사를 두고 불의에 대한 민중으로부터의 봉기도 여러 차례 있었으며 근세까지도 학생 시위라든가 민주 개혁을 위한 피흘림도 적지 않았었다.

그러나 일본의 경우, 한국처럼 눈에 보이지 않는 이상으로서의 정의를 신봉하는 것보다 인간적인 유대나 현실 조직처럼 실존하는 것에 생존의 근거를 두는 경향이 강해서 한국과 같이 민중에 의한 봉기 같은 것은 역사상 거의 존재하지도 않았으며 정의를 표방하는 사회 혁명 같은 사건이 발생할 수 없었던 이유가 되었다.

따라서 만일 부도덕한 정권, 혹은 독선적인 1인자가 통치할 경우 지조나 정의라는 보이지 않는 명분과는 상관없이 주변 국가를 침범하기도 하며 비이성적인 집단 행동도 아무런 죄의식 없이 저지를 수가 있었다.

반대로 지도자 또는 정부의 의지와 행동이 건실하여 민중으로부터 막강한 후원과 지지를 받을 경우 커다란 실효가 단 시간 내에 이루어져서 한 국가의 기반을 튼튼한 반석 위에 올려놓기도 했던 것이다.

일본인들에게 있어서는 지도자, 또는 정부 자체가 곧바로 정의라는 등식이 바탕을 이루고 있었으며 이러한 논리는 강한 존재에 대한 무조건적 복종심이 추상적 정의보다 자신의 안전을 확실히 보장해 주는 자기 방어 본능이라고 믿었다.

한국인들에게 가장 우선하는 덕목이 이상적인 정의 수호라고 한다면 일본인들에게 있어서 제일의 덕목은 현실적인 의리라고 할 수 있다.

현실적인 의리는 생리적으로 인간에 집착을 해야 하고, 옳고 그름의 판단을 불변의 정의와는 상관없이 다수의 인간들의 결정에 따라 그때그때 규정하는 경향이 강하다.

다수에 의한 결정이라면 그것이 어떠한 배경과 의미를 가지고 있는가 하는 것은 거의 문제가 되지 않았다. 왜냐하면 다수는 늘 강하기 때문이었다.

다수이기에 강하고, 강한 것은 즉 정의이기 때문에 다수에서 제외된 외톨이는 옳고 그름 이전에 무조건 배척당해야 하는 것이며 그래야만 자신도 강한 다수의 그늘과 보호 아래에서 안전을 보장받을 수가 있었다.

배척당한 소수는 언제 되돌아와 자신을 해칠지 모르는 존재로 경계의 대상이 되게 마련이었고 실력을 배양하기 전에, 무자비하게 이지메를 당하여 늘 약한 존재로 눈앞에 엎드려 있어야만 안심이 되었다.

현재 어린 학생들의 세계에서도 이런 생존의 법칙이 엄연히 존재하여 부모들조차 자신의 아이들이 다수의 일원으로 편입되기를 희망하고 소수는 핍박을 받는 것이 당연한 것으로 인식하는 내면의 사회적 법칙이 부인할 수 없이 존재하고 있다.

이순신 장군처럼 강하고 위대한 존재는 적이라는 의미보다도 복종하고 기대어야 할 실제 이익의 존재라는 사고가 우선하는 것이다.

적국이지만 미국이 그랬고 적장이지만 맥아더 장군 역시 그랬었다. 전일본의 백성들이 하나같이 최후의 1인까지 싸우다 죽기로 작정한 태평양 전쟁 말기에 미국은 일본 본토 상륙을 앞두고 적지 않은 고민을 했던 것이 사실이었다.

그동안의 수많은 전투를 통해 나타났던 일본인들의 용감성과 충성심으로 보아 완전히 본토를 점령하기 위해서는 엄청난 희생을 각오해야만 하는 계산이 당연한 것으로 인정되었었다. 지금까지의 모든 피해를 합한 것보다 더 막대한 미군의 희생을 깊이 우려하여 논란 끝에 원자 폭탄이 사용될 수밖에 없었고 그 결과는 미국도 미처 예상하지 못한 상황으로 돌변되었었다.

그토록 전의를 불태우며 도저히 수그러들 것 같지 않던 전쟁광들이 상대가 워낙 강하고 패배를 인정하지 않으면 안되는 상황이 도래하자 참으로 믿을 수 없을 정도로 철저히 돌아서서 어제까지 미군을 향해 겨누었던 총칼을 간단히 내던지고 환영의 깃발을 거침없이 흔들었었다.

만일 한국이 그와 같은 처지에 놓였을 경우 점령당한 뒤에라도 무수한 게릴라전이 펼쳐질 터이고 내부적으로 저항이 끊임없이 멈추지 않았을 것이다.

실제 그렇게 한 경우도 역사를 통해 얼마든지 확인되었으나 일본은 그토록 철저한 적군이었던 미군을 향한 단 한 번의 내부 저항도 없이 믿을 수 없을 만큼, 완벽하다 할 정도로 한순간에 복종했었다.

역시 강한 것이 일본인들에겐 진리였고 미군은 너무 강했기에 쉽사리 모든 의지를 송두리째 의탁해 버렸던 것이었다. 일본간의 포용력과 현실 이해력이 그만큼 크고 넓어서 그런 것은 결단코 아니었다.

한국과 일본 두 민족 사이에서 작은 것 같으면서도 엄청난 차이를 가져오는 가치관의 상이점이 강우의 눈에는 확연히 드러나 보였다.

강우에게는 한국인과 일본인의 의식의 배경이 같은 무게로 중요성을 갖고 있음을 알았다.

두 나라 사이의 관계를 놓고 볼 때 어느 쪽 하나라도 소홀히 해서는 문제의 본질이 그만큼 드러나기 어려워진다. 일본인의 의식적 배경이 이토록 독특한 형태를 띠고 있지만, 한국의 경우 일본인과는 또 다른 사회적 배경이 오늘날의 한국인 의식의 특질을 규정하는 독특한 내용이 있었다.

어느 사회, 어느 시기를 막론하고 인간의 욕망이 존재하는 한 계층의 구분은 발생할 수밖에 없다. 이 계층이야말로 한국인의 특질을 규정하게 만든 커다란 요인이라고 강우는 늘 생각하고 있었다.

모두가 평등한 사회가 가장 이상적인 사회이겠으나 그것은 교과서적 이론에서나 가능하다고 봐야 할 것이다.

때에 따라서 열려 있는 가능성을 전제로 한 계층의 성립이라면 분발을 위한 자극이 될 수도 있어서 반드시 단순하게 옳지 못한 제도라고 매도할 수도 없을 듯했다.

원시 사회에서의 계층이라면 개인 사이의 물리적인 힘의 세기에 따라 단순히 구분되어졌으며, 어느 정도 규모가 갖추어질 때까지도 힘의 논리가 모든 것에 우선했었다. 이 단계에서는 계층이라고 하기엔 아직 이른 시기였다.

점차 모임의 규모가 커지고 조직의 다양성이 확대되면서 단순한 힘의 논리만 가지고는 모임의 운영이 순탄하지 않게 되었다. 힘의 논리를 대체하면서 등장한 것이 지식이다. 즉 도구의 활용 여부에 따라서 힘의 척도가 결정되는 방향으로 발전해 갔다.

도구의 등장은 생활의 편리성과 주도권 확보의 차원을 넘어서 생존 자체까지 영향을 미치게 되는 일대 혁신이었다. 도구를 사용하지 못하는 부류는 즉시 도태되거나 도구를 사용하는 슬기롭고 강한 부류에게 속해져야 했다. 그런 질서의 재편 과정에서 자연스럽게 지휘 계통의 초기 구분이 이루어졌다.

인류 생존의 절대 도구인 불의 등장으로 인해 그러한 질서 재편은 급속하고도 확실하게 이루어져 갔다.

조직이 점차 커지고 불을 비롯한 도구의 사용이 일반화되면서 지휘 계통의 구분은 비로소 양상을 달리하기 시작했다. 1차원적 힘의 논리에 2차원적 조직의 논리가 더해지게 된 것이다.

불과 다양한 도구 덕분에 동물계에서 독보적인 지위를 얻게 된 인류는 이젠 싸워야 할 상대가 자연이 아니라 같은 인간에게로 귀착되게 되었다.

수가 많고 현명한 상대로부터 자신과 조직을 방어하기 위해서는 더 많은 인원과 협조가 필요해졌다.

수가 점차 늘어남에 따라 원활한 조직의 관리를 위하여 보다 강력한 지도력이 반드시 필요하게 되었고, 다양한 의견들과 각기 다른 입장들 사이에서 일사 불란한 지휘 체계를 유지하기 위한 강압적인 권력이 효과적인 수단으로 등장하였다.

단위가 가족에서 부족으로 늘어나고, 다시 다수 부족이 연합해 가면서 계층을 이루는 조직이 비로소 자리잡기 시작한 것이다. 즉 개인과 개인들이 서로를 잘 아는 부족 단위에서는 아직 계층이라고 할 수 없는 단계였으나, 구성원들이 서로 모르는 정도로 단위 규모의 부족 집단에서 비로소 계층의 구분이 발생했다.

부족과 부족의 연합은 결국 생존을 지키기 위한 싸움에 의해서 거의 강압적으로 이루어지기 마련이었으므로 승자 진영과 패자 진영이 분명히 갈리게 되고, 심할 경우 주인과 노예의 계층으로 극단적인 양상을 보이기도 했다.

한반도의 선조들도 그와 다름없는 과정을 거쳐 부족 연합국가로 성장해 갔다.

특히 떠돌이 유목 생활이 아닌 농경 위주의 붙박이 사회 구조는 더욱 절실한 지휘 체계를 필요로 하여 계급의 발생을 가져왔고, 모든 것이 늘 부족한 결핍 상태에서 발생하는 부족간 생사를 건 다툼의 결과는 계층의 확립을 가져왔다.

부족간의 결합으로 초기 국가의 형태가 갖추어짐과 동시에 계층 구조의 성립도 함께 이루어졌다.

초기 국가의 형태에서 원형 국가로의 발달은 법이 제정되면서라 할 수 있다.

초기 국가의 단순 계층 사회에서는 법이 필요 없었다. 가장 높은 계층의 판단이 법이기 때문이었다.

예외가 있다면 제정 분리로 인한 제사장과 정치 지도자의 위상에 대한 갈등은 있었으나, 엄연히 다른 직무의 성격상 치외 법권으로 인정하는 타협이 가능했었다.

제사장을 제외하면 견제받을 상대가 없었고 이론을 제기할 강력한 계층이 없었기 때문이었다.

그러나 국가의 모습이 커지면서 지위가 같은 계층이 생겨나고 그들 상호간의 충돌과 견제에 의하여 어느 일방의 주장이 법으로 인정받지 못하는 위급한 상황이 발생하자 이를 중재하기 위해 계층간 합의에 의한 약속이 필요했고, 벌칙 규정이 제정되자 그것이 곧 법이 되었다.

약 4,500년 전 팔조지금법이 존재했던 고조선 시대 한반도의 모습이 이러했다고 생각된다.

이렇게 완성된 국가 형태는 삼국시대를 거쳐, 고려시대에 이르기까지 세부적인 보충, 보완을 거듭하면서 원형을 유지하게 된다.

삼국시대에까지 계층간의 차이는 일부 통치권을 제외하면 그다지 엄격하지 않았다.

비교적 자유로운 신분상 이동과 계층간의 교류는 국가의 유연성을 보장해 주었고, 활달한 기상으로 동북 아시아를 힘차게 누비고 다녔다. 극히 일부의 특권 계층과 노비 계층을 제외하면 대다수 일반인들은 계층의 한계와 속박이 없이 평민의 자격만으로도 얼마든지 넓은 활동을 했고, 계층 이동 및 신분 상승도 자유로웠다.

이미 오래 전 완성된 국가 형태였으므로 높은 기상과 효율을 바탕삼아 중국 대륙도 호령할 수 있는 자신감이 당당하게 자리하고 있었다.

오히려 고려시대를 거치면서 그토록 활달했던 국민들의 기상은 계층 계급의 엄격화로 서서히 제약을 받기 시작했으며, 신분의 이동도 어렵게 구속되기 시작했다.

당연히 국가의 유연성은 뒤떨어지게 되었고, 거침없이 밖으로 향하던 호연지기는 안으로 움츠러드는 보신주의로 점차 변질되어 가고 말았다.

당당한 한반도의 기상에 위기 의식을 느낀 중국의 집요한 공작과 문화 침투로 인한 변질의 순서를 눈치채지 못하고 서서히 굳어져 갔던 것이다.

과정은 그러했을지라도 오늘날 한민족의 심성과 양식을 결정짓는 동기는 역시 조선시대에 들어서라 할 수 있다.

양반 계층과 기타 하부 계층으로 크게 양분되었던 조선시대의 사회적 계층 분리는 필연코 깊고 먼 계층간의 위화감으로 인해 국가 발전의 한계를 확정짓는 큰 원인으로 작용하였다.

양반으로 분류되는 계층은 그들의 양식을 학문적인 토대를 기본으로 삼았으며 이론과 실제를 접목시키는 행위의 주체로 확고

한 지위를 보장받았다. 그 학문의 토대가 중국의 것임은 모두가
잘 알고 있는 내용이다.

그러한 사대부로 통칭되는 계층은 학문 위주의 높은 가치를 절
대 지켜 가면서 자신의 양심과 주변의 안정을 도모하는 것을 존
재의 이상으로 삼았다.

그에 비하여 기타로 총칭되는 여타 계층들은 사대부들의 영역
밖에서 실질을 담당하고 영위하는 실생활의 주관자로서 전혀 다
른 세계에서 자신들의 극히 제한된 부분만으로 만족해야 했다.

도저히 뛰어넘을 수 없는 신분상의 제약은 차라리 운명이라고
표현할 만큼 완고하기 이를 데 없는 인위적 굴레가 되어 버렸다.
이와 같은 계층의 명백한 분리가 조화롭게 역할을 맞추어 나가지
못하고 유리된 채 지낼 수 밖에 없었던 이유는 양측을 연결하고
이론과 실제를 접목하여 효과적인 생활로 확대, 발전시킬 중간
계층이 없었기 때문이다. 이는 큰 유감이 아닐 수 없다.

지나친 양측의 괴리감으로 인해 오랜 기간에 걸쳐 발전된 사대
부 계층의 정치, 사회, 경제의 탁월한 논리학이 이론 자체에 머무
른 채 학문을 위한 학문으로 존재하게 되었고, 실제 생활과 역사
속으로는 녹아들지 못하고 말았다.

실사구시를 내걸고 개혁과 개선의 시도가 역사를 통하여 드물
지 않게 시도되어지긴 했으나 중간 계층 또는 중간 구조의 부재
로 국가의 시스템이 견고하지 않았기 때문에 그토록 발전된 이론
이 적용되지 못하고 말았다.

중인으로 불리는 계층이 없지는 않았으나 그것도 비교적 근세

의 일이고 그들 또한 결국엔 기타 계층으로 분류가 되어 버려 자신들의 중간적 입지를 사회 속으로 정착시키기에는 실패하고 말았다.

그만큼 사대부들의 자기 본위 의식은 엄청난 선민 의식으로 고착되어 활발한 계층간의 교류를 불가능하게 만든 원인이 되었다.

기타 계층간에는 다행스럽게도 교류와 협조가 원활하여 그나마 사회의 저변에서 국가의 흐름이 끊이지 않도록 하는 원동력이 되었다 그러나 시기와 달라지는 조건에 걸맞는 이론적 에너지의 공급이 단절되는 상황 아래에서 제도적 발전으로까지 상향 확대, 정착되기는 어려웠다.

계층간 교통이 원활할 경우, 사회 저변의 다양한 의견이 손쉽게 위로 전달될 수 있다는 점이었다.

위로부터의 지시와 명령 하달 체계는 체계의 복잡함에 따라 다소 전달되는 속도에는 차이가 있을지라도 구태여 지키려 애쓰지 않아도 되는 기본적인 것이 많았다.

그러나 아래로부터 위로 향하는 의견 전달은 여간 발달된 제도와 훈련과 계층이 없이는 변질되지 않고 고스란히 전달되기가 대단히 어려운 것이다.

특히 국가 구조의 기본이 봉건 통치 제도인 경우, 위정자의 개방된 아량이 아니면 여간해서 제도화되지 않는다.

여러 계층간 교통이 자연스럽게 이루어지려면 먼저 지식과 정보의 공유화가 선행되어야 한다.

같은 내용의 정보가 계층간의 특성에 맞추어 다양하게 소화되고 때에 따라서 양보도 이루어져서 가장 효율적이면서 소외 계층이 최소화되도록 하는 것이 통치의 기본이 되어야 했다.

그러나 오늘날과는 달리 미디어 매체의 발달이 원시적이고 전달 속도 또한 느린 시기에는 당연히 정보의 습득과 활용은 특정한 일부 계층으로 국한되기 마련이었다.

따라서 점점 그 차이가 현격하게 벌어지면서 비로소 양반과 그 외로 구분이 되어졌다.

결국 정보와 지식을 소유한 계층과 그렇지 못한 계층간에 같은 언어로 대화하기가 어렵게 되고 의식의 깊이가 점차 벌어지면서 양자간에 명백한 한계선이 그어지게 되었다.

당연히 유식한 일부 계층에 의한 통치 제도가 확립되고 기타 계층은 그들의 유식함에 의지한 채 따라가기만 하면 되었다. 그 점은 비단 한반도에만 국한된 풍조는 아니었고 서양 사회도 마찬가지였다.

민주 사회란 국민들 모두가 공통의 정보와 지식을 소유할 때 가능한 제도이므로 보다 차원 높은 제도라 할 수 있으며, 그전에는 정착시키기가 난해한 제도인 것이다.

지식과 정보의 공유는 필연적으로 정보의 전달 수단과 방법이 발달돼야만 가능한 것이므로 민주 사회란 산업 기술의 발달 정도와 밀접한 관계가 있다고 하겠다.

엄격히 분리가 된 계층 사회에서 길들여진 사대부들에게 있어서 가장 경계되는 사항은 결국 기타 계층들의 자각이었다. 자신들의 통치 내용이 기타 계층들의 분석을 받고 시비거리가 된다면 편안한 통제 관리는 이미 물 건너가고 마는 것이다.

단순히 불편한 정도가 아니라 자신들의 의도가 속속들이 드러나서 실책이 밝혀질 경우 역사상 무수한 반란과 폭동의 확실한 빌미가 되기도 했었다.

그래서 근대사회의 전환기에 민중 정보 통제와 자각을 늦추기 위하여 쇄국정책이 불가피했었고 서서히 계층이 무너져가는 충격 또한 크기도 했었다.

계급 사회, 계층 분리의 말기적 현상으로 대두된 것이 공산주의의 형태로 나타나기도 했지만, 먼저 계층의 파괴가 시작된 것은 산업 혁명과 기술 발달이 가져온 서구 사회에서의 필연적인 결과였다. 민중들이 자각을 하기 시작했고 미디어의 탄생은 그것을 한껏 부추겼다.

중산층의 대두는 즉 상부 의견과 하부 의견의 차이를 좁혀 놓았으며 산업 구조의 변혁은 의식 구조의 변화로 나타나게 되었다. 계획에 입각한 사회 제도 개혁이 미처 뒤따르지 못하는 상황에서 먼저 나타나는 것은 민중에 의한 혁명일 수밖에 없었다.

세계 곳곳에서 기존의 일방적 질서가 깨지는 소용돌이가 한꺼번에 일었다. 중농주의에서 중상주의로 이전되는 과정은 그대로 정보와 지식의 보편적 세계로 이전하는 모습과 완전히 일치하였다. 유식해진 민중에게 우민정책은 기득권자의 횡포일 뿐이었다.

한반도에도 이런 조류가 밀려온 시기는 크게 뒤지지 않았다. 당시 위정자들은 그러한 기회를 자신들 입지를 위협하는 시대 사조로 생각하여 우선은 탄압을 하고 막아 내야 했다.

오랑캐들의 몰상식한 습성으로부터 우리의 미풍양속을 지키고 자주적인 모양을 견지한다는 명분이었으나 실상은 대원군을 비롯한 기존 수구세력 자신들의 입지를 공고히 유지하기 위한 행위 그 이상도 이하도 아니었다.

어떤 사조가 한 사회를 변화시키고 영향력을 확고히 하려면 최소한 약 15년 정도의 교육 기간이 필요한데, 그 귀중한 15년의 세월이 안타깝게도 흘러 버리고 말았다.

그렇다고 해서 수구 세력의 의도처럼 자신들의 입지가 원하는 대로 공고해진 것도 아니었다. 오로지 자기 입지를 위하여 에너지를 낭비하고 국부를 망실하고 있었다.

그런 다급한 변화의 와중에서도 한반도의 백성들은 의식을 정지당한 채 무방비 상태로 있었고, 한 걸음 먼저 개화된 주변 열강이 정체해 있던 사회를 흔들고 저들의 이익을 손쉽게 확보해 가기 시작했다.

단 한 걸음의 차이였다.

정치의 변혁, 사회의 변화, 외교적 활동 등과 같은 행위는 민중들의 소관이 아니라고 위정자들은 생각했다. 오로지 사대부들이 소신을 가지고 국정을 펼쳐 나갈 수 있도록 민중은 뒤에서 세금을 잘 내주기만 하면 되었다.

너무 확연한 계층적 분단에서 벗어나질 못하고 에너지를 극대화할 수 있는 민중의 존재, 중간 계층의 가치에 대해서 너무도 소홀히 여기고 있었다.

사대부들은 바보가 아니었다. 신문물의 위력도 이해하고 있었고, 새로운 제도의 강점들도 이해를 했다.

단 한 가지, 그러한 위력과 피할 수 없는 대세의 흐름을 자신들만의 힘으로 이룰 수 있다는 안이한 판단을 하고 말았다.

무지한 민중들을 먼저 깨우치므로써 중간 계층의 등장으로 자신들의 수고가 훨씬 덜어지며 생산성이 몇십 배나 증대된다는 산업 사회의 생산성 이론은 사대부들의 의식 속에는 없었다. 모든 기초 조건들이 열악한 상태에서 계획처럼 개화의 순서가 시간 여유를 두고 따라줄 리가 없었다.

개혁에 성공한다는 목표는 가능성보다 초를 다투는 시간과의 싸움이었으나 사대부들의 침착함은 도움이 되지 못했고, 초기 시간과 속도의 중대성을 안타깝게 놓치고 말았다. 대쪽같은 사대부들의 자존심 문제일지도 몰랐다.

일부 시간의 중요성에 조바심을 느끼고 있던 김옥균을 비롯한 적극 개화파 인사들이 갑오경장이라는 정치적 혁명을 시도하였으나 그것을 지원하고 뒷받침할 세력이 없었으므로 결국 삼일 천하로 허무하게 실패하고 말았던 것이다.

시간이 아무리 급해도 호응하고 지원받을 세력을 배후에 만들어 놓고 시도해야 할 과정이었지만, 그들 사대부 혁명가에게도 민중 의식의 중요성은 그때까지도 인정되지 못했었다.

깨어 있는 의식의 젊은 사대부들조차 그러할 정도로 선민 의식, 반상의 구분 의식은 뿌리가 너무 깊었다.

명분은 나무랄 일이 아니었고, 판단의 정확성도 빈틈이 없었으나 행동가들이기보다 이론가들이었으므로 실제 행동에 앞서서 준비 과정은 많은 부족함이 있었다.

급할수록 돌아가야 하는 단순한 상식은 실천에 있어서 이론보다 중요했다.

서양 사회는 산업화에 뒤이은 민중 의식 구조 변화에 따른 개혁 요구의 순서가 자연스러웠지만, 한반도에서는 민중 의식 구조의 준비가 되기 전에 사회 변혁의 필요성이 먼저 닥쳐 왔었던 것이다.

의식 준비가 먼저 이루어진 상태에서의 변혁은 성공할 가능성이 많았지만, 의식 준비가 되어 있지 않은 상태에서 변화의 당위성만으론 지원 세력 부재로 인해 에너지와 힘을 한곳으로 모을 수가 없었다.

극히 일부에 속하는 일이지만 누구도 따르기 힘든 전문 분야인 경우, 그런 엄중한 계층의 구분을 뛰어넘는 경우도 없지 않았다. 의술 분야가 그러했고, 화공 등 사대부들도 스스로 이루기 어려운 전문 분야는 특별 조치로 인해 반상의 구분도 뛰어넘을 수가 있었다. 그러나 예외라는 한시적인 엄격한 규정으로 묶어 놓아 제도권 안에서 정당하게 수용하려 하질 않았다.

전문 지식의 막대한 이용 가치 때문에 하는 수 없이 수용하는 방편이었다.

철저한 귀족주의 제도의 오랜 결과가 시대의 변화에 능동적으로 적응해 나갈 여유를 만들지 못했으며, 이제껏 답습해 왔던 자신들의 가치관에 메스를 가할 엄두조차 내질 못했다. 그리고 우왕좌왕 혼란에 빠져 아까운 시간을 축내고 있을 때, 미리 준비된 열강들의 무례한 행동에 적절히 대응할 수가 없었다.

유연성이 떨어진 심히 경직된 계층 사회 구조의 뼈아픈 결말이었다.

초기 국가 수립 단계에서 보였던 독자 설계의 민족 자주성은 근본 이유를 꿰뚫고 있었기 때문에 얼마든지 개선도 하고 수정도 가능하였지만, 중국으로부터 도입된 학문과 문화는 초기 단계와 중간 발전, 수정 단계가 고스란히 생략된 채 화려한 결과만 도입되었으므로 그것이 가지고 있는 미완성 부분을 찾아 내기가 어려웠다. 품고 있는 이면의 술책을 읽어 낼 기초 자료도 빠지고 없었다.

그런 이유 때문에 그것이 가지고 있는 논리학의 커다란 장점과 함께 교조적인 함정까지도 고스란히 수입되어 높은 학문적 업적에 못지 않게 감추어진 해악도 같이 자라게 했다.

사대부 계층의 입장에서 보면 중국산 학문은 자신들의 학문적 욕구와 지적 허영을 만족시켜 주고 다른 계층과 확연히 차별을 둘 수 있는 복음과 같은 심오함이라 생각하곤 쉽게 몰두해 갔다.

중국의 학문이 갖고 있는 정의로움은 하층 계급인 기타 계층이 알아서는 곤란한 내용이었으므로 가급적 배움의 기회를 억제하여 두고자 정책적으로 구속하기도 했다.

결국 그러한 괴리감은 중간 단계가 발전할 수 있는 소지를 애초부터 차단한 결과가 되어 사회의 중간 공백을 돌이킬 수 없이 크게 벌려 놓았다. 소수의 지식인 계층과 몽매한 다수의 기타 계급으로 뚜렷이 양분되어 버린 것이다.

더욱 유감스러운 것은 중국의 학문이 가지고 있던 감추어진 해악까지도 차라리 전파되지 않았으면 피해가 덜할 것이었으나, 그런 해악은 유난히 강조되어 기타 계층에게 가르쳐졌다. 그리고 지나친 충성, 과도한 효, 넘치는 예의라는 모양만 좋은 빛깔로 그렇지 않아도 목말라했던 하층 계층의 지적인 만족감을 교묘하게 유도했다.

기타 계급이 충성을 다할 대상은 군사부 일체라고 하여 바로 사대부 계층이었으며 따라서 그러한 유리한 부분만 특별히 강조되어 전수했던 것이다.

중국에서조차 현실감이 없어서 권장되지 않던 부분들이 한반도에서는 반대로 강조가 되었다.

근본이 자기 것이 아닌 다음에야 아무리 잘해도 본토의 분석을 능가하기는 어려웠다.

철저한 계층 단절로 인해 근세 역사의 과정과 결과 중에 우리 스스로 선택하고 책임을 진 경우가 단 한 번도 없었다는 부끄럽기 짝이 없는 이력서를 만들고 말았다. 그래도 아직껏 우리는 냉철하게 판단할 줄 모르는 것이다. 너무 오랜 세월을 눌려 살고 밀려 살아서 예전의 자주적인 기상과 호연지기를 거의 잃어버리고 말았다.

욕망과 의지와 분노가 가슴에 없는 것은 아니다. 다만 어떻게 표현하고 뚫고 나가야 하는지 방법을 모르기 때문이었다. 개선을 위한 당연한 욕구가 용기의 뒷받침이 없어서 간단히 묻혀지곤 하던 모습이 바로 오늘날에도 계속되고 있었던 것이다.

그러면 예전의 그토록 꼿꼿하던 사대부들의 목숨을 내건 높은 기개는 다 어디로 갔는가.

극히 일부의 용기 있는 신흥 사대부를 제외하곤 모두가 스스로 기타 계층으로 전락해 갔으며, 그러면서도 우리들은 그조차도 모르고 있는 것이었다.

지금은 이전과 같은 반상의 계층 구별은 거의 사라졌다. 미디어의 발전은 의식적으로 피하지만 않으면 대중을 무식하게 그냥 놓아두질 않는다.

모든 계층이 이젠 공동의 정보 아래 공평하게 놓여 있다는 말이다. 그러나 의식의 저변에 짙게 남아 있는 기타 계층의 본능은 참으로 집요하게 살아 남아서 엄연한 반상의 구분을 보여 주고 있다.

누가 자기 자신을 상것의 위치로 내려놓으려 하겠는가. 자신의 처지를 고귀하게 만들기 위한 욕심 때문에라도 사대부의 기개와 호연지기 흉내를 내려고 애쓸 줄 알았는데 현실은 정반대로 상것들의 의식 구조를 충실히 따르고 있다. 그러면서도 그것이 상것들의 것인지조차도 모르고 있는 것이다.

이전과 같은 계층 구조는 완전히 무너졌다고 말했지만, 새로운 인격의 계층은 엄연히 존재하고 있다.

다행인 것은 이제는 숙명이라는 잔혹한 사슬로 묶여 있지 않기 때문에 자신의 계층을 얼마든지 스스로 높일 수 있다는 점에선 커다란 차이가 있는 것이다.

아무리 기회가 넓게 펼쳐져 있어도 천민 사상에서 헤어나지 못하는 부류는 반드시 존재하기 마련이다. 그래야만 신흥 사대부의 고귀한 기개가 더욱 높아 보일 테니까…….

목표는 한국이다

*

    강우는 냉정함을 찾기 위해, 하루 종일 몰두해 있던 업무로부터 한 발자국 슬쩍 벗어나 조용한 시간을 갖고 있었다. 그러나 갑자기 울리는 호출기의 진동음으로 고요함이 한순간에 깨져 버리고 말았다.

    검색 버튼을 눌러 확인해 보니, 평소 서로 호감을 갖고 있어서 특별한 용건이 없어도 종종 한담을 나누거나 술집을 순례하기도 하는, 중국 통신사의 첸 기자로부터 급히 연락을 바란다는 메시지가 입력되어 있었다.

    얼마 전부터 동경지사의 이름으로 등록이 된 휴대용 전화와 이동 통신기는 가급적 공식적인 업무상의 사용을 제한하도록 본사로부터 지시가 있었다.

    완전한 비밀을 유지하기가 구조적으로 불가능한 무선 전화기의 특성 때문에 업무상의 기밀이 자꾸만 누설되는 듯한 기미가 보이고, 이로 인해 취재와 자료 수집이 원인도 모르게 사전 방해를 받게 되는 경우가 빈발하자 부득이한 경우를 제외하고는 중요한 업무에 사용하지 않도록 해야 할 필요가 있었다. 그래서 강우는 간접적으로 우회해야 하는 불편과 비능률을 무릅쓰고 자동 호출기를 사용할 수밖에 없었다.

이전에는 그런 경우가 없었으나 한국과 일본의 관계가 급속히 냉각되면서부터 그러한 유감스러운 사태가 발생했다.

도청, 감청은 국제법상으로도 명백한 불법 행위였지만 장소가 장소인지라 드러내 놓고 항의할 수도 없었고 다만 스스로 경계를 할 뿐이었다.

호출기에 적혀 있는 사서함으로 들어가자 굵직한 저음의 정확한 영어 발음으로 녹음되어 있었다. 강우의 사무실 근처에 있는 '일번지'라는 주점으로 먼저 갈 터이니 너무 늦지 않게 꼭 만났으면 한다는 전갈이었다.

'일번지'는 중국인 첸 기자와 강우 사이에서만 통하는 암호로서 '모모야'라는 주점을 뜻한다.

'모모야'는 첸 기자와 만날 때 외에는 누구와도 함께 들르지 않도록 주의를 하며 이용하는 둘만의 안전 장소였다.

업무상 다양한 정보를 안전하게 수용하고 취재원의 보호를 위해 강우는 이같은 안전 장소를 몇 군데 정해 두고 서로만 통하는 암호를 사용하여 만일에 있을 수 있는 방해와 위험으로부터 사전 대비를 하고 있었다.

'무언가 시급한 일이라도 있는 모양이군. 내일까지 기다릴 수 없을 만큼……'

강우는 계산을 하고 '라일락'을 나왔다.

'모모야'는 걸어서 약 20여 분 정도의 거리에 있었다. 복잡한 쇼핑가를 지나고 지하도를 몇 군데 거쳐야 하므로 만일에 있을지도 모르는 미행을 따돌리기에는 적당한 장소였고 그리 유명한 주점도 아닌, 조금은 소란스럽고 서민적인 분위기가 물씬 풍기는 그런 집이었다.

강우가 '모모야'에 도착했을 땐 조금씩 땅거미가 드리워지기 시작할 무렵이었다. 첸 기자는 강우보다 5살 정도 나이가 많았다. 그러나 두 사람 사이에 똑같이 외국 파견 생활이라는 공통점이 있어서인지 몰라도 5살의 나이 차이를 인식하지 못할 만큼 친숙한 관계를 이어오고 있었다.

거기엔 첸 기자의 조국과 강우의 조국이 모두 과거사에 있어서 유사한 경험을 나누었다는 점도 다소 작용했을지 모른다. 하나의 사안을 두고 일본의 기자들과 의견이 일치하지 않을 경우, 언제나 강우의 편을 들어주는 점에서 의식적이 아니라 할지라도 그런 느낌을 누구나 받을 만큼 우호적인 태도가 여실했다.

강우 또한 선배로서의 대접과 예의를 결코 소홀히 하지 않았으며 그러한 강우에게 첸 기자 자신도 나이를 초월한 호의로 대하며 서로의 존재에 경외심을 품고 있었다.

좁고도 긴 '모모야'의 객실에서 첸 기자의 모습을 발견하기는 그리 어렵지 않았다. 유난히 커다란 덩치는 다른 사람들과 비교하여 월등하게 튀어 보이기 때문이었다.

비만하지는 않으나 태어날 때부터 유달리 골격이 장대했던 모양이었다. 그에 걸맞게 두둑한 배짱과 호걸풍의 음성에, 익숙하지 않은 사람은 으레 스스로 주눅이 들곤 했다.

아울러 그 커다란 덩치에 걸맞지 않은 카랑카랑한 성격이 다른 이들로 하여금 쉽게 접근하는 것을 허용하지 않기도 했다.

'모모야'의 자동문이 열리고 강우가 선뜻 안으로 들어서자 두 사람은 거의 동시에 서로를 발견하고는 누가 먼저랄 것도 없이 손을 들어 아는 표시를 했다.

코끼리 발 같은 첸 기자의 텁텁한 손아귀 속으로 강우의 손이 파묻히듯 건네졌고 첸 기자는 털털한 웃음으로 강우를 이끌어 맞은편 의자에 앉도록 안내했다.

"오래 기다리셨습니까? 첸 선배."

"조금 되었습니다. 오늘 무척 중요한 일이라도 있었던 모양이지요?"

"죄송합니다. 제가 좀 게을러 놔서……."

"안 선생께서 그러실 리가……. 무언가 사정이 있었겠지요"

역시 제일 가는 정보통으로서의 직감은 여기서도 유감없이 그 능력을 발휘하고 있었다.

수많은 각국의 동경 주재원 중에서도 항상 두어 걸음 앞서가는 정보통인 것을 모두가 인정하는 만큼, 첸 기자의 예리한 확신 앞에서 누구도 함부로 안개를 피울 생각은 말아야 했다.

"차차 아시게 되겠지요. 너무 몰아붙이지는 말아 주십시오, 첸 선배."

"물론이지요. 일부러 그러는 것은 아니라는 것도 잘 아시지요? 제가 본래 직선적이어서……."

두 사람이 만날 땐 자연스럽게 영어로 대화를 나누게 되었다. 어차피 두 사람에겐 영어든 일본어든 가릴 것 없이 외국어이긴 마찬가지이기 때문이었다. 첸 기자의 영어가 일본어보다 발음도 훌륭하고 능숙해서이기도 하지만 다분히 주변을 의식해서이기도 했다.

탁자 위엔 벌써 청주병 두 개가 비워져 있었고 강우가 들어오기 전에 주문을 했는지 주인이 새로운 잔과 청주병 두 개를 탁자 위에 올려놓으며 첸 기자의 덩치와 표정을 곁눈질로 살피고는 기가 질린 듯한 표정으로 황망히 돌아갔다. 두 사람은 주인의 마음을 이해하겠다는 듯 싱긋 눈웃음을 나누었다.

두 사람이 술좌석에서 만날 때에는 강우의 식대로 자신이 알아서 자기의 양만큼 자작을 하는 것이 아무런 거리낌없이 통용되었다. 대화는 첸 기자의 방식대로, 주법은 강우의 방식대로인 셈이었다.

강우는 배달되어진 청주 한 병을 스스럼없이 자신의 앞으로 당겨 잔을 채웠다. 그런 방식이 첸 기자의 배짱에도 맞는 듯하여 힘들여 이해시키거나 양해를 구할 필요도 없었다.

시원하게 냉각되어 있는 청주가 손가락을 거쳐 입술을 타고 온몸으로 흘러들었다. 천천히 강우가 자신의 잔을 비운 뒤 다시 채우는 것을 기다려 첸 기자가 먼저 입을 열었다.

"안 선생, 한국 내부의 실정이 여러모로 불편한가 보지요?"

"예, 이전 같을 수는 없겠지요. 돌발적인 사태가 아닌 만큼 힘이 드는 것도 사실입니다."

"정치나 경제는 그렇다 치더라도 국제 관계를 고려할 때 한국의 외교적 대응은 그래도 성과가 적지 않더군요. 한국이 국내의 어려움이 어느 정도 피할 수 없이 겪어야 하는 고통이라면 그것을 위로할 수 있는 것은 대외적인 외교 성과가 위로가 되는 것이 아니겠습니까?"

첸 기자의 위로 섞인 말이었다.

"한국의 입장에서 볼 때 지극히 당연한 사실이 의외로 많은 입증의 절차를 거쳐야 하고, 길고 불필요한 해명을 필요로 한다는 점에서 그저 안타까울 뿐입니다."

자조 섞인 강우의 대답이 의외로 첸 기자의 말문을 앞서가 버렸는지 한참 동안 말이 없었다.

첸 기자는 허공을 바라보면서 이야기의 말머리를 닫아 놓은 채 무슨 생각인지 골똘히 하고 있었다. 강우도 어떻게 공백을 메워야 할지 대책을 세우지 못하고 천천히 세 번째의 잔으로 틈새를 이어갈 따름이었다.

공백이 의외로 길어지는 것으로 보아 첸 기자가 오늘 하고 싶은 이야기와 강우의 자조 섞인 이야기 사이에서 사고의 혼란이 의외로 깊은 것을 느낄 수 있었다.

이윽고 첸 기자가 마음을 다져먹은 듯 자세를 바짝 앞으로 숙이며 어렵게 입을 열었다.

"안 선생, 와다라고 하는 일본의 외교 무관에 대해서 좀 알고 있는 것이 있는지 모르겠습니다만……?"

"글쎄요, 언젠가 들어 본 이름 같기는 한데, 자세히는…….."

강우도 첸 기자의 몸짓을 따라 몸을 앞으로 숙이고 서로의 머리가 맞닿을 정도로 거리를 좁히며 남이 들을까 작은 소리로 이야기하는 첸 기자의 자세에 호응을 했다.

"와다라는 자는 오래 전부터 홍콩 주재 일본 총영사관에서 일을 하던 자인데, 그자의 진짜 모습이 일본 군부의 맹렬 스파이라는 것은 몇몇 사람이 이미 인지하고 있습니다."

"예, 언뜻 기억이 나는 것 같습니다. 홍콩의 뿌리 깊은 집단인 삼협회와 깊숙한 관계가 있다고 하는 자 아닙니까?"

"알고 계시는군요."

"아닙니다. 그냥 그 정도일 뿐 더 이상 자세히는 모릅니다."

"그러실 겁니다. 외교관으로 위장된 일본 군부의 전위 행동 대원으로 첩자가 확실한 것 같습니다. 제가 알고 있는 정보망에 몇 차례에 걸쳐 그자의 행동이 포착되었던 적이 있었거든요. 홍콩이 중국에 반환되기 전에 삼협회의 주요 지명 수배자를 암암리에 일본으로 도피시킨 장본인이라는 사실과 그에 따라 삼협회 내부에서도 그자를 무시하지 못하는 인사로 인정하고 있다는 점도 확인이 되었습니다."

"그렇다면 중국의 공안국도 잘 알고 있겠군요?"

"물론이지요. 제가 알고 있는 몇 가지 사실도 중국의 공안국에서 나온 것이기도 합니다. 하지만 엄연히 외교관의 신분이고 아직은 중국에 직접적인 피해를 확인하기가 어려워서 조심스럽게 주시하고 있을 따름입니다. 그자가 처음 파견되어 근무를 시작한 곳은 원래 한국이었습니다. 그래서 한국의 내부 사정에도 상당히 밝은 것으로 알고 있습니다."

"그랬었군요."

강우는 바짝 긴장하며 첸 기자의 다음 말을 기다렸다.

"그 와다라는 자가 한국에서 홍콩으로, 홍콩에서 지금의 북경으로 임지를 바꾼 이유도 사실은 어느 정도 한국의 정보망에 정체가 노출되기 전에 미리 대피시킨 것으로 알고 있습니다."

"결국 와다라는 자는 한국을 목표로 행동하는 스파이라는 말이군요?"

"그렇지요. 오늘 이러한 이야기를 안 선생에게 하는 이유도 그자가 지금은 중국에서 일을 하는 척하고 있지만 결국은 우회적으로 한국을 겨냥하고 있다는 점을 알고 계시라는 뜻입니다."

"감사합니다. 그토록 중요한 사실을 제게 알려 주셔서……."

"천만에요. 중국의 입장에서도 그자는 골칫거리입니다. 홍콩의 삼협회가 중국 본토까지 활동 무대를 넓히는 일에 뒤에서 협조하고 정보를 제공한 사실이 내가 일하고 있는 통신사의 후배로부터 확인되고 있습니다. 거기까지는 중국의 공안국도 미처 모르고 있을 수도 있습니다."

강우는 자신의 호흡이 조금씩 격해져 오는 것을 느꼈다. 기자는 자신의 정보망을 결코 노출시키지 않는 법인데, 지금 앞에 있는 첸 기자는 조금씩이나마 자신의 정보망을 강우에게 내보이고 있는 것이다.

강우로서도 조심스럽게 생각하지 않으면 안되었다. 그만큼 무언가 절실한 내용이 있을 것만 같았다.

"제 입장에 대한 것은 안 선생께서 전후를 잘 판단해 주십시오."

"잘 알겠습니다. 믿고 하시는 말씀이라는 뜻을 제가 모를 리가 있겠습니까?"

잠시 강우와 첸 기자는 청주 잔을 함께 비움으로써 무언의 확인을 했다.

"첸 선배, 그 와다라는 자가 지금도 북경에 있습니까?"

"바로 그 점입니다. 북경에서 활동하던 그자가 얼마 전부터 모습을 보이지 않고 있습니다."

"그렇다면?"

"나는 늘 이렇게 생각해 왔습니다. 와다라는 자가 은밀히 움직이면 반드시 한국을 목표로 하고 시작할 것이라는 점입니다."

"……."

강우는 아무런 대꾸도 할 수 없었다. 첸 기자의 정확한 판단력을 익히 잘 알고 있었기 때문이었다.

"그동안의 위장 활동을 통해서 언제라도 활용할 수 있는 인맥을 만들어 두고 지금쯤 자신의 임무를 시작했다는 판단을 하고 있습니다."

그것은 첸 기자의 분명한 선언이었다.

와다가 움직였다.

목표는 한국이다.

방법은 누구도 모른다.

강우는 손아귀에서 흐를 정도로 진한 땀이 배어 나오는 것을 손수건을 꺼내어 닦아 내었다. 그런데 첸 기자의 이어지는 다음 이야기에 강우는 퍼뜩 정신이 들었다.

"안 선생, 그 와다가 지금 동경에 있는 것 같습니다."

"예? 그자를 보았습니까?"

"아닙니다. 그자를 직접 본 것은 아니고, 홍콩의 삼협회에서 와다를 보호하고 지원하고자 은밀히 두 사람의 심복을 붙였는데 그중 하나가 바로 어제 동경에서 발견되었습니다. 우리는 그자들을 와다의 그림자라고 부르지요."

그렇게 이야기를 하면서 첸 기자는 석 장의 사진을 품속에서 꺼내어 강우의 앞으로 던져 놓았다.

두 장의 사진은 와다의 모습이 정면과 측면으로 찍혀 있어서 분명히 알아볼 수 있었으나 나머지 한 장은 와다와 그의 그림자라는 두 사람이 술집 내부인 듯한 장소에서 찍힌 것이어서 얼굴의 자세한 모습은 보이지 않고 윤곽을 구분할 정도의 것이었다.

강우는 한참 동안 석 장의 사진을 뚫어지듯 들여다보며 머리 속에 세 사람의 모습을 익혀 두고자 했다.

강우가 사진을 들여다보고 있는 사이, 첸 기자가 먼저 자리에서 일어났다.

"이만, 먼저 일어설 테니 잠시 후에……."

"정말 고맙습니다. 첸 선배의 배려를 늘 가슴속에 새겨 두겠습니다.”

강우는 첸 기자가 커다란 덩치를 휘적휘적 흔들며 카운터로 가서 먼저 계산을 하고 강우를 향해 싱긋이 웃어 주며 손을 흔들고 밖으로 나가는 모습을 그저 바라보기만 할 뿐 달리 아무런 표현도 하지 못했다.

저녁 식사 전에 정종 몇 잔을 마셨지만 취기는 간 곳이 없었다. 남겨진 정종 두어 잔을 더 마시고 그는 석 장의 사진을 주머니에 넣고는 천천히 ‘모모야’를 나왔다. 밖으로 나와 거리를 걸으면서 그는 입 속으로 반복해서 와다라는 이름을 되뇌었다. 절대로 잊지 않으려는 것처럼…….

다음날 아침 강우는 동경지사 사무실에 출근을 하자마자 전부터 잘 알고 지내는 한국 무역관의 지종호를 찾았다.

“안강우올시다. 지종호 과장님이십니까?”

“아, 예! 안 기자님이시군요. 제가 지종호입니다.”

“마침 직접 받으시는군요. 오늘 중으로 꼭 한 번 만나야 할 일이 있습니다만…….”

“그렇습니까? 제가 무슨 도와 드릴 일이라도…….”

“아닙니다. 도울 일이라기보다는 꼭 만나서 나누어야 할 이야기입니다.”

“그럼 그러시지요. 언제가 좋을까요?”

“오후 1시쯤 히비야 공원이 어떨까요?”

“아니, 왜 함께 식사라도 하시려면 공원보다는…….”

"제 일정 때문에 오랜 시간은 어렵습니다. 더 이상은 묻지 마시고 잠깐만 시간을 내주십시오."

만나서 이야기할 사안에 대한 중요성을 그 정도로만 귀띔해야 했다.

강우는 후배 기자에게 승용차의 운전을 부탁했다. 혹시 모를 추적이나 의심을 피하기 위해 괜스레 이곳 저곳으로 돌아다니며 시간을 보내다가 그는 히비야 공원 멀찌감치에서 재빨리 차를 내렸다. 그리고 약 1시간 뒤에 공원의 후문 근처에서 기다리도록 당부를 하고 공원 안으로 걸음을 옮겼다.

마침 식사 시간이어서인지 도시락을 들고 공원에서 식사를 하는 사람들이 군데군데 한가롭게 앉아 있었다. 강우는 연못 주변을 천천히 거닐며 지종호의 모습을 찾았다.

지금은 한낮이어서 공원이 울창한 나무들 사이로 경치가 그럴 듯하게 보이지만 밤이 되면 근처의 걸인과 부랑자들이 노숙을 하기 위해 몰려들기 때문에 산책도 하고 싶지 않을 만큼 음침하게 달라지는 곳이기도 했다. 아직 미처 치우지 못했는지 여기저기 종이들이며 빈 포장 박스들이 어지럽게 널려 있었다.

연못 주변을 걸으며 혹시나 모를 미행을 재차 확인하면서 한쪽으로 멀찌감치 연못 저편에 서 있는 지종호의 모습을 발견했다. 지종호도 강우의 모습을 발견하고는 먼저 천천히 앞서 걸었다.

"오랜만입니다. 안 기자님."

"반갑습니다. 여전히 바쁘시지요?"

"늘 그렇지요, 뭐."

"잠시 저쪽 벤치에라도 쉬었다 갈까요?"

강우는 지종호를 앞서 성큼성큼 비교적 눈에 잘 띄지 않는 벤치로 걸음을 옮겼다.

"무슨 일이신데 식사도 함께 할 수가 없을 정도로 바쁘십니까?"

강우의 옆에 다가앉으며 지종호는 투정 아닌 투정으로 분위기를 가볍게 하려 했으나, 강우의 표정은 마냥 무겁기만 했다.

"먼저 이 사진을 봐주십시오."

강우는 품속에서 어제 저녁 첸 기자로부터 건네 받은 석 장의 사진을 지종호가 들고 있는 신문 위에 내려놓았다.

"글쎄요. 저는 누구인지 잘 모르겠는데요. 누구입니까? 이 사람이……."

강우는 지종호가 사진 속의 사람들을 이미 알고 있으면서도 시치미를 떼고 있는 것은 아닌지 확인하기 위해 잠자코 지종호의 표정 변화를 유심히 살폈으나 정말로 모르고 있는 듯, 표정의 변화는 발견되지 않았다.

직업상 입수되는 정보가 사실인지 거짓인지를 한순간에 판단해야 하므로 나름대로의 요령이 저절로 몸에 밴 것이다.

"정말로 모르는 사람들입니까?"

"물론입니다. 전혀 기억에 없는 사람들인데요."

강우는 어제 저녁 첸 기자와 나누었던 대화의 내용을 상세히 설명해 나갔다. 느리고 신중한 강우의 설명을 들으며 지종호는 차차 얼굴이 무겁게 굳어져 갔다.

한국과 일본 사이가 지금처럼 악화 일로를 달릴수록 지종호 같
은 인사들의 가슴은 피가 마르는 것처럼 촉각이 곤두설 터이고
그들의 역할과 정보 하나하나에 조국의 현실과 미래가 결정될 수
도 있으니만큼 엄중한 임무가 그들의 어깨에 걸려 있었다. 와다
의 입장과 지종호의 입장이 서로 겹쳐지면서 곡예를 하듯 팽팽한
긴장이 강우에게도 속속 전달되어 왔다.

정보원들의 산업 경제, 기술 정보 입수가 국가의 미래를 좌우
할 수 있을 정도로 중요하게 인식되면서 국가 안보 위주의 활동
을 하던 정보 요원들의 역할이 매우 다양하게 확대되어 갔다. 따
라서 예전의 활동에 비해 요소의 전문성을 더욱 필요로 하게 된
것은 어쩌면 시대적 흐름의 당연한 요구인지도 몰랐다.

지종호 또한 전문적인 공학의 지식을 바탕으로 산업 전쟁의 최
일선에서 안보를 대신할 기술 정보 수집 활동을 하는 전문가였다.
그는 강우의 이야기를 끝까지 침착하게 듣고만 있다가 이윽고 말
문을 열었다.

"안 기자님, 이 사진의 출처를 알 수 있을까요?"

"죄송합니다. 내놓고 공개할 입장이 아닌 것을 양해해 주십시
오."

"그럼 만일 필요한 경우, 사실 확인을 해주실 수는 있지요?"

"물론입니다."

잠시 더 들여다보는 지종호를 남겨 두고 강우는 서둘러 먼저
일어섰다.

"일정이 바빠서 먼저 일어섭니다."

"예, 먼저 가십시오. 다음에 식사라도 한번 함께 하도록 하시지요."

강우는 후배와 약속이 되어 있는 히비야 공원 후문으로 걸음을 서둘렀다. 걸으면서도 그는 내내 마음이 무거웠다.

한국에서부터 지종호가 정부의 요원인 것은 알고 있었지만 자신이 지금 하는 행동이 어떤 결과로 나타날지 전혀 예측하지 못하는 상황이기 때문이었다.

돌아오는 승용차의 창 밖으로 건물들의 벽에 내걸려 있는 현수막의 글귀들이 다른 때보다 더 섬뜩하게 눈에 들어왔다.

'일본의 운명은 당신의 결정과 함께!'

'우리 땅, 우리 국토, 후손들의 것!'

▌영웅들의 등장

*

　강우는 사무실로 돌아오자마자 그 사이에 손님이 다녀갔다고 하면서 동료로부터 메모지 한 장을 전해 받았다.

　「함께 식사라도 할 수 있을까 해서 방문했습니다만. 미리 약속을 드리지 못해서 유감이군요. 저녁때나 돌아오실지 모른다고 해서 돌아갑니다.

　　　　　　　　　　　　　　　　　　　— 기노시다 준」

　전혀 뜻밖의 메모였다. 강우는 메모지를 건네 준 동료에게 재차 물었다.
　"뭐라고 특별히 남긴 말은 없어요?"
　"아뇨. 그저 전달해 드리기만 하면 잘 아실 거라고……."

"표정은 어땠어요?"

"글쎄요. 조금은 경직되었다고 할까요? 죄송합니다. 그 이상은 미처……."

"아니, 고마워요. 충분합니다."

규칙에 따라 정해져 있는 업무가 아니어서 외부에 나가 있는 경우가 태반이라는 것을 기노시다도 잘 알고 있을 터이고 미리 예약도 없이 이렇게 방문해 봐야 헛걸음하기가 쉬우리라는 것을 알고 있을 텐데, 그만큼 다급한 일이라도 있다는 것인지 궁금했다. 그래도 기노시다는 역시 주의가 깊었다.

혹시 예상하지 못한 일이라도 발생할까 봐 메모지에 구체적인 내용은 쏙 빼놓은 채 암시적으로 표현한 것이다. 오늘 저녁 '스즈'에서 기다리겠으니 알아서 하라는 지극히 완곡한 표현을 암호처럼 사용하고 있었다.

강우는 장난 삼아서 기노시다의 암호를 머리 속으로 재구성해 보았다.

「저녁때까지 기다리기가 싫어 직접 찾아왔습니다만, 계시지 않을 줄 알았습니다. 오늘 저녁 '스즈'에서 꼭 뵙고 싶습니다.」

막상 이렇게 재구성을 해보니 실감이 나서 그는 혼자 낄낄거리며 웃었다.

옆으로 지나치던 동료가 언뜻 메모지 위를 기웃거리고는 하나도 웃을 일이 아닌 것을 알고 의아스러운 듯 멍청한 표정이 되어 강우의 얼굴을 쳐다보며 지나갔다.

'기노시다가 이곳까지 찾아왔었다.'

강우가 알고 있는 기노시다의 성격으로 보나 보통의 일본인들의 상식으로 보나 사전 예약이라든가 초청이 없는 상태에서 무작정 쳐들어오는 식의 방문은 생각하기가 어려웠다.

쉽지 않은 모험일 텐데 이런 점까지 각오하고 찾아올 만큼 무슨 위급한 일이라도 발생했는지 아무리 생각해도 짚이는 바가 없었다.

기노시다의 입장을 너무도 잘 알고 있는 강우는 기노시다가 거북하게 생각할 수 있는 조그만 질문이라도 부담을 주지 않으려고 했다.

직업상 단순히 생각해도 상대가 상대인 만큼 얼마든지 깊은 정보를 얻기 위해 수단과 방법을 가릴 처지가 아니었다. 또한 현재 한·일간의 긴박한 상황을 생각해 볼 때 그렇게 하고도 남을 지경이지만 최소한 기노시다에게만큼은 그래서는 안될 것 같았다. 그가 주는 정보 가치가 너무나 절대적인 데다 신뢰도 다진 사이이므로 함께 자리를 할 때는 평소보다 더 큰 주의를 기울이고 있었다.

저널리스트로서의 본능과 오랜 감각이 몸에 깊이 배어 있는 강우에게는 그것 또한 쉽지 않은 일이었다.

생각이 이곳까지 이르자 불현듯 강우는 불과 1년 전 기노시다와 첫 만남이 있었던 날의 기억이 잔잔히 회상되었다.

어쩌면 운명이라고 표현할 수밖에 없을 것 같은 그날도 장마가 한창 절정이어서 억수 같은 비가 조금도 그칠 줄 모르고 퍼부어 댔다.

강우는 수년간 네즈의 지하철역에서 자신의 숙소가 있는 아파트로 걸어가는 길목에 자리잡고 있는 아담한 스낵바 '스즈'를 틈이 날 때마다 이용하여 왔었다. 특히 마음의 위로가 필요하거나 피로를 풀고 싶을 때는 그곳에서 조용히 시간을 보내곤 했다.

에이코라는 30대 초반의 여인이 주인인데 그녀는 완숙미가 상당히 돋보이는 미인이었다.

마흔 셋 나이인 강우에게는 꼭 그만한 나이의 막내 여동생이 서울에 살고 있었기 때문에 각별하게 생각되었다. 몇 차례의 서로 허물없는 대화 가운데 에이코도 그 점을 알아차리고 이따금씩 '오라버니'라고 서툰 한국말로 불러 줄 정도로 장난기 섞인 친근감을 보여 주기도 했었다.

1년 전, 강우가 조용히 혼자서 술잔을 기울이며 하루의 시간을 정리하고 있을 때 기노시다가 '스즈'에 들어왔었다. 그는 강우처럼 자주 들르는 편은 아니었고 1년에 불과 서너 차례 잠시 시간을 보내다 돌아가는 편이었다.

특히 기노시다가 강우의 주의를 끈 점은 다른 보통의 일본인들과는 달리 홀 안의 중앙 테이블에 망설임 없이 앉는 것이었다.

기노시다는 자신만의 분위기에 한껏 몰두한 채 조용한 침잠의 세계로 빠져드는 강우의 뒷모습에 강한 호감을 느낀 데다, 강우가 한국인이라는 에이코의 소개와 지원을 받아 함께 대화의 자리를 마련하도록 요청을 했었다.

자신만의 호젓한 시간으로부터 뜻하지 않은 방해를 받는다는 점에서 강우에겐 선뜻 내키지 않는 요청이었다. 그러나 모처럼 어렵게 용기를 낸 기노시다의 제안을 냉정하게 거절함으로써 호젓한 분위기가 파괴되는 것이 두렵기도 했지만, 그것보다는 상대방의 체면을 존중해 주고 싶은 생각에 강우는 내키지 않는 합석을 하게 되었다.

지금 생각하면 그런 기노시다의 용기가 오히려 더할 수 없이 고마운 결과가 되었으니 강우로서는 순간의 선택에 크게 다행스러움을 느끼고 있다.

30대 중반의 기노시다는 공교롭게도 일본 해상 자위대의 핵심 정보를 담당하는 해군 소령이었다.

강우와 마찬가지로 자신들의 직책과 임무만을 생각한다면 어느 누구보다 극우 대열의 최선봉에 설 수도 있는 입장들이었으므로 첫 만남부터 대화를 풀어 나가기가 난처하기만 했으나 호방하고 자연스러운 기노시다의 성품과 두 사람 모두 아직 독신이라는 공통점 때문에 다행히도 생각보다는 어렵지 않게 대화를 풀어 나갈 수가 있었다.

여행 이야기로부터 공통의 취미인 낚시 이야기까지 물 흐르듯 대화가 이어질 즈음에서는 초면임에도 불구하고 무척 가까워지고 있었다.

그 후로도 틈틈이 서로의 안부를 챙기며 만남의 기회를 지금까지 유지해 오고 있었고 만남의 횟수가 늘어 갈수록 두 사람 사이의 관계는 마치 친형제처럼 믿음과 신뢰가 점점 튼튼해져 갔다.

그렇게 시작된 기노시다와의 우연한 만남은 불과 1년이란 기간이지만 커다란 즐거움으로 강우의 마음속에 확실한 자리매김을 하고 있었다.

강우는 책상 위에 어지럽게 흩어져 있는 원고를 서둘러 정리하고 본사로 송고할 수 있도록 마무리를 했다.

기노시다와 만나기로 한 '스즈'는 강우의 오후 약속 장소에서 그다지 멀지 않은 곳에 있었다.

우에노 공원, 시노바즈 연못이 내려다보이는 아담한 호텔로부터 바삐 걸어서 15분 남짓 걸릴 것이라고 예상을 하자 다소 마음이 놓였다.

만일 두 곳의 약속 장소가 서로 멀리 떨어져 있었다면 사실 기노시다와의 약속은 지켜지기 어려웠을 것이라는 생각이 들자 뭔가 좋은 일이 생길 것 같았다.

바깥은 하루 종일 후덥지근하던 날씨가 기어코 소나기를 줄기차게 뿌려 대기 시작했다. 쏟아 붓듯이 내리는 장대비가 다소 숨통을 열어 주는 것 같아 내심 반가웠다.

와다라는 존재에 대해 가슴 한구석을 꽉 차도록 자리하고 있던 답답함도 다소 정리가 되어 가는 것 같았다.

퇴근 시간을 약간 앞당겨 강우는 선 샤인 빌딩 지하 쇼핑 센터로 갔다.

어느 곳을 둘러보아도 현실의 위기감은 쉽게 찾을 수가 없었고 실내 분위기와 전시된 상품들의 매무새는 마냥 화려하기만 했다.

현실의 급박함 때문에 이런 분위기에 이질감을 느껴야만 하는 것이 당연한데도 어느 사이 간단히 동화되어 버리는 자신의 적응력이 거짓말처럼 생각되었다.

이곳 저곳을 기웃거리며 기노시다와 에이코에게 어떤 선물이 어울릴 것인가 나름대로 고민해 보았지만 이런 일에는 서툴기만 한 자신이 불만스러웠다.

아무리 궁리에 궁리를 해봐도 '바로 이것'이라고 선뜻 결정을 내리질 못하던 그는 문구 코너에서 남성용과 여성용의 만년필을 하나씩 구입했다.

늘 그랬다. 돌고 돌다가 결국엔 만년필밖에 아는 게 없는 자신을 발견하고는 그는 피식 웃었다.

서너 번씩 강우로부터 선물을 받아 본 적이 있는 사람들은 모두 잘 기억하고 있었다. 언제 어느 때 누구에게 선물을 하든지 만년필은 강우가 생각하는 유일한 선택이라는 것을. 그리고 자신에게 몇 자루의 새 만년필이 곱게 보관되어 있는가를. 그래서 강우의 선물은 아예 풀어 보지 않아도 알 수 있었다.

다만 자기들끼리 눈짓으로 웃기만 할 뿐이다. 그럴 때마다 강우는 상투적인 말로 자신을 변호했다.

'나는 뭔가 들고 다니는 것이 부담스러워서 크기가 작아야 한다.'

'나를 이름 그대로 만 년 동안은 기억해 줄 테니, 그래서 좋다.'

'만년필이 필요 없을 정도로 뭔가 기록하기 싫어하는 사람과는 상종도 하지 말라.' 등등

이런 말들이 모두 엉터리라는 것은 다른 누구보다도 강우 자신
이 가장 잘 알고 있었다.

소나기가 한바탕 내린 뒤의 태양은 유난히 저녁 노을을 붉고
화사하게 물들였고, 그런 석양을 마주 바라보며 비에 젖은 공원
길을 걷는 것도 기분을 전환시켜 주기에 더할 수 없이 좋았다.

등에 제법 땀이 돋을 때쯤 강우는 '스즈'로 접어드는 선 로드
모서리를 돌아들었다.

'스즈'에 도착했을 무렵, 태양은 빌딩들 사이에서 엷은 빛을 뿌
렸고, 빌딩 그림자들은 어둠이 되어 거리를 덮고 있었다.

강우는 석양에 떠밀리듯 가만히 '스즈'의 문을 밀고 들어갔다.

환하게 밝은 미소를 석양처럼 얼굴 가득히 머금은 두 얼굴이
소리 없이 자리에서 일어섰다. 잠깐 동안이지만 세 사람 사이에
는 말이 필요 없었다. 서로의 마음이 한 가지로 이어지는 것을 세
사람 모두 잘 알고 있었기 때문이다.

역시 기노시다는 자리 중앙에 앉아 있었고 에이코와 무슨 이야
기를 나누었는지 진지한 표정이 되어 있었다.

말없이 악수로만 인사를 대신하고 두 사람은 마주보며 늘 이용
하는 그 자리에 앉았다.

마치 먼저 말을 꺼내는 쪽이 분위기를 깨뜨리는 범인이라도 되
는 양 서로 웃고만 있을 때 고맙게도 에이코가 대신해서 말문을
열어 주었다.

"자, 어떻게 준비를 해드릴까요?"

"……"

"······."

말문은 에이코가 열어 놓았는데도 강우와 기노시다는 서로에게 선택권을 양보하려는 듯 눈짓을 주고받았다.

"잘 알겠습니다. 준비가 될 동안 먼저 차를 대접하겠습니다."

에이코가 기다리다 못해 튀어나오려는 웃음을 간신히 참으며 말하고는 제자리로 돌아갔다.

두 사람 다 아무런 말이 없었기 때문에 무엇을 잘 알겠다는 것인지 모르나, 어느 것이 준비되더라도 두 사람에게는 다른 이견이 있을 수 없었다.

너무 공백이 길어지지 않도록 이쯤에서 말문을 열어 주어야겠다고 생각하며 강우가 입을 열었다.

"기노시다 씨."

"안 선생님."

그 순간 말문은 다시 중단되어 버렸고 홀 안에 아직도 남아 있는 석양의 잔영을 한꺼번에 밀어내기라도 할 듯 커다란 웃음이 동시에 터졌다.

공교롭게도 강우와 기노시다가 동시에 말문을 열어 버렸기 때문이다. 기노시다가 얼른 오른손을 반쯤 들어 발언권을 요청하듯이 강우에게 동의를 구하는 표시를 했다. 강우는 즉시 고개를 몇 차례 끄덕여 주는 것으로 발언권을 양보했다.

"안 선생님께서 문을 열고 들어오실 때 문틈 사이로 언뜻 보았습니다만, 노을이 무척이나 고운 모양이지요?"

"예, 근래에 보기 드물게 장관이네요. 온통 붉고 푸른색으로 현란하기 짝이 없습니다. 우에노에서 이곳까지 걸어온 것이 정말 잘했다는 생각입니다."

은근한 커피 향기가 석양빛을 담고 코끝에서 그윽하게 맴돌았다.

불과 1년 남짓한 만남인데도 불구하고 두 사람의 마음은 이미 10년지기의 그것을 훌쩍 넘어서 있었고 오늘처럼 구태여 말이 필요하지 않을 만큼 침묵 속의 절묘한 조화까지 이룰 수 있었다. 거기엔 국적도 인종도 구별이 없고 세대의 차이는 물론 현실 세계의 아슬아슬함마저도 충분히 흡수해 버리는 것 같았다.

"기노시다 씨의 메모를 보고 어찌나 미안했는지 모릅니다."

"하하하, 정말 죄송합니다. 미리 연락을 드려야 하는 것이 예의인 줄은 알지만…… 부디 무례를 용서하십시오. 그리고 제가 남긴 암호를 해독하실 줄 알았습니다. 하하하."

침묵 속의 절묘한 조화까지 이루어 내는 관계에서 그 정도의 암호는 오히려 쉬운 편이었다.

강우는 에이코가 커피를 들고 다가오는 것과 때를 맞추어 안주머니에서 미리 준비한 선물을 꺼냈다.

"이건 하찮은 것입니다만, 이제까지의 배려에 대한 조그만 내 성의로 알고 받아 주셨으면 합니다."

"어머나!"

"아니, 이렇게까지……."

기노시다와 에이코는 전혀 예상하지 못한 상황에 허를 찔린 듯 깜짝 놀라는 기색이 확연하도록 당황스러워했다. 두 사람이 지나

치게 당황하는 모습에 덩달아서 강우도 부자연스러운 분위기에
휩싸이고 말았다.

강우는 그저 무엇이라도 나누어 주고 싶은 단순한 생각에 받는
사람의 입장을 미처 고려하지 않았음이 조그만 실수라면 실수였
다. 그러나 나누어 주고 싶을 때 나누어 주지 않는 것도 괜스레
마음에 서운함으로 남는 것 같았다. 그래도 이처럼 황당해 하는
두 사람의 반응은 강우가 생각했던 것과는 사뭇 다른 것이었다.

"자자, 인사는 그냥 인사로 가볍게 빨리 끝냅시다. 에이코 씨는
준비를 서둘러 주시면 고맙겠고, 우리는 손이나 한번 다시 잡아
봅시다."

강우는 어색한 분위기를 재빨리 돌려놓기 위해 조금은 과장된
제스처로 기노시다를 향해 손을 내밀었다. 강우의 섬세한 마음
씀씀이에 내심 감격해 하고 있던 기노시다가 엉거주춤한 자세로
강우가 내민 손을 힘주어 잡았다.

"뵙게 되어서 정말로 반갑습니다만, 이토록 난처하게 하시면
곤란한데요, 안 선생님."

"알겠습니다, 알겠어요. 다음부터는 미리 알려 드리고 준비하
지요."

"하하하."

"허허허."

이런 웃음 속에서 두 사람의 인사와 체면은 저절로 잘 갖추어
진 셈이 되었다.

에이코가 답례로 무척 오랜 세월 동안 잘 숙성된 진귀한 프랑

스산 포도주를 건배용으로 두 사람 앞에 내놓았다. 만남을 반가
워하는 건배를 하면서 강우는 기노시다의 얼굴 표정을 유심히 살
폈다.

황당했던 분위기의 끝이라 얼굴은 약간 상기되어 있었지만 조
금은 수척해졌다는 느낌을 받았다.

강우는 아주 천천히 포도주를 음미하는 척하고 기노시다에게
기회를 주어 보았지만 역시 차마 이야기할 수 없는 힘겨운 것들
에 가슴이 눌려 있는 듯, 여느 때와는 사뭇 달라진 무거운 모습이
었다.

한국과 일본간의 갈등이 깊어지면 깊어질수록 기노시다처럼
국가 안보의 최일선에서 모든 내용을 다루어야 하는 사람들의 심
정을 강우는 충분히 짐작하고 있었다.

그런 점은 사실 강우의 입장도 크게 다르지 않기 때문에 기노
시다의 고뇌는 그대로 강우의 것이기도 했다.

좀더 시간이 흐르고 약간 들떠 있던 분위기가 점차 가라앉자,
기노시다가 더 이상 참지 못하겠다는 듯이 입을 열었다.

"안 선생님, 다케시마(독도)의 영유권 문제가 원만히 해결될 수
는 없을까요?"

"어려운 문제입니다. 두 나라가 주장하는 배경이 같지가 않으
니까요."

강우는 무심코 한 마디를 던지고는 속으로 '아차!' 싶었다. 발
언 뒤에 길고 긴 해명을 반듯이 필요로 하는 무거운 화두(話頭)
하나를 무심결에 꺼내고 말았던 것이다.

역시 치밀하고 철저한 기노시다의 흡수력이 그 점을 놓치지 않고 슬그머니 물고 늘어졌다.

"배경이 같지 않다니요? 무슨 뜻이신지……."

강우는 이제 더 이상 회피할 수도 없고 그럴 필요도 없다고 생각했다. 일본의 경우, 땅에 대해서 다른 나라와는 비교될 수 없을 만큼 독특하고 절실한 이유를 감추고 있다고 생각하던 강우는 기노시다의 직선적인 질문이 오히려 반가웠다.

"좋습니다. 차제에 한 가지 묻고 싶습니다. 기노시다 씨는 자신이 태어나고 자라고, 살고 있는 영토에 대해 어떤 감정을 갖고 있지요?"

"예? 느낌이라니요?"

다소 막연한 것 같은 강우의 질문에 기노시다는 잠시 어리둥절해 했다.

"기노시다 씨를 난처하게 만들기 위해서 하는 질문은 결코 아닙니다. 영유권 분쟁 그 자체보다는 일본인들이 가지고 있는 자신의 영토에 대한 감정적인 느낌이 어떤 것인가 하는 문제는 매우 중요한 의미를 갖고 있거든요"

강우는 기노시다의 질문에 대해서 조금은 비켜 가야 할 필요가 있다는 생각에 조심스럽게 답변을 유도하고자 했다.

직접 대꾸를 해봐야 양쪽에서 수긍할 만한 모범 답변은 어차피 힘들 것이고 자칫하면 전혀 소득 없는 개념의 차이만 유감으로 남겨질 수도 있는 위험성이 다분했기 때문이다.

앞으로 해야 할 이야기를 마음속으로 정리라도 할 것처럼 강우가 잔을 들어 천천히 입가로 가져가자 기노시다도 자신의 잔을 들어 단숨에 들이켜고는 자리를 고쳐 앉으며 다음 말을 재촉하듯 강우의 얼굴을 바라보았다.

"결론부터 말한다면 대다수의 일본인들은 자신들이 살고 있는 땅에 대해서 애틋하게 생각하는 마음과 미워하는 마음, 두 가지 감정을 동시에 품고 있는 것 같습니다."

기노시다의 놀라는 표정이 얼굴에 가득했다. 강우는 마음을 다 져먹은 듯 망설임 없이 의견을 펼쳐 나갔다.

"자신을 낳고, 기르고 결국엔 그곳으로 되돌아가야 할 어머니 같은 모습의 대지를 생각하면 당연히 깊은 애정이 생겨나기도 하겠지요. 그러나 또 다른 면으로, 이 땅의 역사와 함께 계속되는 지진, 화산, 해일, 태풍 등의 엄청난 자연 재해가 끊임없이 함께 살고 있는 사람들을 배반하고 괴롭혀 왔습니다. 올해의 끔찍했던 태풍과 장마처럼 언제 어느 때 또 결정적인 피해를 다름 아닌 나 자신이 당할지도 모른다는 의식 저변으로부터의 공포감이 항상 은근한 긴장 속에서 살아가도록 하고 있습니다. 보통 때에는 표면으로 잘 나타나지 않는 내밀한 감정이므로 이방인들은 여간해서 인식하지 못하지만 이러한 내면 의식으로 인해 좀더 안정되고 배신하지 않는, 믿을 수 있는 땅을 희구하는 본능적인 욕망이 안타까울 정도로 깊이 감추어져 있습니다."

기노시다는 차라리 눈을 감았다. 강우는 간간이 고개를 끄덕이는 것으로 자신의 이야기가 매우 강렬한 인상을 주고 있구나, 하는 느낌을 받을 수 있었다.

"아울러 힘의 논리가 명백히 세계를 지배하던 시기에 그런 안정된 영토를 바라는 일본의 의지가 다방면에 걸쳐 노골적으로 나타났던 점은 근대의 역사가 여실히 증명하고 있지요. 오늘날에 이르러서도 오키나와 섬 아래 썰물 때에나 잠깐씩 수면 위로 드러나는 암초 하나를 애지중지하게 여겨서 막대한 예산을 들여 보호하려 애쓰고 있지요. 본토에서는 한참 멀리 떨어져 있으나 대만의 바로 코앞에 있는 작은 섬 하나도 영토 내에 귀속시켜 놓고 있으며 독도의 영유권도 애착 이상의 욕망을 보이고 있죠. 비단 경제 수역의 이익을 최대한 확보하려는 표면적인 이유도 있지만 확실히 구분되는 땅으로부터 오는 피해 의식이 오랜 역사를 두고 유전되어 내려왔다고 생각합니다. 어떤 한 인사는 극단적이긴 하지만 이토록 불안정한 영토를 안타깝게 여긴 나머지 일본 국가 자체를 아예 안전한 남아메리카 대륙으로 이전하자고 하는 분명한 이유가 있는 제안을 한 적도 있죠. 그 정도로 일본인들의 자기 영토에 대한 감정은 이처럼 사랑과 미움의 이중 구조 아래서 이해될 수가 있을 것입니다."

여기서 이야기를 중지한 강우가 목을 적시기 위해 잔을 입가로 가져갔다.

기노시다는 여전히 눈을 내려감은 채 미동도 하지 않고 강우의 이야기를 남김 없이 흡수하려는 듯 깊은 호흡만 고르고 있었다. 냉방 장치가 비교적 잘된 내부였으나 강우와 기노시다의 이마에는 어느새 땀이 송골송골 맺혀 있었다. 그동안 마신 위스키 때문만이라고는 생각되지 않았다.

생각하기에 따라서는 두 사람 모두 자신들의 처지가 극우적인 대열의 선봉에 설 수도 있는 극단적인 입장들이었으나 그럼에도 불구하고 이처럼 허심탄회하게 마음을 터놓고 이야기 할 수도 있다는 사실이 대단히 고무적이었으며 그것은 튼튼한 인간적 신뢰가 바탕이 된 진솔한 목소리였기 때문에 가능했다.

그렇게 잠시 심각한 표정으로 몰두해 있던 기노시다가 차분히 가라앉은 음성으로 말했다.

"제 자신이 일본인이면서도 그런 점까지는 미처 생각해 보지 못했습니다. 아니 자신에게 너무 밀착되어 있는 일이므로 어느 면에서 의도적으로 무시했는지도 모를 일입니다. 그 이면에는 그러한 애절한 욕구를 실현 가능하게 하는 힘의 조건이 갖추어져 있을 때 실지 행동으로 나타날 가능성은 훨씬 높아질 수밖에 없었겠군요. 안 선생님의 말씀처럼 힘의 논리가 국가 명분과 이익의 유일한 수단으로 인정되던 시대에는 사실, 국제간의 질서라든가 상대방의 입장을 공평하게 존중하기보다는 자국의 이익이나 주관적인 필요에 따라 힘이 있는 편의 논리가 강요당하는 경우가 얼마든지 있었지요. 따라서 지구촌의 질서는 힘의 강약에 따라, 그것도 물리적인 힘의 세기에 따라 정당성이 인정되는 경우가 많았지요. 중국처럼 기나긴 역사가 숨쉬고 있고, 인류 문명의 발상지 중 하나로서 찬란한 자취를 분명히 남기고 있으며 국토 또한 방대하여 유럽보다 큰 나라이면서도 서구 문명의 물리적 힘을 앞세운 힘의 논리에 속절없이 자신의 주권을 양보당할 수밖에 없었던 역사도 부인할 수 없는 사실이니까요."

"기노시다 씨의 논리처럼 그러한 힘의 논리가 지금 21세기에도 국가간에 엄연히 존재하고 있는 것도 부인할 수 없지요. 국가간의 법칙도 적자생존의 냉혹한 자연 법칙과 크게 다르지 않을지 몰라도 아직까지는 그런 힘의 논리를 대체할 만한 명백하고 발전된 공존의 논리가 세워져 있지 못한 상황인 것 같습니다."

강우는 기노시다의 논리에 호응을 하면서도 마음속으로 안도감을 느꼈다. 기노시다의 호방하고 의젓한 태도가 지금까지의 인상을 실망시키지 않을 정도로 진지하기 때문이었다.

"기노시다 씨의 이해를 돕기 위해서라도 내가 존경하는 한 분을 소개해 드리고 싶습니다. 한국 교포로서 최현성이라는 분이 있습니다. 벌써 50년이 넘도록 일생을 거의 이곳 일본에서 살아온 분으로 그분의 지혜가 기노시다 씨의 갈증을 조금이라도 채워 줄 수 있을지 모르겠군요."

"예? 그런 분이 계셨습니까? 더구나 안 선생님께서 마음속으로부터 존경하는 분이라면 제 편에서 오히려 소개시켜 주십사 하고 사정이라도 해야지요."

"잘 알겠습니다. 하지만 거리낌없는 성품이시긴 해도 때론 무척 신중한 분이라 기대하는 것처럼 시원한 의견을 쉽게 들을 수 없을지도 모릅니다. 너무 기대하지 않는 게 좋을 것 같습니다."

"알겠습니다. 그런 어른이시라면 그저 모습만 뵈어도 좋겠다는 생각입니다."

냉정함과 참된 중용의 균형이 절실히 필요한 지금 같은 시기에 누군가 믿음직한 자세로 틀을 잡아 줄 수만 있다면 지금보다 덜

흔들리고, 덜 힘이 들 텐데 하는 바람이 기노시다의 기대를 크게
부풀여 놓았는지 기노시다 씨는 갑자기 말이 없어진 채 잠자코
술잔을 손에 들고 생각 속으로 빠져드는 표정이었다.

기노시다의 진솔함과 고뇌가 안타까운 나머지 막상 소개를 해
준다는 약속을 하긴 했지만 강우는 자신의 선택이 옳은 것인지
의구심이 스쳐 갔다

최 노인을 소개하자면 필연코 그의 개인적 신상이 불가피하게
설명되어야 할 것이고 그것은 어느 면에서 최 노인의 뜻과는 다
를 수도 있었다. 원하지 않는 껄끄러운 경우가 발생할 가능성도
있을 수 있기 때문이었다.

그것은 또한 이제까지 거의 의식하지 않고 있었지만 기노시다
가 일본인이고 게다가 일본 자위대 소속의 핵심 주요 정보 장교
라는 사실이 언뜻 머리를 스치고 지나갔기 때문이었다. 그러나
그러한 의구심도 잠깐, 기노시다에 대한 강우의 애정과 믿음은
보다 나은 결과에 대한 확신으로 이내 안정되어 갔다.

강우는 기왕에 내친걸음이고 기노시다의 기대를 거부하기에는
마음이 편치 않을 것으로 생각한 끝에 최 노인에 대한 아픈 이야
기를 해주었다.

고향이 제주도인 최 노인과는 일본의 취재 도중 우연히 알게
된 사이로, 강우는 최 노인의 사려 깊음과 엄격한 자기 관리에 내
심 호감을 갖게 되어 틈이 나는 대로 최 노인이 살고 있는 이다바
시로 찾아가 가슴에 엉킨 회포를 풀어놓곤 했었다.

최 노인과의 교분이 여러 해를 두고 지속되었음에도 불구하고 노인으로부터 자기의 이름에 얽힌 기구한 사연을 전해들은 것은 불과 얼마 전의 일로, 그만큼 자신에 대한 이야기를 전해 듣기가 어려웠다.

본래 최 노인의 한국 이름은 '부생'이었으나, 제주도에서 있었던 4·3사태 이후 기관의 수배를 피하여 일본으로 밀항, 도피한 뒤 '현성'이라고 바꾸었다.

'현성'이라는 이름 속에는 시대적 아픔을 고스란히 감추어 놓은 채 살아가야 하는 노인의 억눌린 고통이 진하게 배어 있었다. 현성의 뒷 글자, 성(星)자의 위에 있는 날일(日) 변을 앞 글자 현(玄)의 밑으로 옮기면 축(畜)이란 자와 비슷하게 바뀐다. 즉 현성(玄星)이란 이름에서 일본을 뜻하는 날일(日)자를 떼어 앞 글자 밑으로 던져 버리면 다름 아닌 축생(畜生)이라는 전혀 다른 의미로 바뀌어지는 것이다.

축생이란 다름 아닌 뭇 짐승을 통칭하는 말로써 일본 발음으로는 '칙쇼'라고 한다.

이 말은 일본에서 가장 흔하게 사용하는 욕지거리 가운데 가장 대표적인 언어가 되는데, 한국식으로 표현한다면 아마도 '개자식'이 그중 어울리는 말일 것이다.

제 고향에서 쫓겨나 모든 희망도, 꿈도 잃어버린 채 남의 나라 일본 땅에서 도망자로 살아가야 하는 자신의 처지를, 하물며 자신의 소중한 이름마저도 바꾸어야 하는 딱한 처지를 한스럽게 여긴 나머지 이것을 두고두고 가슴에 아로새겨 잊지 못하도록 스스로에게 그토록 상스러운 이름을 붙여야 했던 것이다.

'나는 개자식이다. 나는 개자식일 수밖에 없다.'

이러한 자조 섞인 얘기를 전해들은 강우는 새삼 아직도 끝나지 않은 고국의 시대적 아픔에 밤을 하얗게 새울 수밖에 없었고 진한 먹물 같은 것이 또 한 점 가슴에 흉터로 남겨지는 고통을 맛보았다.

기노시다는 차라리 눈을 감았다.

잔잔히 이야기하는 강우의 고통과 최 노인의 고통의 무게가 고스란히 느껴지는 듯 숨소리도 죽여 가며 잠자코 듣고 있을 수밖에 없었다.

두 사람의 잔은 깊어 가는 늦여름의 운치를 계량이라도 하려는 듯 밤이 깊도록 자주 기울이고 비워 나갔다.

남아 있는 술의 양이 바닥에 가까우면 가까울수록 그와는 반비례하여 두 사람의 교분은 오히려 깊어만 가고 있었다.

▌북경의 한국 여자 첩보원

*

　어제 아침나절, 강우는 한국 본사의 데스크로부터 전화를 받았
다.

　일본의 매스컴에는 전혀 보도가 되지 않았지만 중국, 북경에
주재하고 있는 한국 무역 협회의 여직원 한 명이 갑자기 의문의
사망을 했다는 보도가 짤막하게 전해졌다는 것이다.

　교통 사고라는 공식 보도였지만, 이는 사실과 전혀 다른 것 같
다는 데스크의 전갈을 받고 강우는 머리에 스치는 예감이 가볍지
않음을 감지할 수 있었다.

　한국에 대한 것이라면 지극히 세세한 내용까지 보도를 하는 일
본의 매스컴에서, 더구나 부정적 내용의 이와 같은 소식이 어디
에도 보도되지 않은 채 그냥 넘어가는 것은 여간해서 있을 수 없
는 경우였다.

이번 사건은 일본으로서도 확대되거나 지나치게 알려지는 것을 바라지 않는 숨겨진 이유가 있다고 생각되었다.

동북 아시아에서 가장 치열한 정보전의 중심지이며 민감한 촉각들이 사방에서 번뜩이는 지역적 특성 때문에 북경은 동경보다 더 비중이 큰 복마전 같은 곳이었다. 불꽃 튀기는 정보원들의 각축장이었고, 서릿발같은 긴장이 조용한 도시의 이면을 가득 지배하는 그런 곳이었다.

거기에는 지구상에서 단 한 곳만이 남아 있는 이데올로기의 공존 지역이며 관계 당사국들의 대표부가 모두 집합되어 있는 곳이기도 했다.

서울과 북경, 블라디보스토크를 잇는 삼각 지대 중에 가장 중요한 무대가 되었던 것도 중간적인 냉정함을 치우치지 않은 채 모두 흡수하는 것이 가능하기 때문이었다.

예정을 열흘로 정하고 급히 취재 지원을 하기 위해 동경을 출발했으나 모든 것이 불확실한 상태에서 아무런 사전 준비도 없이 얼마나 정밀한 취재가 가능할지 확신이 서질 않았다.

북경행 JAL 여객기 내에서 강우는 휴대용 컴퓨터를 통해 서울 본사의 자료실에 들어가 기록된 자료들을 검토하기 시작했다.

이윤옥. 나이 31세. 출생지 서울. 북경 주재 한국 무역 협회의 상주 파견 직원. 3개 국어에 능통하며 북경에 파견되어 근무를 시작한 지 4년 정도 되는 기혼 여성……

그런데 한 가지 특이한 것은 그녀의 남편이 중국인이라는 점이었다.

결혼을 한 지 이제 불과 1년 남짓 되어 아직은 신혼이라 할 수 있는 시기였고, 본사로부터 전송되어 있는 컴퓨터의 자료실 이곳저곳을 찾아보았지만 중국인 남편에 대한 자료는 아직 어느 곳에서도 입력되지 않고 있었다.

중국의 국내법과 일반 대중들의 인식면에서 볼 때 외국인과의 국제 결혼은 일반적으로 환영을 받지 못하는 상황이었고 설사 결혼이 성립된다 해도 여자는 남자의 국적을 따르도록 규정되어 있었다. 그래도 같은 동양 사람과의 결혼은 서양 사람들의 경우보다는 한결 부담이 적은 것이 사실이었다.

중국 사람들의 강한 아이덴티티와 혈통 집착의 유난스러움은 이전부터 익히 들어서 잘 알고 있었다. 단지 결혼과 같이 피를 나누는 경우가 아니라면 그들과의 일상 생활 속에서는 민족이 다르고, 혈통이 다른 것은 아무런 문제도 되지 않는 것 또한 중화 사상의 독특한 점이었다.

한국인 이윤옥이 그런 이유로 해서 결혼과 함께 남편의 국적을 따랐으므로 중국인 남편에 대한 자료가 미처 수집되어 있지 않은지도 몰랐다.

한국의 능력 있는 여성을 자신 있게 아내로 맞이한 중국인은 과연 어떤 사람일까? 결코 가볍지 않은 깊은 내력이 있을 것 같은 호기심이 강우의 머리 속을 가득 차지하고 있었다.

조금씩 어둠이 깔려 오는 광활한 벌판이 여객기의 날개 아래로 펼쳐지기 시작할 때 강우는 북경 국제 공항에 도착했다.

앞으로 해야 할 많은 일들과 그 업무의 순서들을 하나하나 생

각하면서 공항 택시를 타고 북경 호텔에 마련된 숙소 겸 사무실
로 향했다.

강우가 속해 있는 대한일보 북경지사는 호텔로부터 약 1시간
정도 걸리는 곳에 위치하고 있었다. 호텔에 들러 짐을 풀어놓자
마자 강우는 곧바로 북경지사 사무실로 향했다.

지사에는 파견 근무를 시작한 지 2년째로 접어드는 강우의 5년
선배 이홍우가 지사의 책임자로 있어서 반가움이 한층 더했다.

서로가 해외 특파원 자격으로 제각기 다른 나라에서 근무하는
관계로 벌써 몇 년째 서로 만나지 못했었다.

신문사에 막 입사했을 때, 바로 지금의 이홍우 선배로부터 업
무의 기초를 배웠으며, 의기와 정의감으로 똘똘 뭉친 젊은 이 선
배의 모습에서 자신이 앞으로 나아가야 할 행동과 판단의 기준을
곧게 세울 수가 있었다.

어두웠던 현대 정치의 굴곡과 함께 한국의 언론 또한 부침(浮
沈)을 함께 할 수밖에 없었을 때, 당시 모순과 왜곡을 부추기는
무리에게 결연히 대항한 행동파였고, 그로 인해 한때는 본의 아
니게 붓을 놓아야 했던 적도 있었다. 그러나 그러한 용기와 소신
은 당시 햇병아리 강우에겐 무엇보다 좋은 본보기가 되어 지금까
지도 강한 인상으로 남아 있다.

"어서 오시게. 본사에서 온다는 연락을 받았지만 이렇게 빨리
올 줄은 미처 몰랐네. 미리 알았더라면 공항으로 차를 보냈을 텐
데……."

"정말 오랜만입니다, 이 선배님. 겨우 항공편을 마련하다 보니

미처 연락할 틈이 없었습니다."

"글쎄, 본사에서 하는 일이 늘 그렇다니까! 오늘은 시간도 늦었으니 우리 어디 가서 밀린 이야기나 좀 하기로 하세."

"좋습니다. 일정이 너무 빡빡해서 걱정입니다."

"어련하겠어? 일본의 정황은 이곳보다 더 화급할 텐데……."

두 사람은 그동안 쌓인 회포도 풀 겸, 본격적인 업무는 내일로 미루고 뒷마무리를 남은 직원들에게 부탁한 뒤 밖으로 나왔다.

이 선배는 건물 안내원에게 무어라 이야기를 건네고 강우와 함께 현관 앞에서 잠시 승용차를 기다렸다.

잠시 후 한국산 승용차 한 대가 두 사람 앞에 미끄러지듯 멈추어 섰다.

강우는 이 선배가 시키는 대로 승용차의 뒷자리에 먼저 탔다. 운전석에 앉아 있는 50대 중반으로 보이는 사람은 중국에 살고 있는 한국 동포라고 했다.

중국어 통역 겸, 잔일의 처리를 위해 현지에서 고용한 조 기사라는 사람으로 신용할 만한 곳으로부터 추천을 받았다고 했다. 당장 내일부터 강우의 안내인으로 함께 일을 해야 할 인물이었다.

특별한 언급이 없었는데도 조 기사는 아담한 한국 식당으로 차를 몰았다. 손님 접대를 해야 하거나 동료들과 함께 회식이라도 할 때는 으레 이곳을 이용하는 것 같았고 '아리랑'이라는 이름부터가 그런 점을 잘 말해 주고 있었다.

"어서 오십시오. 미리 말씀도 없이 오셨습니다. 이 지사장님."

서울 말씨를 쓰는 중년의 남자 주인이 반갑게 맞이하며 스스럼

없는 태도로 세 사람을 객실 방까지 안내했다. 역시 단골로 정해 두고 늘 이용하는 장소인 것이 확실해 보였다.

"강우 씨, 일본 내부의 상황이 심상치 않은 것 같은데 현지에서의 느낌은 어때?"

자리를 잡고 앉자마자 이 선배는 일본에서의 근황이 염려스러운 듯 서두를 그렇게 꺼냈다. 여유 있게 그간의 회포를 풀기에는 현실의 상황이 허락하지 않고 있기 때문이었다.

"알고 계신 그대로입니다. 냉정함은 간 곳이 없고 지극히 감정적인 사태들이 팽배해 있어서 그저 두렵기만 하네요."

"역시 그런가? 이곳에서 내다보는 시각들도 마찬가지일세. 예전처럼 일시적인 사태로 여기지는 않고 있다네."

"그렇군요. 이 선배님의 개인적인 생각은 어떠신지요?"

"글쎄 말이야. 무엇보다도 한동안 가만히 있던 배후가 행동을 시작한 것 같아서 걱정일세."

"예? 가만히 있던 배후라면?"

"일본 사회의 한계를 느낀 재벌들 말일세."

사실이었다. 그동안의 지속적인 성장으로 인해 비대해질 대로 비대해진 재벌들이 주체하기 힘들 정도의 몸을 유지하고 지속시키기 위하여 무언가 특단의 조치가 취해지지 않으면 안될 만큼 일본 사회의 정체성은 큰 문제가 되었다.

현실의 우려가 단순히 기우로만 느낄 수 없는 것이 역사의 궤적 속에서 엄연히 확인되고 있다는 이 선배의 논리가 강우의 고막을 쟁쟁하게 울리고 있었다.

일본은 제국주의 시대에 외부로부터의 자극과 도움으로 산업의 근대화 개혁에 성공했으며 그 당시 신흥 재벌들이 군부를 충동질하여 탈아시아의 길을 걸었다.

일본에서의 부자는 한국과는 달리 고대로부터 존경을 받아 왔었다. 많은 서민들이 지방 세력가인 그들의 영지 아래에서 소작농으로 호구를 지탱했던 오랜 전통이 있었으며 대부분의 귀족 세력들은 본질적으로 카리스마를 갖는 권위자들이었기 때문이다.

그러한 귀족들은 도쿠가와 막부 시대의 신흥 경제 질서에 힘입어 급속한 성장과 근대화를 이룩했으며 그 재벌들의 출신 또한 한국에서처럼 하층민이나 중인 계층이 아닌 대부분 귀족과 그 후예들이었다.

또한 그들은 축적된 막강한 자금력을 바탕으로 당시 의회 정치에 검은 뒷거래를 하거나 부패를 조장하는 등 자신들의 이권을 위해 정치의 뒷전에 서서 여러 가지 부작용을 초래했기 때문에 지금까지도 부자의 이미지와는 달리 재벌의 이미지는 썩 좋은 편은 되지 못하고 있었다. 그리고 그러한 정경 유착의 부패와 비능률에 크게 실망한 군부로 하여금 직접 정치의 전면에 나서도록 하는 결과를 가져왔었다.

그러한 금권 정치의 뿌리 깊은 전통은 오늘날에 와서도 그 자취가 명백히 살아 있는 만큼, 일본 의회 정치의 저변에 깊숙이 자리를 잡고 정책의 많은 부분에서 막후 실력을 지금까지도 행사하고 있는 것이다.

그토록 군부의 질시를 받아 온 재벌들은 의회의 지배권과 실제

권력이 군부로 넘어가자 기민하게도 군수품을 생산, 조달하여 군부의 필요한 상대로 재빠르게 모양을 바꾸어 가기도 했었다.

결국엔 이러한 부작용을 심각하게 인식한 미국 점령군에 의하여 일거에 해체되고야 마는 운명을 당하기도 했지만, 한국 전쟁의 발발로 인한 전쟁 수요의 급속한 폭발과 함께 일부가 다시 재건에 성공하여 오늘날까지도 그토록 끈질긴 생명력을 유감없이 발휘하고 있었다.

아이러니컬하게도 재벌들의 속셈에 의하여 한국의 암흑 시대가 발생되기도 했고 그 부작용과 책임을 따져 일시에 해체되었던 재벌이 오히려 한국 전쟁에 의하여 다시 재건될 수도 있었으니, 근세 한국의 운명과 아픔에 크게 기여한 자취가 너무나 명백했다.

단순히 지나간 역사의 자취라면 강우도 이 선배도 새삼스럽게 힘들어하지 않을 것이나 21세기 초입인 현재에 와서까지도 겪어야 하는, 끝나지 않은 질곡 속의 망령으로 되살아나려 하고 있는 것이었다.

전에는 힘의 논리가 통하는 시대였으므로 손쉽게 군부를 전면에 내세워 한반도를 유린했었다. 그러나 지금은 좀더 복잡해지고 치밀해진 국제법 아래 상호 공존의 논리가 예전과 같이 힘의 논리로만 쉽게 제약되지 않고, 현실에 알맞게 방법을 바꾸어 준비되고 실행되고 있는 차이뿐이었다.

강우는 순수한 한국의 재료로만 만들어진, 모처럼의 음식도 그 맛을 모를 만큼 이 선배의 이야기를 가슴으로 듣고 있었다.

시간이 이슥하도록 두 사람은 풀고 싶은 반가운 회포 대신 현실의 고통만을 함께 나누어야 했다. 내일의 업무를 생각하여 아쉬운 자리를 어렵게 일어선 시간은 자정을 훨씬 넘어 있었다.

급작스런 여행의 뒤끝이라 조금씩 피로한 기색이 얼굴에 나타나는 것을 이 선배가 눈치 채고 먼저 자리에서 일어섰다. 너무 염려하지 않아도 된다고 만류했으나 이 선배의 뒤를 따라 일어서지 않을 수 없었다.

두 사람은 그때까지 기다리고 있던 조 기사의 차를 미안해 하며 탔다. 이 선배가 먼저 내리고, 북경 호텔 앞에서 조 기사가 흔들어 깨울 때까지 강우는 잠깐 잠을 잤다. 무엇보다 먼저 찾아봐야 할 곳은 역시 한국 무역 협회였다.

다음 날, 아침 일찍 일어난 강우는 무언가 비장한 각오가 마음 가득 넘쳐흐르는 것을 느끼며 북경지사 사무실에서 하루의 일정에 대한 행동 계획을 세우고 있었다.

"조 기사님, 한국 무역 협회 사무국을 먼저 둘러보고 나서 다음 계획을 세워 보는 것이 좋지 않을까요?"

"그렇지요. 순서를 정하시면 제가 도울 수 있는 데까지 도와 드리겠습니다."

일반적인 경우, 미리 전화로 인터뷰를 청해야 했으나 지금은 그래 봐야 아무런 소용이 없을 것이라는 판단에 일단 몸으로 부딪혀 보는 편이 좋을 것이라는 생각이었다.

약 30여 분을 달려서 강우는 한국 대사관에서 그리 멀지 않은 무역 협회에 도착했다.

이곳 저곳 사전 답사로 미리 예비 지식을 쌓아 두고 나서 접근하는 편이 유리하다는 것을 경험으로 체득하고 있었기 때문에 강우는 먼저 자료실과 전시실을 둘러보았다.

상담실에는 직원인 듯한 사람들 두셋이 회의를 하고 있는 듯이 보였다.

세심히 둘러보고 있는 도중에 안에서 회의를 하고 있던 직원 한 사람이 다가오며 인사를 건네 왔다.

"중국분 같지는 않으신 것 같은데, 한국에서 오셨습니까?"

"예, 반갑습니다. 대한일보 안강우 기자라고 합니다."

"아, 그렇습니까? 무슨 도와 드릴 일이라도……."

"잠시 둘러보고 나서 지사장님과 면담하려던 참입니다."

"지사장님은 지금 상해로 출장중이십니다."

"좋습니다. 잠시 저하고 이야기하실 시간이 있으실까요?"

"죄송합니다. 지금 긴급한 회의중이어서……. 이만 용서하십시오."

직원의 당황하는 표정이 역력했다. 아마도 모종의 함구령이 내려졌다는 생각이 들었다.

"지사장님은 언제쯤 돌아오실까요?"

황망히 돌아서는 직원의 등뒤에 대고 지나가듯이 물었다.

"글쎄요, 업무 협의를 마치신 뒤의 일정은 저도……."

강우는 씁쓸하게 웃었다.

구태여 별다른 기대를 한 바는 아니었지만 지나치게 겉으로 드러나도록 꺼리는 모습이 차라리 순진하다시플 정도였다.

'기왕에 내친 길이라면…….'

강우는 사무국 안으로 성큼 걸어들어 갔다.

40대 중반으로 보이는 간부급 직원이 마침 컴퓨터 앞에서 무언가 정리를 하고 있었다.

"잠시 실례하겠습니다."

"예, 어서 오십시오."

강우는 사나이가 이끄는 대로 사나이의 옆에 준비되어 있는 의자에 앉으며 자신의 명함을 건네 주었다. 건네 받은 명함을 들여다보던 사나이도 역시 예상한 대로 난처한 표정이었다.

"참 안타까운 사건입니다. 다른 의미는 전혀 없으니 담담하게 사건의 설명을 좀 부탁드리고 싶습니다만……."

"죄송합니다. 제가 직접 수사하는 입장이 아니어서 무어라 드릴 말씀이……."

"아닙니다. 우선 이윤옥 씨가 맡은 일은 무엇이었습니까?"

"글쎄요……."

"허허허. 직장의 상사되시는 분이 부하 직원의 직무를 모르지는 않으실 텐데, 이러시는 모습이 오히려 이상하십니다그려. 무언가 반드시 감추어야 할 사정이라도 있으신 것 아닙니까?"

"별 말씀을, 감추다니요. 다만 아직 경위를 조사중이어서……."

"한국의 경찰로부터 조사가 이루어지고 있습니까?"

"아닙니다. 중국 경찰에서 먼저 조사를 한 그대로인 것 같습니다."

"알겠습니다. 그럼 이윤옥 씨가 살던 곳은 어디입니까? 이상한 오해를 일으키지 않으시려면 당연한 것은 감추지 말아야 하지 않 겠습니까?"

"구태여 감추어야 할 것은 없습니다."

절반의 우격다짐과 회유로 간신히 알아낸 것은 오직 이윤옥이 살던 주소 하나뿐이었고, 더 이상은 기대할 것이 없었다. 강우는 조 기사와 함께 주소의 번지를 찾아 나섰다.

주소는 외국인이 주로 입주하여 살고 있는 아파트였다. 마침 때를 맞추어 중국의 수사 기관에서 수사를 하던 중이었던지 몇몇 사람들이 아파트의 문을 열어 놓은 채 안에서 무엇인가 수색을 하고 있었다.

눈치 빠른 조 기사가 선뜻 안으로 들어가며 능숙한 중국어 솜 씨로 태연하게 인사를 했다.

안에서 일하고 있던 사나이들이 흘끗 고개를 돌려 보고는 이내 중국인 기자라고 앞질러서 이해한 듯 꺼리는 눈치를 주기는 했지 만 억지로 막고 나서지는 않았다.

미처 준비가 되지 않은 입장에서 참여하게 된 수사 과정이라 강우와 조 기사는 어떻게 대처를 해야 할지 잠시 서로 눈짓만 교 환할 뿐이었다.

실내의 이곳 저곳을 유심히 살펴보아도 원래의 집주인은 찾아 볼 수 없었다. 수사관들이 집안 구석구석을 치밀하게 수색해 가 는 모습을 곁에서 지켜보며 무언가 단서가 될 만한 내용이라도 찾아낼 수 있기를 기대해 보았지만, 가구에서부터 꾸며진 살림의 짜임새까지 그저 중국의 중류층 이상의 생활 수준이라는 것밖엔

달리 없었다.

남자의 서재로 이용되었을 듯한 건넌방에 들어서자 강우는 비로소 주인의 면모를 알 수 있었다.

책꽂이에 빼곡이 들어찬 책들은 겉보기에도 전문적인 경제 서적들이 주류를 이루고 있었고 난해하기로 이름난 서양의 철학 원서들이 즐비한 것이 주인의 면모를 웅변 이상으로 잘 말해 주고 있었다.

벽에 걸려 있는 사진으로 보아 주인은 미국에서 공부를 한 듯 그 사진 속의 배경은 강우도 금방 알아차릴 수 있는 예일대학교의 교정이었다.

좀더 자세히 살펴보기 위해 책장에 꽂혀 있는 서류철을 찾아보려고 손을 뻗었으나 공교롭게도 때마침 들어온 수사관으로부터 제지를 당하고 말았다.

중국말을 전혀 모르는 상황에서 강우는 그저 수사관이 소리치는 어감으로 얼른 눈치를 채고 내밀었던 팔을 거둘 수밖에 없었다. 수사관은 그것으로 그치지 않고 계속해서 무어라 볼멘 소리를 던졌다.

그때 다른 방에서 중국 수사관들이 수색하는 모습을 지켜보고 있던 조 기사가 황급히 달려왔고, 강우는 전혀 알아들을 수 없는 말에 대꾸할 엄두도 내지 못한 채 그저 고개만 끄덕이고 태연히 그 자리를 뜨려 했다. 그것으로 잠깐의 상황이 마무리되길 기대했으나 수사관은 하던 말을 멈추고 조 기사가 무어라 이야기하기도 전에 강우의 얼굴을 유심히 살펴보았다.

조 기사는 강우의 곁에 바짝 붙으며 작고 빠른 어조로 말했다.
"아무것에도 손대지 말라는 뜻입니다. 그리고 안 선생의 소속
을 묻고 있습니다."

강우는 아차 싶었지만 이미 때는 늦었다.

수사관은 사정을 재빨리 눈치 채고는 조 기사에게 무어라 재빠
르게 말했다. 조 기사는 안주머니에서 지갑을 꺼내 자신의 신분
증을 내보였다.

갑자기 수사관의 얼굴이 무섭게 일그러지며 큰소리로 두 사람
을 향해 고함을 질러 대기 시작했다. 말의 내용을 전혀 알아들을
수 없는 강우는 속수무책이었다. 조 기사는 이내 태도를 바꾸어
함께 큰소리로 수사관을 향해 항의를 하는 듯한 어투로 조금도
굴하지 않고 대응했다.

잠시 두 사람의 언쟁이 벌어지고 그런 고함 소리에 문밖에서
보초를 서던 젊은 경찰 둘이 안으로 들어왔다. 수사관은 이제 막
들어온 경찰 두 사람에게 무어라 큰소리로 지시를 했고, 강우와
조 기사는 막무가내로 두 경찰에게 팔을 붙들린 채 밖으로 끌려
나와야 했다.

두 사람이 끌려 나오자마자 등뒤로부터 현관문이 '쾅' 하고 소
리를 내며 닫혀 버렸고 조 기사는 경찰 두 사람을 향해 계속 큰소
리를 질러 대며 항의하는 듯한 자세를 취했다.

조 기사의 당당한 기세에 두 경찰은 자신들의 할 말을 미처 하
지도 못한 채 그저 등을 떠밀며 나가 줄 것을 행동으로 나타낼 뿐
이었다.

　한참을 그렇게 따지듯 대드는 조 기사의 제스처가 조금은 과장된 것을 강우는 눈치챘다.

　귀찮은 일이 벌어질 수도 있는 상황에서 오히려 큰소리를 치므로 적당히 마무리하려는 노련한 행동이었다. 그래 봐야 현관문은 이미 굳게 닫혀 버린 상태였고 그 앞을 꽉 막아선 두 젊은 경찰은 그저 조금 웃는 듯한 표정을 언뜻 보이고는 묵묵부답이었다.

　할 수 없다는 듯이 조 기사는 강우의 팔을 붙잡고 천천히 계단을 내려오면서 화를 참을 수 없다는 듯 거친 숨을 씩씩 몰아 쉬고 있었지만, 그 역시도 위장된 행동인 것 같았다.

　"안 선생님, 큰일날 뻔하셨습니다."

　"왜요?"

　"자칫하면 국외로 강제 추방당할 처지에 놓일지도 모르는 상황이었어요."

　"그 정도였습니까?"

　"아파트 내부에 있던 수사관들은 일반 경찰서의 평범한 수사관은 아닌 것 같은 눈치던데요?"

　그것으로 모든 상황은 이해가 되고도 남았다. 그리고 조 기사의 눈치 빠른 행동과 제스처가 사태를 적당히 마무리해 주었다는 안도감이 들었다.

　그러한 작은 소동 덕분에 강우는 사건의 심각성을 확실히 감지할 수 있었다. 그저 가벼운 마음으로 방문하여 위치를 확인 정도만 해도 의미가 있을 것으로 생각했으나, 공교롭게도 직접적인 사태의 현장을 목격하고 경험하게 된 것이다.

그런 내용을 확실히 확인해 두기 위해 한 가지 과정을 더 거쳐
야 했다.

"조 기사님, 이곳을 담당하는 지역 경찰서로 가주십시오."

"알겠습니다."

강우는 조 기사와 함께 차를 타고 가면서 지역 경찰서에서 해
야 할 일들을 머리 속으로 정리했고 조금 전처럼 불시에 닥치게
될 상황에 대해서도 미리 세심하게 의논했다.

무척 오래된 건물인 듯 낡고 허름한, 고풍스러운 건물의 정문
앞에서 조 기사는 자신의 신문사 소속의 신분증을 제시하고는 입
구 경찰의 안내를 받아 주차장 깊숙이 차를 몰아 세웠다.

강우는 조 기사의 밝은 지리와 통역의 능숙함뿐만 아니라 두둑
한 배짱이 참으로 믿음직했다. 이 선배로부터 교육을 받은 경력
이라면 그렇게 하고도 남을 것이었다.

거칠 것이 없는 자신감과 적당히 자제를 할 줄도 아는 노련함,
자신의 신분을 조금씩 넘어 버리는 월권에 가까운 행동조차도 전
혀 어색하지 않았다.

강우는 조 기사를 앞세우고 경찰서장의 면담을 정식으로 요청
했다.

강우가 내민 명함을 들여다보던 안내원은 잠시 어딘가 통화를
하는 듯하더니 두 사람을 바라보며 말했다.

"지금 서장님은 외출중이십니다. 저희 경무과장님께서 대신 만
나자고 하십니다만……."

"좋습니다. 안내를 해주십시오."

두 사람은 안내를 받고 계단을 올라 건물의 2층으로 따라 들어 갔다.

안내된 방으로 들어서자 비대한 체구에 어딘가 느슨해 보이는 사복 차림의 사나이가 느릿느릿한 걸음으로 두 사람에게 악수를 청하고는 아무 말도 없이 접대용 소파에 자리를 안내했다.

"사전 예약 없이는 우리 서장님과의 약속이 쉽지 않을 것입니다."

"알고 있습니다. 바로 어제 입국했기 때문에 시간적 여유가 없었지요."

강우는 조 기사의 입을 빌어 방문하게 된 이유와 한국 무역 협회 여직원의 교통 사고에 대한 중국 경찰의 조사 내용에 대하여 자세히 언급해 달라고 직설적인 요청을 했다.

"1차 조사된 내용에서 달라진 것이 없습니다. 단순한 교통 사고인 것이 확실하더군요."

"그럼 그것으로 조사가 완전히 종결된 것입니까?"

"그렇다고 볼 수 있지요."

"피해자 주변에 대해서 오늘 수사를 할 계획은 없습니까?"

"예. 이미 조사가 끝난 상태라니까요."

"우린 이해할 수 없는 내용입니다. 피해자 주변의 정황도 파악되지 않은 상태에서, 즉 초동 수사의 상식도 갖추지 않았는데 무엇을 근거로 일찌감치 수사 종결을 하신 것입니까?"

"우리가 보기에는 모든 정황이 지극히 단순했기 때문에 그 이상은 수사해야 할 필요를 느끼지 않았습니다."

"그럴 수는 없을 것입니다. 정식 외교 루트를 통해서 항의할 것 임을 명백히 해두고 책임도 함께 물을 것입니다. 우리의 동포가 사망한 사건에 대해서 우리는 당연히 알 권리가 있음을 이해하실 줄 믿습니다. 공식적으로 사건을 종료했다는 통보를 접수한 것으로 하겠습니다."

강할 땐 한없이 강해야 할 것이었다.

조 기사가 벌겋게 상기된 얼굴로 강우의 단호한 어조를 직역으로 통역하면서 양쪽의 눈치를 살피느라 여념이 없었다.

"잠시만 진정해 주십시오, 잠시만……."

막 자리에서 일어설 것처럼 엉덩이를 세우는 강우에게 경무과 장은 정색을 하며 만류하고는 재빨리 주머니에서 담배를 꺼내어 두 사람에게 권하면서 자신도 꺼내 들었다.

무언가 잘못되어 가고 있다는 눈치가 경무과장의 표정에서 언뜻 스치는 것을 강우는 놓치지 않았다.

조 기사가 주머니에서 라이터를 꺼내려 하는 것을 강우가 재빨리 눈짓으로 제지시키며 손에 담배를 꼬나 든 채로 잠시 뜸을 들였다.

경무과장 스스로 두 사람에게 담뱃불을 권할 때까지 그렇게 기다리자는 작전이었다. 별것도 아닌 행위인 것 같았지만, 거기에는 여러 가지 뜻이 담겨 있었다.

강우로부터 외신 기자의 공식적인 항의가 책임 추궁이 되어 돌아왔으므로 경무과장에게 생각할 여유를 주지 않은 채 좀더 구체적인 내용을 얻어내기 위한 일종의 암시적 굴복을 요구하는 최면

수단이었다.

강우가 의도하는 대로 경무과장은 탁자 위의 전시용 라이터를 들어 강우에게 먼저 불을 당겨 내밀었다. 그리고 천천히 담배에 불을 붙이고 의자 깊숙이 몸을 묻으며 눈을 내리감았다. 양미간을 약간 찡그리며 못마땅하다는 표정도 지어 보였다.

"그러니까 모든 수사가 종결되었다기보다는 우리 입장에서 수사할 권리가 종결되었다고 해야겠군요"

"무슨 말씀이십니까? 쉽게 말씀해 주십시오."

"에……. 또……. 그러니까, 우리가 수사해야 할 내용이 아니라는 말씀입니다."

"그러면 진작에 그렇게 말씀을 하셔야지요. 어느 부서에서 수사를 맡았습니까?"

"글쎄요, 그 점은 자신 있게 말씀드릴 수가 없습니다. 우리도 정확히 알지 못하니까요. 다만 수사를 중지하라는 위로부터의 명령이라고밖에는 더 드릴 말씀이 없습니다. 사실입니다."

"위로부터의 명령이라면 지역 경찰이 아닌 중앙의 수사 기관이라는 말씀이군요?"

강우의 다짐에 경무과장은 시인도 부인도 하지 못한 채 더 이상의 말문을 닫아 버렸다. 아차 하는 사이에 해서는 안될 말을 하고 말았다는 후회를 하는 것 같았다.

강우에게는 이번 경찰서 방문으로 알고자 하는 내용은 결국 그것이 전부였었다.

그들의 말대로라면 지역에서 발생한 조그만 교통 사고지만 중앙 부서에서 전담해야 할 필연적인 이유가 있기 때문이라고 해석해도 틀리지 않았다.

이곳으로 오기 전에 들렀던 이윤옥의 거처에서 수색을 하던 수사관들의 위치가 명백히 확인된 셈이다.

"알겠습니다. 책임을 묻는 것은 하지 않기로 약속하지요. 단 협조할 내용이 있으면 꼭 협조해 주실 것으로 믿겠습니다."

"그렇게 하지요. 미리 약속을 하시고 방문해 주시기를 부탁드립니다."

경무과장은 아직도 냉정함을 찾지 못하고 있는 듯이 보였다. 강우와 조 기사는 그런 경무과장의 인사도 받는 둥, 마는 둥 경찰서를 빠져 나왔다.

"안 선생님, 저는 지금도 등에서 식은땀이 나는 것 같습니다. 그렇게 강하게 나오실 줄은 미처 몰랐거든요."

되돌아 나오는 승용차 안에서 조 기사는 기가 막힌다는 표정으로 강우의 눈치를 살피며 말을 건넸다.

"무슨 말씀을……. 조 기사님이 먼저 아파트에서 시범을 보이시고는……."

시원한 웃음이 차창 밖으로 울림이 되어 퍼져 나갔다.

시간은 어느새 퇴근 시간이 가까워졌는지 거리는 조금씩 자전거의 흐름이 늘어가고 있었다.

"오늘은 더 이상 찾을 곳이 없을 것 같으니 이만 돌아가지요?"

"그러시지요. 일단 사무실로 갈까요?"

강우는 앞으로의 방향에 대해서 일단 이 선배와 상의를 해야 할 필요를 느끼고 있었다. 그러나 이번 취재의 내용과 절차에 대해서만은 이 선배의 지휘를 받지 않아도 되도록 독립적인 활동을 보장받고 있었고 북경지사는 오로지 강우의 원만한 활동을 위해 측면 지원을 해주기만 하면 되었다.

상황에 따라 취재된 내용조차도 지사의 직원에게 알리지 않고 은밀히 수행해야 했다.

그런 판단은 오로지 강우의 판단에 따라야 했으며 필요할 경우 지사의 인원도 차출할 수 있었다.

오늘 몇 군데 탐문 결과로서 이번 취재의 방향이 큰 가닥을 잡은 것 같았으나 문제는 지금부터라고 생각했다.

무작정 달려들기에는 조심스럽기도 하거니와 어떤 루트를 활용해야 할지 암담하기만 했고, 부딪쳐야 할 상대가 힘에 버거워서 무엇보다 난감한 느낌이 들었다.

지사 사무실에 도착하여 강우는 이 선배와 자리를 함께 했다.

"사건의 성격이 예사롭지 않은데요."

"역시 그렇군. 그래서 본사의 데스크에서 강우 씨를 파견한 것 같아."

"어딘가에서 지원을 받아야 할 것 같은데, 연결될 만한 루트가 없을까요? 이 선배님."

"글쎄, 우리 지사는 지금 완전히 노출된 상황이어서 노골적으로 지원할 입장이 아닐세. 가능한 만큼은 은밀히 지원할 테지만 이 점 잊지 말고 행동을 신중하게 해야 할 것이야. 주변의 상황이 엄청나게 예민한 상태라는 것도 염두에 두어야 하네."

　무엇을 어떻게 해야겠다는 확실한 계획을 미처 세우지도 못한 채 강우는 숙소로 향할 수밖에 없었다.

　다음 날도 전에 들렀던 피해자의 숙소를 들러 주변 이웃들로부터 무엇인가 단서가 될 만한 내용을 수집하기 위해 탐문을 해보았지만, 제각기 전혀 다른 환경과 분야에서 일을 하는 외국인들의 숙소라는 특수한 사정은 아무런 소득도 안겨 주질 못했다.

　사고 발생의 현장이라는 곳도 조 기자와 함께 몇 차례 둘러보았지만 역시 특별한 흔적이라든가 증거는 발견할 수가 없었다.

　피해자와 함께 근무를 하던 무역 협회의 동료들도 철저한 함구령으로 인해 아무런 도움도 주지 못하는 처지였고, 오히려 경계하는 눈치가 확연히 드러나는가 하면 노골적인 거부감을 내비칠 뿐이었다.

　피해자인 이윤옥 씨의 중국인 남편에 대한 소재는 몸과 마음이 지칠 정도로 절실하게 찾고 있지만 오리무중, 안개 속 그대로였다. 비록 가고자 하는 방향은 찾았으나 곳곳의 비협조와 보이지 않는 벽을 실감하면서 취재의 한계에 부딪힌 채 제자리걸음만 며칠째 하고 있었다.

　그날도 그렇게 몇 군데를 헤매고 다녔지만 역시 허망한 결과만 안고 북경지사 사무실로 돌아오고 말았다.

　이제는 강우로서도 비상 수단을 강구해야만 했다. 그 비상 수단이란 동경에 있는 첸 기자의 도움을 청해 보는 것이었다.

　서둘러 접촉을 하고 싶었지만, 서투른 접촉으로 첸 기자의 존재가 노출된다면 괜한 위기 상황만 만들어 낼 것 같았다.

　강우는 첸 기자의 호출기 번호를 찾아내어 접속할 수 있는 통신 루트를 준비해서 다시 회신을 해주도록 자신의 호출 번호를 송신했다.

　상호간의 통신 기밀을 보호하기 위하여 취할 수 있는 작은 조치라도 해야만 했다.

　북경과 동경간에 피부로 느껴지는 일출 시간의 차이는 약 1시간 정도로 북경이 뒤늦은 편이다. 북경이 지금 막 어두워지기 시작했으니 동경은 이미 어둠이 제법 짙어졌을 것이었다.

　얼마 기다리지 않아, 강우의 호출기에 신호가 들어왔다.

　호출기에 입력되어 있는 번호는 누구의 인식 번호인지는 모르지만 인터넷 국제 통신의 대화 채널과 전자 우편 사이트로 들어갈 수 있는 인식 부호가 적혀 있었다.

　강우는 지체없이 휴대용 단말기의 통신용 코드를 전화기의 소켓에 접속하고 호출기에 적혀 있는 번호의 채널로 들어갔다. 컴퓨터의 요구에 따라 암호를 입력하자, 첸 기자의 반가운 인사가 먼저 나왔다.

　—바쁜가 봅니다. 어디서 무엇을 하고 있습니까?

　—첸 선배, 나는 지금 북경에 와 있습니다.

　—그럴 줄 알았습니다. 내게 연락할 틈도 없이 뛰어가야 할 만큼 급한 일이라도 있었던 게지요?

　점잖은 표현이었으나 미리 짐작하고 있었는데도 불구하고 자신과 한 마디의 상의도 없이 중국으로 달려갔다는 첸 기자의 힐난의 의미가 담겨 있는 가벼운 추궁이었다.

　—사정은 이미 짐작하고 계실 줄 믿습니다.

　강우는 자신이 지금까지 조사해 온 내용에 대한 과정과 상황을 먼저 솔직하면서도 차분하게 입력해 나갔다.

　손가락은 컴퓨터의 자판 위를 두드리고 있었지만, 강우의 마음은 부담스러울 수밖에 없었다.

　자신이 지금 첸 기자에게 바라는 내용은 결국 첸 기자, 당신이 가지고 있는 소중한 정보망을 나에게 열어 달라고 하는, 무리하고도 뻔뻔한 부탁이기 때문이었다. 그러나 지금의 입장에서는 유감스럽게도 달리 선택의 여지가 없었다.

　오로지 첸 기자의 협조에 따라서 강우의 취재 결과에 대한 성패가 달려 있다고 보아도 거의 틀림이 없었다.

　첸 기자로부터의 응답이 잠시 지체되고 있었고 강우는 가슴을 졸이며 응답을 기다렸다. 단말기를 들여다보며 아무리 다시 생각을 해보아도 무리한 부탁이라는 생각을 떨쳐 버릴 수가 없었다.

　곧 이어 입력되어 들어오는 첸 기자의 메시지를 보고 강우는 마음속으로 쾌재를 불렀다.

　—강우 씨의 조사 결과는 나에게도 중요할 것 같습니다. 수집되는 정보를 함께 나눌 수 있겠습니까? 무리한 부탁인 줄은 압니다만……

　—물론입니다. 밝혀지는 내용은 모두 알려 드리겠습니다. 막상 와서 보니 단순히 한국만의 문제가 아니라고 보여지기 때문입니다.

이어서 강우의 단말기에 북경일보의 주소와 함께 접촉해야 하는 사람의 신상에 대한 자료가 속속 입력되었다. 자료에 이어 자신의 친필 사인이 들어 있는 소개장을 함께 보내 주는 것에서도 첸 기자의 치밀함은 빈틈이 없었다.

강우는 고맙다는 인사를 끝으로 대화 채널에서 빠져 나온 뒤 단말기를 프린터와 접속하고 첸 기자가 보내 준 소개장을 프린트했다.

깔끔하게 프린트되어 나오는 소개장을 바라보며 강우는 천군만마의 위세를 손에 넣은 듯, 새로이 충만된 에너지가 온몸을 따라 흐르는 것을 느꼈다

소개장을 다시 한 번 확인한 뒤 마지막으로 인터넷 통신 사이트에 들어가서 아직 채널 속에 남아 있는 대화의 내용과 정보들을 말끔히 지웠다.

◦ 북경일보의 정치부 동 기자.
◦ 첸 기자보다 열 다섯 살 손아래의 외사촌 동생.
◦ 어렸을 적부터 첸 기자의 영향을 많이 받았으며 그 영향력으로 언론계에 발을 들여놓게 되었음.
◦ 동 기자의 아버지, 즉 첸 기자의 외삼촌은 퇴역한 중국 육군의 장성 출신으로 주변에 두루 깊은 신망과 인맥을 형성하고 있음.

이상과 같이 강우는 자신의 컴퓨터에 동 기자에 관한 신상 메

모를 입력하면서 생각 같아서는 지금 당장이라도 연락을 해서 만나고 싶었다. 그러나 일단 시간을 몇 시간이라도 늦추어 첸 기자로 하여금 동생에게 먼저 연락이 될 수 있도록 여유를 주어야 할 필요가 있었다.

다른 날과는 달리 오늘은 피로도 한결 덜한 것 같았다.

다음날 아침이 되어 강우는 여느 때보다 일찍 자리에서 일어났다. 대충 세수를 하고 아침 식사는 거른 채 택시를 타고 지사 사무실로 출근했다.

오늘부터는 차원이 다른 일정이므로 그런 기대가 행동을 서두르도록 한 것이었다.

행여 늦을세라 강우는 북경일보 정치부로 전화를 걸었다. 몇 군데 힘겨운 연결을 거쳐서 마침내 동 기자와 통화가 되었다.

"반갑습니다. 저는 한국의 안강우라고 합니다만……."

"아! 예, 동경의 형님으로부터 연락을 받았습니다."

"자세한 것은 만나서 이야기했으면 합니다. 전화로는……."

"잘 알겠습니다. 시간과 장소를 알려 주시면 제가 찾아 뵙겠습니다."

"그러시면 제 숙소에서 만나실까요? 북경 호텔에 묵고 있습니다."

"좋습니다. 약 1시간 뒤에 괜찮으실까요?"

"그럼 1시간 뒤에 북경 호텔 로비에서 뵙겠습니다."

만사가 순조로울 것 같은 좋은 느낌이 들었다.

강우는 조 기사의 동행 제의도 마다한 채 다시 택시를 타고 북경 호텔로 되돌아와야 했다.

　단순히 강우 자신만의 문제라면 조 기사와 동행하지 않을 이유가 없었으나, 지금은 첸 기자의 입장이 먼저 고려되어야 할 때이므로 우선은 혼자 접촉을 하고 볼 일이었다.

　호텔로 되돌아오는 택시 안에서 강우는 앞으로 전개되어질 내용에 대한 나름대로의 순서를 정리해 나갔다.

　무엇보다 중국인 남편에 대한 소재와 신상을 살펴야 할 것이고, 피해자 이윤옥의 사체에 대한 소재도 조사되어야 할 것이며 그 후 전개되는 상황에 따라 내용을 정리해 나가야 할 것이었다.

　동 기자와의 협조가 어느 정도까지 가능할 것인지 궁금했으나 예감은 충분히 만족스러웠다.

　치밀한 첸 기자의 중요한 정보망 중의 하나이기 때문이었다.

　강우는 북경 호텔 로비에 서서 입구를 통해서 들어오는 사람들을 차분히 살펴 가기 시작했다.

　외모적인 특징을 서로가 알리지는 않았지만, 기자들이 가지고 있는 동물적인 육감은 언제나 정확했기 때문에 조금도 주저함이 없이 알아볼 자신이 있었다.

　거의 정확하게 시간을 맞추어 첸 기자와 비슷하게 닮은 건장한 체구의 젊은 사람이 거침없이 회전문을 밀고 들어왔다.

　두 사람은 거의 동시에 서로를 발견하고는 망설일 필요도 없이, 마치 구면이라도 되는 듯 다가서며 손을 마주 잡았다.

　"안 선배님이십니까?"

　"반갑습니다. 동 기자님."

"저는 형님으로부터 안 선배님에 대한 언질을 받았습니다만, 어떻게 저를 바로 알아보시는군요?"

"허허허, 무조건 첸 기자님과 닮은 사람일 것이라고 생각했습니다."

"하하하, 그래도 정말 놀라운 직관이십니다."

첸 기자로부터 중국어를 모른다는 언질을 받았는지 동 기자가 영어로 말문을 열어 주어서 고마웠다.

강우는 동 기자의 외모와 음성 등 여러 가지 면에서 첸 기자와 닮은 점을 발견하고는 내심 안도감을 느꼈다.

역시 첸 기자로부터의 영향력이 내면 깊은 곳까지 자리잡고 있음을 확인했다. 새삼 첸 기자의 무게가 크게 느껴지는 순간이었다.

강우는 가까운 커피숍으로 우선 안내를 했다.

"형님으로부터 안 선배님의 이야기를 잘 들었습니다. 필요하신 내용에 대해서 협조할 수 있는 만큼 해드리라는 말씀도 들었고요."

"감사합니다. 힘이 솟구치는 것 같습니다."

"저의 형님께서는 여간해서 남을 인정하거나 소개하시는 분이 아니어서 새삼 놀랐습니다. 그만큼 까다로운 분이시거든요."

"그래도 저와는 허물없이 서로 존경하면서 지내고 있지요."

"어쨌든 제가 존경하는 큰형님의 친구분이시니 앞으로 저를 동생처럼 생각해 주시기 바랍니다."

역시 첸 기자의 사촌다웠다. 까다롭기는 첸 기자보다 더하면 더했지 못할 것 같지 않았다. 작고 날카로운 눈초리라든가, 대륙적 기질의 배짱은 오히려 믿음이 더 갈 수 있어 보였다.

여유 있는 저녁 시간만 같으면 함께 술 한 잔이라도 나누어야할 분위기였으나 다음 기회로 미루어야 하는 것이 아쉬웠다.

강우는 아직 아침도 먹지 못한 상태여서 간단한 토스트 정도로만족을 해야 했고 동 기자는 커피 한 잔에 기분만 내는 것으로 첫만남은 대접이 싱거웠다.

"우리 이제 객실로 올라가서 이야기할까요?"

"예, 아무래도 이곳보다는……."

강우는 동 기자에게 자신의 방으로 올라가서 마음놓고 본론으로 들어가기를 바랐고 동 기자도 스스럼없이 동의했다.

방은 벌써 깔끔하게 정돈되어 있었다. 작은 탁자를 마주하고앉은 뒤 강우가 그간의 내용을 세심하게 설명하자, 동 기자는 의외라는 듯 진지하게 듣고 있었다.

"그래서 내가 보기에는 한국인 이윤옥의 죽음은 동북 아시아4개국의 입장이 모두 연루된 첩보전의 희생양이라는 결론입니다."

"그렇다면 문제가 그리 간단하지는 않을 것 같습니다. 사실 그사고에 대해서는 지금까지 전혀 관심을 기울이질 못했었습니다."

동 기자는 강우에게서 자세한 이야기를 듣기 전에는 별로 중요하지 않게 생각했던 모양이었다.

"내가 제일 먼저 동 기자님에게 부탁하고 싶은 것은 두 가지입니다."

"무엇입니까?"

"첫째로 우선 피해자인 이윤옥의 시신의 소재에 관한 것이고 다음은 이윤옥의 중국인 남편에 관한 소재 파악입니다. 지금까지의 내용으로 미루어 본다면 남편의 입장과 이윤옥 사건과는 깊게 연관되어 있다는 판단입니다."

"안 선배님의 견해에 동의합니다. 우선 그 문제부터 알아보도록 하겠습니다."

"부디 은밀하게 조사해야 할 것 같습니다."

"물론 그래야겠지요. 사안이 사안인 만큼……."

강우는 이제 동 기자로부터 소식을 기다려야만 했다. 두 사람은 가까운 시일 내에 다시 만나기로 하고 헤어졌다.

강우가 지사 사무실에서 동 기자의 전화를 받은 것은 처음 만난 지 사흘이 지나서였다.

"안 선배님, 많이 기다리셨지요?"

"예, 궁금했습니다."

"전처럼 북경 호텔에서 뵐까요?"

"좋습니다. 지금 당장 출발하겠으니 시간을 내어 주시지요."

"알겠습니다. 만나 뵙고 말씀 나누기로 하지요."

더 이상 앉아 있을 이유가 없었다. 강우는 조 기사와 함께 호텔을 향하여 즉시 출발했다. 조 기사는 일단 로비에서 기다리도록 부탁하고 강우는 혼자서 자신의 방으로 올라갔다.

잠시 후 노크 소리와 함께 동 기자가 열려 있는 문을 밀고 들어왔다.

강우는 동 기자가 문을 밀고 들어오는 모습을 보고 흠칫 놀라고 말았다. 혼자서 들어오는 것이 아니라 나이가 서른이나 되었을까 하는 건장한 사나이와 함께였기 때문이다.

"누구신지, 이 사람은……?"

"놀라지 마십시오. 안심하셔도 됩니다. 먼저 소개하지요. 이쪽은 류시광이라고 합니다. 바로 이윤옥 씨의 시동생입니다. 류시원 씨 친동생이지요."

참으로 뜻밖의 인물이었다. 강우는 냉정을 찾으며 두 사람을 소파로 안내했다.

"참 안됐습니다. 형수께서 그런 변을 당하셔서……."

"예, 정말 안타까운 일입니다."

일단 의례적인 인사가 나누어졌고 강우는 동 기자를 바라보며 자세한 이야기의 실마리를 넘겼다.

"안 선배께서 짐작하신 대로 깊은 내막이 있는 것 같습니다. 류시광 군의 형은 동생과 함께 중국 정부의 정보 요원으로 일을 하던 사람입니다. 알고 보니 동생은 저희 대학교 5년 후배이기도 하고요."

"역시 그랬군요. 그래도 어렵게 찾으셨습니다. 동 기자님."

"아닙니다. 이 친구를 찾는 것은 별로 어렵지가 않았습니다. 오히려 이 친구의 입을 열기가 더 어려웠지요."

"그럼 어떻게 해서 협조를 하게 되었는지요?"

"그것은 이 친구에게서 직접 들으시지요."

　류시광은 강우가 탁자 위에 내놓은 캔 맥주로 입을 적신 다음 이야기를 풀어 나가기 시작했다.

　무엇보다 먼저 류시광이 강우에게 요구한 것은 지금부터 하는 이야기는 절대로 기사화해서는 안된다는 조건이었다. 강우는 선선히 약속을 해줄 수밖에 다른 도리가 없었다.

　류시광의 형 류시원은 두뇌가 뛰어난 수재로 중국 정부의 지원과 기대를 동시에 받고 미국에 파견되어 국비 유학까지 다녀온 인텔리 청년이었다.

　새삼스러운 내용도 아니지만 중국 정부는 많은 국비 유학생들을 외국으로 파견하면서 그들에게 고국을 위하여 노골적인 정보 수집을 강요하곤 했었다.

　미국 내부에서도 그 점이 커다란 문제로 인식되어 중국의 국비 유학생은 단호히 거부해야 한다고 할 정도였다. 미국의 우려가 단순한 기우 정도로 그칠 내용이 아니라는 것이 약 반세기 전에 중국의 유학생으로 미국에서 이론 핵물리학을 공부한 전학삼이라는 핵물리학자로 인해 지금껏 미국 정부가 두고두고 후회하기 때문이었다.

　당시 중국 정부의 후원으로 미국 유학의 과정을 마치고 대학교에서 강의와 연구 활동을 하던 전학삼 교수가 중국 정부의 간곡한 요청을 받아 귀국을 하려 했다. 그때, 미국의 정치계와 학계 내부에서는 전 교수의 본국 귀환을 적극 막아야 한다는 반대 의견과 대국적이고 인도적인 입장에서 본국 귀환을 허용해야 한다는 찬성 의견이 있었다.

반대론자들의 논리는 전 교수의 능력과 가능성은 미 육군 60여 개 전투 사단 이상의 위력과 능히 견줄 만한 위험한 지식과 능력을 보유하고 있으므로 그가 중국으로 귀환할 경우 핵무기의 확산과 아울러 미국과 몇몇 나라만이 독점하고 있는 핵 종주국의 우월감이 상실된다는 논리였었다.

만약 전 교수가 중국 정부의 간곡한 요청에 따라 본국으로 귀환할 경우 그를 반드시 암살해야만 한다는 군부로부터의 극한 주장도 있었던 것이 사실이었다.

미국이 당시 중국 정부의 내부 역량을 과소 평가했었는지는 몰라도 결국 전 교수의 중국 귀환은 인도적인 찬성 논리에 따라 이루어지게 되었고 그로 인해 불과 수년 내 중국은 원자 폭탄과 수소 폭탄 등 주요 핵무기의 개발 성공과 아울러 우주 로켓을 비롯한 핵무기 운반체까지 독자 개발에 차례차례 성공하게 되었다. 따라서 그토록 염려하던 미국의 우려가 당장에 현실로 나타나게 되었으며 미국의 무시할 수 없는 강력한 상대로 당당하게 등장하게 되었다.

강력해진 중국의 위세는 당연히 한반도의 힘의 균형에도 크게 영향을 미쳐 북한이 그런 중국의 지원과 후광을 등에 업고 미국을 향하여 자신의 주장을 굽히지 않은 채 지금까지 버티어 올 수 있었으며 한반도 분단의 시간이 오늘까지 연장 가능하도록 만들어 준 직·간접의 원인도 되었다.

그처럼 중국 정부의 유학생 파견 정책은 미국의 심기를 불편하게 만들기 일쑤였었다.

　류시원도 초기에는 간단한 정도의 정보 수집 활동에 참여를 했었으나 그가 작성한 보고서와 논문의 가치가 워낙 뛰어나고 행동도 믿음직했으므로 귀국 후에도 대학에 강의를 맡게 하고 계속해서 잦은 해외 학술 여행을 통한 정보 수집 활동을 계속하도록 종용했던 것이다.

　그러던 중 한국의 이윤옥과 만나게 되어 결혼까지 하게 되었다. 결혼하고 나서야 이윤옥이 한국의 정보원인 줄 알게 되었고 국경을 초월한 남다른 결혼을 하게 된 것이었다.

　상황이야 어떻든 두 사람은 상상 속에서나 가능할 정도로 부부간의 금실이 좋았고, 늘 연인 같고 친구 같으면서도 누구도 감히 흉내를 내지 못하는 그런 사랑을 했었다.

　그런 관계는 그들이 벌이는 정보 수집 활동에도 변함이 없이 적용되어 덕분에 한국과 중국간의 비공식 공조 첩보 활동이 대단히 매끄럽게 이루어지고 있었다.

　이윤옥과 류시원 부부는 본의 아니게 이중 첩자의 활동을 하게 되었으며 이는 두 사람 이외에는 아무도 눈치 채지를 못했으나 근래 들어서 조금씩 외부 첩보계에 노출되게 된 것이다. 그것이 이윤옥을 죽음으로까지 몰고 가게 되었으며 류시원을 사건 이후부터 현재까지 행방불명 되도록 만든 원인이 되었을 것이라는 이야기였다.

　두 사람의 사랑은 자신들의 목숨을 담보로 삼아도 후회가 없을 만큼이나 맹목적이고 강렬했었다.

　동생 류시광이 이런 엄청난 비밀을 강우에게 누설하는 이유도 행방불명된 형의 소재를 중국 정부나 다른 나라의 첩보 기관보다 먼저 알아야 형의 안전을 지킬 수 있었기 때문이다. 그러기 위해선 강우처럼 공개적인 활동을 할 수 있는, 믿을 만한 사람의 도움이 절실했다.

류시원은 일본, 한국의 정보부뿐만 아니라, 자신의 조국인 중국의 첩보부에서조차 추적을 당하는 진퇴양난의 어려운 입장에 빠져 있었다.

강우는 아무 말도 하지 못하고 있었다. 그저 가슴 한 구석이 꽉 차도록 메어 옴을 참아 내고 있을 뿐이었다.

기관의 지령에 의해서 정략적으로 만나게 되었는지 스스로의 선택에 의해 만나게 되었는지 강우로서는 알 도리가 없으나 그토록 행복한 순간에 그들이 겪을 수밖에 없었던 갈등의 고통은 짐작하고도 남음이 있었다.

냉철하고 엄격한 첩보원들의 세계에서 이런 순애보가 가능했다는 것 자체도 도저히 믿어지지 않는 일이었으나 다른 사람도 아닌 친동생으로부터의 분명한 진술이므로 믿지 않을 도리가 없었다.

"그럼 형은 언제부터 잠적했습니까?"

"형수가 사고를 당한 바로 직후부터입니다."

"사고에 대해서 형과 대화를 나눌 시간도 없었겠군요?"

"물론입니다. 그러나 짐작하건대 형은 사고에 대한 자세한 배경을 알고 있을 것이라는 생각이 듭니다."

"당사잔데 모를 리가 있겠습니까? 그런데 중국측의 입장은 어떻게 정리되고 있습니까?"

"충격이지요. 설마 했었는데 사실로 밝혀지고 있으니 내부적으로 적지 않은 파장이 일고 있습니다."

"형과 형수가 중국 정부에 대하여 해로운 일을 저지른 것은 아니라는 생각인데, 그 점에 대해서는 어떻게 고려가 되고 있지요?"

"우리측에서 가장 우려하는 것은 어디까지 깊게 정보가 누출되었는지 아직 모르고 있기 때문에 더 두려워하고 있고 그래서 형을 빨리 체포해야만 하는 것이지요."

"만약에 체포된다면 무사하기는 어렵겠지요?"

"과정이나 결과야 어쨌건 국가 기밀의 누출이라는 혐의는 피하기 어려운 것이 사실입니다."

"그에 대한 대가는?"

"당연히 사형입니다."

"형수의 입장에서 볼 때 그토록 사랑하는 남편의 위험을 모르지 않았을 텐데 왜 그렇게 되도록 만들었을까요?"

"그것은 형이 스스로 자초한 것이 확실합니다. 모든 것을 각오하면서 형수의 조국에 협조하지 않으면 안될 만큼, 중요하고 긴급한 어떤 이유가 있었을 것입니다. 그 내용에 대하여 지금 한국의 정보부도 촉각을 곤두세우고 후속 정보 수집에 분주한 것으로 알고 있습니다."

자신보다 더 아끼고 사랑하는 부인의 조국이 부딪히게 될 위험과 그로 인해 커다란 고통에 빠지게 될 부인의 심정을 예상할 때, 자신의 안전만을 위하여 위험함을 알고 있으면서도 모르는 척 넘겨 버리기에는 류시원의 인간적인 양심이 매몰차지 못했다.

강우는 한 번도 얼굴을 본 적이 없고 동생인 류시광이 조심스럽게 내미는 사진으로만 비로소 대면하는 류시원의 인간애에 대해 속깊은 공감대를 느낄 수 있었다. 그것은 한 사나이가 다른 사나이에게 느끼는 애정 이상의 그 무엇이었다.

방안에는 잠시 무거운 침묵이 흐르고 담배를 꺼내어 입으로 가져가는 강우의 손이 눈에 보일 듯 말듯 잘게 떨리고 있었다.

침묵의 시간을 깨뜨리려는 듯 긴 한숨을 토해 내며 강우는 냉정을 찾아야 했다. 감정은 감정이고, 일은 일이어야 했다.

"류시광 씨, 형수의 시신은 어떻게 보관되고 있습니까?"

"아직 저도 찾지는 못했습니다. 그러나 조만간에 찾아낼 수 있을 겁니다. 보안 관계상 비밀에 부쳐져 있기 때문이지요."

"장소가 확인되거든 내게도 기회를 주시지요."

"기왕에 협조하기로 했으니 그렇게 하도록 노력해 보겠습니다."

"나도 관계되는 소식이 있으면 지체 없이 알려 드리겠습니다."

"형님의 생사가 걸린 일입니다. 부디 보도하시기 전에 한 번 더 생각해 주십시오, 부탁드립니다."

"약속합니다. 걱정 마십시오."

강우는 자신의 호출 번호를 류시광에게 알려 주고는 서로 접촉할 때 사용할 둘만의 암호를 정해 두었다.

점심 시간이 넘어 가고 있었지만 동 기자와 류시광 어느 누구도 식사를 하자는 한가한 말을 꺼낼 생각은 하지 못하고 있었다.

　어떤 식으로든 형님으로부터 연락이 오거나 거취를 알게 될 경우, 반드시 알려 달라는 류시광의 간곡한 요청을 가슴에 새겨들으며 동 기자와 나란히 문을 나서는 류시광의 어깨를 가만히 두드려 주는 것으로 강우는 자신의 확고한 의지를 전달했다.

　두 사람을 먼저 보내고 강우는 소파에 깊숙이 몸을 의지한 채 애꿎은 담배만 서너 대 연거푸 피우며 감정의 흐름을 조절하기 위해 눈을 감고 한참 동안 앉아 있었다.

　그러나 언제까지 마냥 앉아 있을 수는 없었다. 강우는 방을 나와 로비로 내려갔다. 시간이 너무 많이 흘러 지루했던지 조 기사는 로비에도, 커피숍에도 없었다.

　안내 방송을 내보내자 얼마 되지 않아 호텔 현관 앞으로 승용차가 나타났다.

　"말씀이 길어지셨던 모양입니다."

　"예, 중요한 이야기여서……."

　상황이 무척 궁금하기는 했겠지만 고맙게도 조 기사는 그 이상의 질문을 하지 않았다.

　북경지사 사무실까지 가는 동안 강우는 한 마디의 말도 하지 않았다. 눈치 빠른 조 기사도 행여 강우의 안정을 깨뜨리지나 않을까 운전조차도 조심스럽게 하는 것 같았다.

　강우는 먼저, 지금까지의 상황을 첸 기자에게 보내기 위해 컴퓨터 단말기를 준비했다.

　류시광으로부터 전해 받은 류시원의 사진을 스캐너에 넣고 컴퓨터 자료 파일로 넘겨받은 다음 미리 약속되어 있는 첸 기자의 호출 코드를 컴퓨터에 입력하여 전송한 뒤 인터넷 통신 채널을 열어 놓고 응답이 오기만을 기다렸다.

그동안의 결과에 대해 강우는 이 선배에게조차 자세한 설명을 해주지 못하고 그저 운을 떼는 정도로 양해를 구해야 했으며, 이 선배도 더 이상의 요구를 자제하면서 본사의 데스크에게 강우가 처한 입장과 사건의 성질을 이해시키는 일을 대신했다.

첸 기자의 연락을 기다리면서 그동안 정리하지 못하고 있었던 자료를 검토하던 중, 강우의 호출기가 진동했다. 기다리던 첸 기자로부터의 응답이었다.

동시에 컴퓨터 통신 채널에 신호가 들어와서 양쪽의 채널이 연결되었다는 스피커의 발신음이 울렸다. 강우는 지체없이 정해진 암호를 입력하고 마음을 가다듬었다.

─수고가 많으십니다. 안 선생.

─연락이 늦었습니다. 상황이 상황인 만큼…….

강우는 이제까지의 사실을 요약해서 차분히 첸 기자의 통신 채널로 전송을 했다.

아울러 사건의 성질상 공개적인 보도를 자제하지 않으면 안되겠다는 의견도 첨부했다. 단순한 신문 기사 정도의 성질이 아닌 것이다.

이런 저간의 내용이 보도될 경우, 류시원의 안전은 그 순간부터 완전히 사라지게 될 것은 불 보듯 뻔한 일이었다.

첸 기자의 요청에 따라 류시원의 사진 파일이 통신 채널을 타고 전송됐다.

아무래도 강우 자신보다는 첸 기자의 영향력이 류시원의 안전을 위한 대책에 보다 더 효과적이라는 판단에서였다.

지금까지 밝혀진 내용만으로는 사실을 확인한 것이 거의 없었다. 오로지 정황의 나열에 불과하다는 것도 모르지 않았다. 좀더 구체적인 증거와 사실 확인이 필요했다.

— 잘 받았습니다. 동경에서라도 응원을 보내겠습니다. 안 선생의 노고에 감사 드립니다.

첸 기자의 인사를 끝으로 강우는 첸 기자와의 통신을 마치면서 잊지 않고 통신 채널에 남아 있던 정보들을 전부 지워 버렸다.

북·일간의 음모

*

취재 일정으로 잡아 놓은 열흘이 모두 지나가고 있었다.

사건의 성질조차 파악하지 못한 상태에서라 도저히 계획된 날짜에 맞추기는 불가능했다.

아침 일찍 잠자리에서 눈을 뜬 강우는 한국 대사관에서 사건의 동향과 반응을 살펴보기 위해 지사로 출근을 하지 않고 있었다.

조 기사의 동행을 기다리며 준비를 하던 중 전화벨이 요란스럽게 울렸다. 류시광으로부터 온 것이었다.

"안 선생님, 오늘 시간을 좀 내주십시오."

"알겠습니다. 지금 어디십니까?"

"아래층 커피숍에 와 있습니다."

류시광은 이미 호텔 커피숍에 도착해서 구내 전화로 연락을 하고 있었다.

　지금부터의 행동은 그동안 밝혀진 내용들에 대한 사실 확인이
될 차례였다. 그래서 오늘 아침 류시광의 방문과 연락이 예사롭
지 않은 느낌으로 다가왔다.

　강우는 마음속으로 여러 가지 예상되는 과정을 정리하면서 로
비로 내려갔다. 어떠한 상황이 전개되더라도 당황하거나 충동적
인 행동을 자제해야 할 마음의 준비를 미리 해두어야 했다.

　커피숍 한쪽 구석 후미진 곳에서 류시광은 손을 들어 강우에게
인사를 했다.

　"아침에 곧바로 오셨네요."

　"예, 저와 함께 급히 가셔야 할 일이라서요."

　"무슨 일입니까?"

　"형수의 시신이 안치되어 있는 병원을 알아냈습니다."

　"알겠습니다. 조 기사님이 금방 도착할 것입니다. 잠시 기다렸
다가 함께 가시지요."

　이윤옥의 시신이 비밀리에 안치되어 있는 병원은 북경 제일 원
호 병원이었다.

　일반인을 상대로 하는 대중 병원이 아니라 군인, 공무원, 경찰
등 공무에 종사하는 사람들을 위한 특수한 곳이었다. 강우는 당
연히 그럴 것이라는 이해가 얼른 되었다.

　확실한 신분 확인 없이는 출입조차도 하지 못하는 장소이므로
비밀 유지와 보안을 위하여 더할 수 없이 안전한 곳이었다.

　류시광의 신분이 아니면 찾아내기 어려운 곳이었고, 주로 고급

관료와 그의 가족, 그리고 일부 허가 받은 외국인들만 이용할 수 있는 곳이기도 했다. 일반인들은 그런 병원이 있는 것조차도 모를 만큼 널리 알려진 장소가 아니었다.

"조 기사라는 분과 동행을 해도 괜찮겠습니까?"

류시광은 조 기사의 존재에 대해 적지 않게 우려를 하는 것 같았다.

"내가 중국의 지리와 언어를 모르기 때문에 여러모로 도움을 받고 있는 우리 신문사의 직원입니다. 믿어도 좋을 것입니다."

"그래도 너무 깊이 알리는 것은 부담스러운데요"

"알겠습니다. 내가 알아서 제한을 하겠습니다."

잠시 이야기를 나누는 사이에 조 기사가 강우의 방에까지 올라갔다가 내려왔는지 막 커피숍으로 들어오려다 류시광을 발견하고는 두 사람에게 자신이 왔다는 것의 표시로 손을 들어 알렸다.

역시 조 기사도 제일 원호 병원에 대해서는 전혀 모르고 있었다. 북경 시내를 벗어나 외곽 지대를 1시간 이상 더 가서야 류시광이 안내하는 건물 입구로 들어갔다.

입구부터 세심한 검색이 있었지만, 다른 차량과는 달리 류시광이 내미는 신분증을 보고는 더 이상의 절차가 필요 없이 즉시 통과시켜 주었다.

지하 주차장으로 깊숙이 차를 몰고 들어가자 역시 엄중한 곳이어서 매 층의 입구마다 매번 같은 검색과 확인을 귀찮도록 거쳐야 했다.

지하 3층에서 경비가 안내하는 대로 차를 주차시켜 놓고 입구로 들어가자 곧바로 시체 안치소가 있었다.

류시광의 부탁으로 조 기사는 승용차 안에서 대기를 해야 했다.

류시광은 전에도 와본 적이 있는지 조금의 망설임도 없이 곧바로 안치실로 찾아갔다.

안치실 입구를 지키고 서 있던 사복 차림의 사나이가 다가오는 류시광을 보더니 아무 말도 없이 열쇠를 꺼내어 안치실의 문을 열고 슬며시 자리를 비켜 주었다.

미리 서로 연락이 되어 있었던 류시광의 동료인 듯했다. 안치실 내부는 한기가 오싹하도록 온도가 낮았다. 시신의 부패도 막고 장시간의 보관을 위한 냉동 시설 때문이었다. 류시광은 작은 사각의 철제함들이 3층으로 쌓여 있는 곳으로 다가가서 전면의 명패를 하나하나 살피기 시작했다.

강우는 류시광과는 반대편으로부터 같은 동작으로 명패를 확인해 가기 시작했다. 10여 개의 명패를 주의 깊게 살피다가 강우는 드디어 이윤옥이라고 적혀 있는 명패를 찾아냈다. 숨이 멎을 것 같은 긴장이 강우의 온몸을 타고 흘렀다.

"류시광 씨."

강우는 작고 낮은 목소리로 류시광을 불러 세웠다. 상황을 즉시 파악했는지 류시광은 아무 말 없이 안치실의 중앙에 있는 운반용 침대를 밀고 다가왔다. 그는 강우가 지키고 있는 함 앞에서 명패를 조심스럽게 확인했다. 철제함의 전면 손잡이를 비틀고 문을 열자, 그 속에는 기다란 널빤지 위에 두툼한 검은색의 비닐 자루가 들어 있었다.

거침없이 류시광은 널과 함께 운반용 침대 위로 자루를 끌어 당겨 옮겨 실었다. 이 모든 것을 류시광은 혼자서 했다. 그러고는 침대를 옆방으로 밀고 갔다. 강우는 그저 류시광이 하는 모습을 지켜보고 따르기만 했다.

작은 방에는 부분적으로 비출 수 있는 집중 조명 장치가 있었다. 조명 장치를 켜고 침대를 그 아래로 밀어 자리를 잡은 뒤 강우는 고개를 숙이고 잠시 기도를 하는 마음으로 침대의 모서리를 잡은 채 묵념을 올렸다.

류시광도 강우의 모습에 따라 행동을 잠시 멈추고 같은 모습으로 눈을 내리감았다.

오랜 시간은 아니었지만 참으로 많은 생각들이 두 사람의 머리 속에서 교차하고 있었고, 무어라 말로 표현할 수 없는 회한의 감정들이 회오리처럼 감싸고 지나갔다.

이역의 땅에서 차디찬 고혼(孤魂)이 되어 이렇게 누워 있는 동포의 모습이 애처로운 감정을 불러일으켰으므로 강우는 눈시울이 뜨거워 오는 것을 억지로 참아야 했다.

강우는 계속 눈을 내리감은 채 정지해 있었고, 류시광이 먼저 그런 정지 상태를 깨고 자루의 지퍼를 밑으로 당겨 열었다. 깨끗한 얼굴이었다. 마치 잠을 자고 있는 것처럼 평온한 모습이었다.

형수의 얼굴을 확인한 류시광은 비로소 참았던 슬픔이 복받치는지 강우의 존재도 의식하지 않고 주르륵 눈물을 흘렸다. 강우는 자신의 손수건을 꺼내어 류시광의 손에 쥐어 주었다.

잠시 손수건으로 눈물을 말없이 훔쳐내던 류시광은 마음을 다
져먹은 듯 입술을 꽉 다문 채 손을 놀려 머리 부분부터 검사하기
시작했다.

오래 검사할 필요도 없었다. 정확한 사인은 교통 사고는 아니
었다. 총알이 머리 왼쪽 관자놀이를 뚫은 증거로 상처가 나 있었
다.

22구경 권총의 총알 자국이었다. 그것도 아주 가까운 옆에서
총구를 거의 머리에 대고 저격을 받은 듯, 검게 그을은 자국이 선
명했다.

이토록 가까운 위치에서 저격을 받았음에도 불구하고 반대편
으로 총탄이 뚫고 나온 흔적이 전혀 없었다. 류시광은 모든 사태
를 알아차릴 수 있었다.

22구경의 권총 탄환을 분해하여 내부의 화약을 절반쯤 제거하
고 사용했다는 분석이었다. 그럴 경우 발사 소리도 매우 작아서
조금만 떨어져도 총소리인 줄 모를 정도가 되고 탄환도 완전히
관통하지 않은 채 내부에 박혀 있어서 타격력이 훨씬 커진다는
이야기였다.

전문가가 아니면 아무나 할 수 없는 방법이라고 했다. 강우는
자루의 한쪽에서 주머니를 발견했다.

주머니 안에는 납작하게 찌그러져 있는 납 탄환이 들어 있었
다. 류시광의 분석은 정확했다. 국제적으로 엄격히 사용이 금지되
어 있는 납 탄두의 탄환이었다.

납 탄환은 표적에 틀어박힐 때 무른 강도 때문에 납작하게 찌

그러짐과 동시에 강한 회전을 하여 표적의 내부를 완전히 파괴해 버리는 결과를 가져오는데, 그것은 결국 회생 불능의 지극히 잔인한 방법이라고 했다.

뿐만 아니라 납의 유독성으로 인한 2차적인 오염으로, 요행히 목숨을 건진다 해도 완전하게 회복할 가능성은 거의 없다고 했다.

그 심각한 잔인성 때문에 국제적인 규약으로 납 탄환의 사용을 금지했으나 전문 킬러들은 그런 규약 조건에는 아랑곳없이 사용한다는 말이었다.

그렇다. 이윤옥은 누구에겐가 저격을 받아 암살을 당한 것이었다. 모든 것이 의심의 여지 없이 확실해졌다.

류시광은 조심스럽게 자루를 다시 본래의 모습대로 잡아 놓고 침대를 옮겨서 제자리에 밀어 넣고는 강우를 재촉해서 밖으로 나갔다.

오래 머무를 필요가 없었다. 이미 알아야 할 것은 모두 알게 된 것이다. 안치소의 문에는 아까 문 앞을 지키던 사나이가 기다리고 있었다.

사나이는 몇 마디 류시광과 귓속말을 주고받은 뒤 반대편으로 사라졌다.

"안 선생님, 바깥의 조 기사를 먼저 돌려보내시고 저와 함께 우리 집으로 가시지요?"

"무슨 용무라도……?"

"모처럼 오셨으니 저의 집으로 한번 모시고 싶습니다."

"그럴까요?"

　강우는 류시광의 초대가 어떤 의미인지 알지 못했으나 어차피 몸으로 부딪쳐야 하는 일이라면 밑져야 본전이라는 생각에 선선히 응했다.

　주차장으로 나와 기다리고 있던 승용차를 타고 정문까지 나온 뒤 불안해 하는 조 기사에게 걱정하지 말고 사무실로 돌아가라고 말했다.

　조 기사를 돌려보내고 난 뒤 강우는 류시광을 따라 병원 앞에 미리 대기하고 있던 지프에 올랐다.

　차량의 운전석에는 아까 시체 안치실의 문 앞을 지키고 있던 사나이가 앉아 있었다.

　어딘지도 모르는 도로를 달리는 차안에서 강우의 머리 속은 복잡하기만 했다.

　피를 말리는 국제 첩보전의 한쪽에서 오늘의 의미를 어떻게 소화시켜야 할지 분명치 않았다. 이윤옥의 얼굴이 머리 속에 가득히 자리잡고 좀처럼 비워지질 않고 있었다.

　누가 이윤옥을 살해한 것일까? 어떤 이유로 살해하지 않으면 안되었을까? 그런 중간에서 류시원은 어떤 역할을 했으며 앞으로 그의 운명은 어떻게 될 것인가?

　이윤옥이 저격을 당할 정도의 사건이라면 남편인 류시원의 처지도 마찬가지가 아니겠는가. 그런 위험을 피하기 위해 도피한 것은 아닐까?

　생각은 꼬리에 꼬리를 물고 이어져 갔다. 생각이 이쯤에 이르자 강우는 한 가지 추정을 할 수가 있었다.

중국인 남편이 한국인 아내에게 협조를 한다면 그것은 우선 중국과 한국 사이에 관한 내용은 절대 아닐 것이었다.

두 사람 모두가 아무리 서로를 생각하는 마음이 깊다 해도 자신들의 조국을 배반하는 상황까지는 가지 않았을 것이다. 또 피습을 당한 사람은 한국인이지 않은가. 마음만 먹었으면 류시원도 살아 있을 수가 없었을 것이었다.

무엇보다 확실한 것은 한국과 중국 사이에는 절대 위기 상황이라고 할 만한 이유가 없지 않은가. 옳다, 그렇다면 그 상대는 오직 일본이 될 수밖에 없다.

상대가 일본이라면 이 모든 정황들에 대한 해석이 충분히 맞아들어갔다.

일본은 한국과 지금 매우 첨예하게 대립하고 있으며, 그런 일본의 움직임에 대한 중요한 단서를 류시원은 상부의 지침을 어겨가면서까지 부인에게 알려 주어야만 했을 것이고, 그 단서를 기본으로, 정보를 수집하던 이윤옥이 일본의 첩보 기관에게 노출되어 결과적으로 제거를 당하고야 말았을 것이다.

강우는 무릎을 쳤다. 피곤하고 힘겨운 사이에서도 눈앞이 밝아오는 것 같았다. 강우는 숙였던 고개를 들고 앞자리에 앉아 있는 류시광의 옆얼굴을 쳐다보았다.

류시광은 강우와 만나면서도 오로지 형의 안전과 형수의 안타까움만 표시했지 다른 내용의 말은 거의 하지 않고 있었다. 아무리 형수를 따르고 좋아했다 하더라도 중국과 한국 사이에서 발생한 문제 때문이라면 결코 한국인인 자신에게 찾아와서 도움을 요청하지는 못했을 것이었다.

　한참을 달려서 다시 북경 시내로 들어온 차는 주택들이 꽉 들
어찬 골목을 지나 어느 큼직한 연립 주택 앞에 다다랐다. 강우와
류시광을 내려놓고 차는 다시 돌아갔다.
　입구에 경비실까지 마련되어 있는 것이 보통 연립 주택은 아니
라는 생각이 들었다.
　류시광의 안내를 받아 5층 건물의 계단을 걸어 올라갔다. 밖에
서 보던 것과는 달리 내부는 제법 깔끔하고 고급스러웠다.
　3층의 현관 앞에서 류시광은 열쇠로 문을 열고 안으로 들어가
며 강우를 안내했다. 강우는 류시광을 따라 안으로 들어가려다
문득 현관 옆에 쌓여 있는 상자 사이에서 편지 봉투 같은 것을 발
견했다.
　틈새에 끼워져 있다가 저절로 밑으로 미끄러진 것인데, 눈에
잘 띄지 않도록 감추어져 있었다. 강우는 왼손 검지와 중지, 두
손가락을 집게처럼 만들어서 가까스로 그것을 집어냈다.
　안으로 따라 들어가면서 우표도 붙어 있지 않은 밀봉된 봉투를
류시광에게 전해 주었다.
　무심결에 봉투를 전해 받은 류시광은 봉투의 겉장을 확인하는
순간 안색이 확 달라지더니 아직 미처 들어오지 않은 채 서 있는
강우를 강하게 밀치면서 다급하게 밖으로 달려나갔다.
　강우는 영문도 모르고 한쪽으로 밀려난 채 용수철처럼 튀어 나
가는 류시광의 뒷모습을 쳐다보고만 있었다.

현관문까지 활짝 열어 놓은 상태에서 그대로 두고 따라가야 할지 결정을 하지 못하는 사이에 류시광은 골목을 지나 벌써 사라지고 보이지 않았다.

참으로 난감한 상황이 눈 깜짝할 사이에 벌어지고 강우는 주인도 없는 빈집에 혼자 남겨지고 말았다.

약 10여 분을 창 밖을 바라보며 기다리자, 골목 어귀에서 류시광이 천천히 걸어오고 있었다. 계단을 걸어 올라오는 모습이 풀이 잔뜩 죽어 있었다.

"미안합니다, 안 선생님."

"무슨 일입니까?"

"들어가시지요."

말 속에서도 실망의 기운이 가득했다.

"편지 봉투의 글씨가 형님의 것이었습니다."

"예? 그럼……."

"예, 내가 없는 사이에 형님이 다녀가셨습니다."

"……."

강우는 더 이상 물어 볼 말이 없었다.

"그래도 아직은 무사하신 것 같으니 마음이 놓이는군요."

류시광은 봉투를 호주머니에서 꺼내어 유심히 살펴보다가 한쪽 귀퉁이를 찢고 속에 있는 열쇠 하나를 꺼냈다.

편지 봉투에는 황급히 휘갈겨 쓴 글씨로 '북경 공항 류시원'이라고만 적혀 있었다.

북경 공항과 열쇠는 무슨 뜻일까? 강우는 열쇠를 살펴보았다.

그러나 한눈에 알 수 있는 것이었다. 일시적으로 짐을 맡기는 코인 로커의 열쇠가 틀림없었다. 꼬리표에 로커의 번호까지 적혀 있었다.

두 사람은 다시 일어섰다. 반은 뛰듯이 걸어 큰길까지 나왔다.

무작정 택시가 다닐 만한 큰길 쪽으로 걸으면서 강우는 어떤 기대감으로 부풀었다.

빈 택시가 마침 다가와, 둘은 재빠르게 택시를 세우고 북경 공항으로 내달렸다.

북경의 공항은 초저녁 어스름이 덮여 가는 중이었다. 두 사람은 망설임 없이 대합실부터 로커를 찾아 다녔다.

로커는 모두 두 군데에 설치되어 있었고, 그중 127번이라는 로커를 찾기에는 어려움이 없었다.

일단 로커의 위치를 멀리에서 확인해 두고 강우와 류시광 두 사람은 주위부터 살피기 시작했다. 혹시나 류시원의 모습을 발견할 수 있을지도 모르고, 뜻하지 않은 감시의 눈길과도 마주칠지 모르기 때문이었다. 천천히, 먼 곳부터 가까운 곳까지 표시가 나지 않도록 주변을 돌아다니며 10여 분 이상을 감시했다.

섣불리 가볍게 행동했다가 이제까지 밝혀진 것까지도 허황되게 만드는 경우가 발생할 가능성도 고려하지 않으면 안되었다.

마음을 정한 듯 강우는 류시광으로부터 열쇠를 받아 아무 일도 아니라는 듯이 자연스럽게 로커에 열쇠를 꽂고 메모 수첩인 듯한 내용물을 집어들어 재빨리 주머니에 넣었다.

그동안 류시광은 로커로부터 멀찌감치 떨어져서 주변을 세심히 감시하는 것으로 지원을 했다.

다시 로커의 문을 재빨리 닫고 류시광에게 눈짓으로 신호를 보냈다.

잰걸음으로 주차장을 향해 걸어 나가는 강우의 곁을 좀 떨어져서 따르다가 택시 주차장에 이르러서야 류시광은 강우의 곁에 바짝 다가서서 어깨를 나란히 하고 걸었다.

류시광은 자신이 첩보 요원이기 때문에 공항처럼 공개적인 장소에서는 오히려 행동이 불편하다고 했다.

혹시 얼굴을 아는 근무중인 동료와 만날 수도 있으며 원격 감시 카메라에 필요 없이 노출될 수도 있기 때문이었다.

지금처럼 예민한 상황에서 주목을 받는다면 그것은 달리 변명의 여지가 없어지기 마련이었다.

행여 형의 모습을 발견할 수 있지나 않을까 하는 기대에 류시광은 자꾸 뒤를 돌아보기도 했지만 그것은 단지 희망 사항일 뿐이었다.

달리는 택시 안에서 강우는 주머니에서 메모 수첩을 꺼내어 아무 말 없이 류시광의 손에 쥐어 주었다.

류시광은 강우로부터 로커의 내용물을 전해 받고도 얼른 살펴보려 하지 않았다. 아무리 택시 안이라지만 혹시 모를 일이기 때문이었다. 실제로 공항과 북경 시내를 오가는 택시의 운전 기사들 중 일부가 작은 정보원의 역할을 담당하는 경우도 없지 않다는 것을 잘 알고 있었다.

강우는 일단 자신의 숙소인 북경 호텔로 가자고 류시광에게 권

유했다. 그것이 자연스럽기도 하고 또 사실 다른 곳보다 비교적 안전한 장소이기도 했다.

두 사람이 호텔에 도착했을 때 밖은 완전히 어두워져 있었다. 생각 같아서는 얼른 방으로 올라가서 메모 수첩의 내용을 확인하고 싶은 마음이 굴뚝같았지만 강우는 류시광을 데리고 먼저 식당으로 갔다.

하루 종일 충격적인 사건의 연속이었기 때문에 두 사람 모두가 식사를 거른 상태였으며, 호텔에 도착해서야 겨우 허기를 느낄 만큼 정신없이 보냈기 때문이다. 이런 상황에서 음식을 맛을 알고 즐길 수는 없었다.

프런트에서 객실의 열쇠를 받아 들자 손님으로부터 메모지가 접수되었다며 편지 봉투 하나를 주었다. 강우는 봉투의 겉면을 살펴보았다. 한국의 대사관으로부터 온 것이었다.

지사의 사무실로 배달된 것을 조 기사가 전해 주기 위해 기다리다가 늦어질 것을 생각해서 프런트에 맡겨 놓은 것 같았다.

일단 내용 확인은 뒤로 미루고 봉투를 주머니에 집어넣었다. 지금은 류시광이 가지고 있는 수첩의 내용보다 더 중요한 것은 아무것도 없었다.

방으로 올라가는 엘리베이터 안에서도 류시광은 수첩을 통해 형과 형수의 체온이라도 느껴 보려는 듯 주머니 안에서 수첩을 손으로 꼭 쥐고 있었다. 강우는 그 모습이 유달리 애처로워 보였다. 그래도 젊은 나이에 걸맞지 않게 침착한 성품이, 오늘 함께 하는 시간 곳곳에서 발견되었다. 많은 일들이 벌어진 긴장이 연속된 하루였으나 특별한 실수나 서투른 일면은 전혀 없었다.

방으로 들어서자 류시광은 본능적으로 방문을 잠그고 화장실을 비롯하여 실내의 이곳 저곳을 세밀하게 둘러보았다. 혹시나 하는 생각에 창문은 물론 커튼까지 굳게 닫아 놓고 나서야 비로소 주머니 속의 수첩을 꺼냈다. 수첩은 이윤옥의 것이었다.

소파에 앉지도 않고 선 채로 수첩을 들여다보던 류시광은 아무 말 없이 수첩을 강우에게 내밀었다. 영문을 모른 채 강우는 류시광이 내미는 대로 수첩을 받아 들고 첫 페이지를 열자, 곧 이해가 되었다.

수첩은 대부분이 한글로 씌어져 있었기 때문에 류시광보다는 강우가 먼저 읽어야 했다.

강우가 기대와 잔잔한 흥분을 누르며 열어 본 수첩의 겉표지 안쪽에 무언가 견고하게 붙어 있었던 분명한 흔적이 있었다. 그것이 틀림없는 류시원의 사진일 것이라고 짐작하는 데 두 사람 모두 이견이 없었다.

자신의 처지를 동생에게만이라도 알리려던 류시원은 혹시 모를 만약의 사태에 대비하여 스스로 자신의 사진을 제거해야만 했을 것이다.

긴장되는 가슴을 진정시키기 위해 담배를 꺼내 물고 강우는 앞장부터 영어로 통역하여 빠르게 읽어 내려가기 시작했다.

4월 15일

늦추위가 기승을 부린 덕분에 계절에 맞지 않게 눈이 제법 내렸다. 새해부터 조금은 나아질지도 모른다는 기대가 어긋난 지도 3개월이 지났다.

작년과 비교해 보아도 일본의 의도적인 군중 집회는 도가 지나칠 정도로 극을 향해 치닫기만 한다.

예전의 의지 표시의 수단으로 시위를 활용하던 때와는 전혀 다른 양상이다. 아무래도 최악의 상황에 대비해야 할 것 같다.

조국의 안타까운 입장 때문에 어제는 잠을 설쳤다.

4월 21일

류로부터 한국에 대한 걱정의 소리가 자주 나온다.

좋지 않은 소식에 잠 못 이루고 뒤척이는 나 때문에 마음이 쓰이는가 보다. 눈치껏 자는 척해 보지만 나도 모르게 나오는 한숨 소리는 어쩔 수 없다. 사람이 너무나 착해서 어떤 때는 철이 덜 든 것도 같다.

오늘은 일본의 유학생 두 명이 강제 출국을 당했다. 그들의 짐 속에서 중국 학생들에 대한 동향 파악과 여러 가지 첩보 활동의 증거가 드러났기 때문이다.

내가 학교 안에 심어 놓은 3번의 역할이 컸다. 시기 적절하게 류가 손을 쓴 모양이다.

일본은 물론이고 중국에서도 전혀 보도되지 않았다.

5월 4일

오늘 류로부터 심상치 않은 소식을 들었다. 아무래도 일본과

북한 사이에 전과 의미가 다른 극비의 접촉이 자주 있는 모양이
다.

지금 이 시점에서 벌어지는 일본의 움직임은 무엇이든지 경계
를 철저히 해야 한다. 조금만 방심을 해도 결과는 회복하기 어려
운 상황으로 빠져 버릴 것이 분명하다.

조금 더 자세히 조사해 보고 나서 위에 보고를 해야겠다.

5월 9일

내일은 류의 서른두 번째 생일이다.

무엇을 선물해 줄까 물어 보아도 아무것도 필요가 없단다. 그
저 보고만 있어도 좋대나. 함께 하는 시간이 자꾸 줄어들어서 나
도 안타깝다.

실컷 들여다보라고 선물로 현미경이나 하나 사줄까 보다. 물론
내 것도 배율 높은 것으로 하나 마련하고……

이윤옥의 메모는 차라리 일기에 가까웠다.

그날그날 중요한 것은 잊지 않도록, 조금씩이라도 남모르게 기
록한 것이었다. 메모의 이곳 저곳에서 나타나는 류라는 남편의
애칭에서 남편 류시원과의 애정이 금방이라도 손에 묻어 날 듯이
느껴졌다.

강우는 류시광을 위해 영어로 읽어 주면서도 가끔은 통역하기
가 난처했다. 지극히 여성적인 표현이 동시 번역하기에 서투르기
도 했지만, 얼굴이 조금씩 달아오르는 것이 스스로 느껴져서였다.

류시광은 마치 보이지 않는 끈으로 단단히 결박이라도 당한 것처럼 조금도 움직이지 않고 듣고 있었다.

조금은 어색한 표정의 강우와는 달리 류시광의 표정은 무겁고 심각하기만 했다.

강우는 잠시 호흡을 가다듬으며 다시 새로운 담배를 꺼내 물고는 앉은 자세를 바꾸었다. 그래도 류시광은 미동도 하지 않고 있었다. 형과 형수의 생각이 최면에 걸리도록 만든 것 같았다.

다시 메모를 들고 읽어 내려가기 시작했다.

5월 11일

일본 대사관의 참사관인 무라다의 움직임이 수상하다.

유달리 급한 걸음걸이로 대사관을 출입하는 횟수가 기록적으로 늘어나고 있다.

북한 대사관에서도 시침을 떼고는 있지만, 무언가 다급하게 돌아가는 모습이 예사롭지가 않다. 몸가짐이라든가 행동이 최고위층이 방문할 때처럼 부산하게 보인다.

항상 점퍼 차림인 정보 요원이 오늘은 말끔한 양복 차림이었다. 무술로 단련된 몸이어서 생리적으로 양복과는 어울리지 않는 듯했지만 오늘은 그토록 불편해 하는 말쑥한 양복 차림인 것이다. 긴장된 김한수의 표정의 변화를 봐도 무엇인가 있다.

일본 대사관과 북한 대사관에서 동시에 일어나는 일들로 보아 틀림없이 무슨 연관이 있을 것이다. 공식적인 소식에서는 물론이고 비공식의 정보에서도 일본과 북한, 어느 쪽에서도 최고위급의 인사가 방문을 한다는 정보는 아직껏 없었다.

그들의 행동이 너무 은밀해서 쉽사리 접근할 수가 없다. 이러다가 행여나 시기를 놓치는 것은 아닌지 모르겠다.

불안스럽다.

5월 29일

그 사이에 일본의 고노다 회장이 왔다 갔다.

류의 충고에 의하면 그는 일본 최고위층의 특사 자격으로 비밀리에 북경에 와서 사흘간 잠적해 있다가 돌아갔다고 한다.

고노다는 노회한 재개의 막후 실력자로 지금은 은퇴했지만 아직도 감추어진 그의 영향력은 막강하다고 한다.

류도 그가 잠적한 사흘간의 행적을 아직 입수하지 못했다고 했다. 자신이 직접 담당하는 업무가 아니어서 쉽게 파악할 수가 없단다.

류에게 너무 무리한 일이 아닐까 염려스럽다. 학교의 강의 준비도 조금씩 소홀해져 가는 것 같다.

6월 9일

그동안의 경위에 대하여 오늘 오빠에게 첫 계산을 했다.

전자 카드가 바뀌어서 혼이 났다. 데이터 카드를 전해 준다는 것이 진짜 신용 카드를 주어 버렸던 것이다. 그러는 바람에 안 내도 될 비싼 식사 비용이 좀 들었다.

있을 수 없는 실수를 했다.

6월 15일

고국의 경제 상황이 말이 아니게 나빠지고 있다.

일본은 중국에게 압력을 넣어 한국 경제의 숨통을 조르기 위해 다각적인 시도를 하고 있다.

호락호락하게 일본에 매수당할 중국은 아니라고 믿고 싶다.

이런 말을 지체 주는 들이 피로 일하는 표정이 아닌까다

6월 18일

오늘 무역 협회 도서실에 두 사람의 미국 손님이 방문했다. 자료실을 이용하기 위해서라지만 느낌이 좋지 않았다. 자꾸만 내 모습을 눈여겨보는 것이 보통 방문객은 아닌 것 같았다. 만약을 대비해 몰래 사진을 찍어 두었다.

이것이 무슨 의미일까?

7월 8일

일본은 지금 장마에 이어 태풍의 피해가 극심한 것 같다.

차라리 열도 전체가 물 속에 잠겨 버렸으면 하는 점잖지 못한 생각이 들었다. 그래도 가슴 한구석은 오랜만에 조금 위안이 됐다.

7월 12일

그동안 추적을 하던 재중국 교포 세 명이 결국 걸려들었다.

유감스럽게도 일본의 매수 공작에 넘어가 한국을 왕래하면서

일본 첩자의 하수인 노릇을 하는 증거를 오늘에야 확보했다.

그동안 교포들이 한국에서 받은 차별과 설움이 일본에게 협조하게 된 원인이 되었다.

고국의 위정자들은 도대체 전혀 어렵지도 않은 산술적 계산조차도 하지 못하는지 화가 난다.

한국은 동북 아시아에서 유일하게 러시아, 중국, 일본 등의 나라 깊숙이 수많은 교포를 두고 있는 나라가 아닌가. 다시 말해서 강력한 아군을 더할 수 없이 많이 뿌리 박아 놓고 있다는 말이다.

그러나 지금까지도 그토록 소중한 아군을 소홀히 대접하여 고국을 원성과 미움의 표적으로 만들었으니 그보다 더 어리석은 일이 다시 또 있겠는가. 자업자득의 막대한 손해를 어떻게 감당할 것인지 모르겠다.

철저한 아군이 오히려 적군으로 돌아서 버리는 일을 앞에 두고 더 이상 할 말이 없다. 류를 대할 자신이 서지 않는다.

류의 협조로 중국 경찰을 통해 교포 세 사람을 도로 교통법 위반으로 입건하여 벌금을 물게 하고 소지품을 검사하여 일본의 첩자로부터 받은 증거들을 확인해 두고 모르는 척 다시 석방했다. 그들이 내일 한국으로 입국하는 즉시 당국에 체포될 것이다.

나는 오히려 그들이 측은하다.

7월 20일

일본에서 밀사가 다시 온 것 같다.

일본 대사관의 건물로 들어갈 때와 나올 때의 변장한 모습에

하마터면 모르고 지나칠 뻔했지만, 운 좋게 바로 내 앞으로 지나
가는 덕분에 알아차렸다.

다른 남자 동료들에게 연락할 시간도 없어서 무리해서라도 뒤
를 밟았지만 복잡한 군중들 사이로 들어가 버리는 바람에 추적에
실패했다. 그래도 엄청난 소득이 있었다.

멀리 떨어지긴 했어도 군중들 틈에서 북한의 요원인 김한수를
발견한 것이다.

고국 같았으면 여러 요원들과 공조가 가능하여 절대로 놓치는
일은 없었을 텐데……

내일은 다른 요원의 도움을 요청해야 할까 보다.

7월 30일

두 번째 경위 보고를 했다.

내 첫 번째 보고가 고국에서 적지 않은 관심을 끄는 모양이다.

일상의 경계와는 다른 차원에서 접근을 준비한다는 지원 계획
이 수립되고 있다는 전갈이 왔다.

8월 3일

오늘은 류가 이상하리만큼 안정을 찾지 못하고 있다. 나 때문
이다.

지난 6월 18일에 사무실에서 찍은 미국인 두 사람의 사진을 컴
퓨터로 옮기는 것을 지켜보던 류가 무엇인가 불안한 느낌을 이야
기했다. 자신이 강의하는 대학교에도 왔었다는 이야기였다.

직접 이야기는 나누지 않았지만 스쳐 지나가는 느낌이 이상했다고 했다.

나는 류의 놀라운 기억력을 절대로 믿는다.

류는 아무래도 내가 너무 노출이 된 것 같다는 걱정을 했다. 나도 요즘 느낌이 좋지 않다. 이쯤에서 임무를 넘겨 주어야 할까?

8월 14일

드디어 가닥을 잡은 것 같다.

은밀하게 감추어 놓은 임시 녹음기에 북한측 특사 수행원들의 비밀 대화가 잡혔다.

엄청난 음모가 계획되고 있다는 결정적인 증거가 내일이면 입수된다.

조금만 더, 내일까지만…….

4번, 5번의 수고가 컸다.

이윤옥의 메모는 여기서 중단되었다.

바로 다음날, 이윤옥은 자신의 승용차 운전석에 앉은 채 저격을 받고 절명한 것이다.

8월 15일이었다.

그토록 중요한 녹음 테이프를 입수하는 데 성공을 했는지, 입수를 시도하다가 발각이 됐는지는 모르지만, 참으로 절대 절명의 순간에 그만 추적이 중단되어 버리고 말았다.

류시광은 두 눈을 번쩍 뜨고는 뚫어지게 한쪽 벽을 응시했다.

안광이 섬뜩하도록 빛나고 있었다.

이윤옥이 가닥을 잡은 것은 도대체 무엇이었을까? 누가 류시원은 남겨 둔 채, 이윤옥만을 살해했을까?

암흑과도 같은 그림자가 짙게 배경을 덮는 것이 눈에 보이는 듯했다. 첨예한 첩보 세계의 한복판에서 인간적인 갈등의 한계를 힘겹게 헤치고 악전고투했을 이윤옥의 모습이 송곳처럼 강우의 가슴으로 파고들어 왔다.

혼자서 감당하기에 불가능할 만큼 부담스러운 무게와 크기를 가진 임무였지만, 남편인 류시원의 조력이 가세를 해서 불가능이 가능으로 바뀌는 제일의 조건이 완벽하게 구비되어 있었다.

이윤옥의 활약으로 무언가 확실한 루트가 개척되었고, 그 루트를 타고 곧바로 본론으로 접근이 시작되던 순간이었다.

일본과 북한간에 밀사가 오가고 극비의 논의가 이루어진다고 생각할 때 필연적 주체는 아무래도 일본이 될 가능성이 컸다.

한국과의 충돌이 없을 때는 북한의 경제 이익의 필요에 의해서 접촉되었고, 그래서 칼자루는 자연스럽게 일본이 가지게 되었으나 상황이 돌변하여 필요한 것이 경제권에서 더 큰 것으로 바뀌면서 그에 대한 행위의 주체는 다시 일본이 될 수밖에 없었다.

자연히 칼자루는 북한이 잡게 되고, 서두르는 쪽은 일본이어야 했다. 이러한 입장에서 이윤옥의 집요한 접근을 북한이 눈치 챘다 해도 스스로 나서기보다는 일본을 앞세워 움직이는 편이 훨씬 유리한 입장이었다.

국제적인 비난과 책임을 감수하면서까지 북한이 이윤옥의 제거를 감행하지 않았음이 현실로 드러난 셈이다.

제거의 주체는 역시 일본일 수밖에 없었다.

강우의 입장에서는 '왜'라는 질문이 중요했고, 류시광의 입장에서는 '누가'라는 것이 중요했다.

동북 아시아에서의 질서를 바꿀 만한 내용일지도 모를 것을 메모해 두기 전에 이윤옥은 죽었고, 거의 핵심에 접근할 수 있었던 찰나에 그만 시간이 정지해 버린 셈이다.

류시광은 자리에서 몸을 일으켜 세우고 옷매무새를 바로 잡으며 말없이 강우를 바라보았다.

강우는 즉시 그의 뜻이 무엇인지 알아차렸다. 마음속으로는 이윤옥의 메모를 자신이 보관하고 싶었으나 류시광에게 고스란히 돌려주어야만 했다. 경우에 따라서는 이윤옥의 메모가 형의 생명과도 연관이 될 가능성이 깊었기 때문이다.

강우는 인사를 나누고 돌아가는 류시광의 뒷모습을 방문 앞에서 눈짓으로만 전송했다. 엘리베이터에 류시광이 오르고, 문이 닫힌 뒤에도 한동안 눈길을 뗄 수 없었다.

밤새 뒤척이며 잠들지 못하는 괴로움이 사건의 무게를 말해 주듯, 힘든 하룻밤을 고스란히 뜬눈으로 지샜다.

몸과 마음은 피곤해서 곤죽이 되다시피 했지만 사건의 전후, 좌우를 논리로 꿰어 맞추어야 하는 작업과 그 사이사이로 인간이 인간에게로 통하는 연민의 정이 도저히 그냥 잠들도록 놔두지를 않았다.

아직 새벽의 서광이 어둠을 미처 밀어내지 못하고 있는 이른 시간에 울리는 전화벨 소리가 이런 분위기를 모두 깨뜨려 버렸다.

"안 선배님, 일어나셨습니까?"

"아 예, 동 기자님 반갑습니다."

"너무 이른 시간인 줄은 알지만 낮에는 바쁘신 것 같아서……."

"아닙니다. 잘 하셨습니다. 그렇지 않아도 한번 만나고 싶은 참입니다."

"성과는 있으셨습니까?"

"예, 협조 덕분에. 일단 만나서 나눌 이야기가 있습니다만……."

"예, 좋습니다. 점심때쯤 같이 식사라도 하실까요? 제가 점심 대접을 하고 싶습니다."

"고맙습니다."

"그럼 천안문 광장 건너편에 북경루라는 중국식 식당이 있습니다만."

"그러지요. 오후 1시경에 만나기로 할까요?"

"예, 그때 뵙겠습니다."

강우는 류시광에게 미처 말하지 못한 내용이 있었다.

첨예한 현실의 한복판에서 밤새워 고뇌를 거듭한 결론을 염두에 두고 냉정하게 선택해야 할 때이므로, 류시광보다는 차라리 동 기자와 협조를 하는 편이 여러 가지 면에서 위험 요소가 덜어지게 될 것이라는 판단이 들었다.

거의 뜬눈으로 밤을 보냈지만 동 기자의 전화벨 소리 한 번에 피곤함이 간곳 없어졌다.

주섬주섬 옷을 챙겨 입는데 윗주머니에서 바스락거리는 소리가 났다. 까맣게 잊고 있었지만 어제 저녁 프런트에서 건네 받은 메모지 봉투였다. 밀봉을 뜯고 속지를 꺼내 보았다.

한국 대사관의 총영사로부터 내일 오전 면담을 바란다는 공문서의 내용이 짤막하게 적혀 있었다.

'도대체 무슨 일일까?'

한편으로는 궁금하면서도 다른 한편으로는 불안한 생각이 들었다. 한국 대사관으로부터의 면담 요청이 반가운 호출일 리는 없었고, 그래서 아무리 좋게 생각한다 해도 긍정적인 느낌을 가질 수 없었다. 그래도 우리 나라의 공관이라는 안도감으로 위로를 삼으며 아래층 커피숍으로 내려갔다.

까실까실한 입맛을 생각해서 식사는 가벼운 수프와 커피 한 잔으로 끝냈다.

따뜻한 커피의 향기를 음미하면서 입구에서 집어 온 영문판의 <데일리 차이나> 신문을 펼쳐 들고 국제 소식란을 찾았다.

이미 오래 전부터 기사의 흐름은 절망과 우려가 가득한 논조로 채워져 있었고, 촌각을 다투는 한국과 일본의 정세 흐름에 대한 기사는 빠지는 날이 없었다. 역시 오늘도 예외는 아니었다.

일본은 독도에 건설되어 있는 부두 접안 시설과 방파제에 대한 국제법적 위반 행위를 강력하게 항의해 왔으며 이런 시설물에 대한 해체 일정을 일방적으로 요구하고 있었다.

만일 일본이 납득할 만한 조치를 취하지 않을 경우, 이후에 발

생하는 사태에 대한 모든 책임은 한국 정부에 있다는 것도 강조
했다.

일부 과격한 일본 젊은이들이 여러 척의 선박을 동원하여 독도
에 접근하려 시도를 했지만, 한국측의 완강한 제지로 뜻을 이루
지 못한 채 되돌아갔다는 보도도 있었다.

착잡한 마음으로 어두운 기사들을 훑어 보며 커피 한 잔이 거
의 비워질 때쯤 조 기사가 성큼성큼 걸어들어와 맞은편에 걸터앉
았다.

"잘 주무셨습니까? 안 선생님."

"어서 오십시오. 함께 커피라도……?"

"아닙니다. 이미 마시고 왔습니다. 눈이 붉게 충혈되셨는데 괜
찮으십니까?"

"예, 괜찮습니다."

"대사관으로부터 발송된 봉투는 보셨는지요?"

"예, 보았습니다."

"어제 오후 안 선생님을 먼저 찾았는데 계시지 않아서 제가 대
신 대사관에 가서 받아 온 겁니다. 무슨 내용이었습니까?"

"별것 아닙니다. 뭐 협의할 내용이 있으니 한번 방문해 달라는
내용이더군요."

강우가 다 마신 커피잔을 탁자에 내려놓는 것을 신호로 두 사
람은 함께 자리에서 일어났다.

지사 사무실로 향하는 승용차 안에서 강우는 이제 북경을 떠날
때가 가까워졌다는 예감이 들었다.

한국 대사관의 호출은 그 이유를 강하게 암시해 주고 있었고, 사전에 통지를 하는 것이나 다름없었다.

열흘 정도의 체류 예정은 이미 지나 버린 지 오래였다.

강우에게는 북경을 떠나기 전에 아직 해야 할 일 하나가 더 있었다.

지사 사무실에 도착을 하자 이 선배가 기다리고 있었던 듯 손짓으로 부르며 회의실로 앞서 들어갔다.

어젯밤 사무실에서 고스란히 밤을 새운 듯 미처 면도도 하지 못한 수염 자리가 한결 피곤함을 강조하고 있었다.

"어젯밤 숙소에 들어가시지 못했나 보군요, 이 선배님."

"그랬지. 기획 취재의 마무리가 쉽지 않아서……."

"죄송합니다. 도와 드리지도 못하고……."

"무슨 말씀을. 오히려 내가 할 소리야. 어려운 사건인 줄 알면서도 모르는 척하는 것 같아서 미안하네."

"이 선배님 입장과 제 입장이 마찬가지인 것 같군요. 그보다 제게 하실 말씀이라도……."

"음, 사실은 어제 오후에 중국 공안국에서 사람이 왔었지. 안 기자를 찾더군."

"그랬었군요. 무슨 일로……."

"안 기자의 활동이 지금 중국의 공안국 내부에서 약간 문제가 되고 있다는 거야."

"……."

강우는 그 한 마디로 모든 분위기를 파악할 수 있었다.

그럴 수 있는 소지를 처음부터 미리 짐작하지 못한 것은 아니었지만 어떻게 하더라도 그 이상 소극적일 수는 없었다.

한국의 입장은 이해하지 못할 내용은 아니지만, 엄연히 중국의 권한을 침범하는 활동이므로 자제를 부탁한다는, 명백한 경고성 방문이었다.

강우는 그동안 수집되고 파악된 사실들을 일체의 과정은 생략하고 결론에 대해서만 대략 이 선배에게 귀띔을 해주었다.

"엄청난 배후가 있었군. 참으로 어려운 과정이었을 텐데 용케도 추적을 해내셨어."

"그래서 말입니다만, 지금까지의 사실들을 이대로 지상에 보도하기에는 적절할지 어떨지 모르겠습니다. 내일 본국의 대사관에서 면담을 요청해 왔는데 이런 것과도 연관이 있을 것 같아요."

"그러고 보니 이해가 되는군. 일단 사전에 서울 본사와는 내가 접촉을 해서 결정을 볼 테니까, 안 기자는 지금까지의 뒷마무리를 조심스럽게 정리해야 할 것이야."

"오늘내일이면 될 것입니다. 지금까지 밝혀질 것은 이미 밝혀졌으니까요."

"아직은 중국의 공안국도 안 기자가 어느 정도로 깊이 알고 있는지는 자세히 모르고 있는 것 같으니 부디 조심해야 하네."

"잘 알겠습니다. 동경행 항공권 예약을 부탁합니다."

강우는 마음이 급해졌다.

오늘내일 사이에 확인을 해둘 내용에 대해서 지금 한 것처럼 재빨리 처리를 해야만 했다.

그동안 계속해서 맑았던 날씨가 오늘은 어두컴컴하게 드리워진 채 언제라도 한바탕 쏟아질 듯 잔뜩 찌푸려 있었다.

강우는 마음속으로 후련하게 비라도 한바탕 쏟아졌으면 하는 바람이 간절했다. 그만큼 쌓여 있는 가슴속의 조갈증은 입맛까지 앗아갔다.

강우는 들고 온 휴대용 컴퓨터의 화면에 그동안 밝혀진 내용들을 블록화시키며 하나하나 선으로 연결을 해나갔다.

복잡하게 얽히고 설킨 여러 가지 자료들이 조금씩 화면에서 정리가 되어 갈수록 모든 사태의 궤적과 추이가 명백하게 압축되어가고 전개되어졌다. 이 프로그램은 강우 스스로도 만족스럽게 활용하고 있는 시뮬레이션 프로그램이었다.

사건의 원인은 푸른색 선으로 표시하고 결과는 붉은색으로 구분 지음으로써 흐름을 파악하기에 쉽고, 앞으로의 추이에 대한 소중한 예측까지 가능하게 하는 훌륭한 도구가 되었다.

차츰 화면이 어지럽게 네모의 블록과 선들로 채워지고 그 안에서 조금씩이나마 기둥이 될 만한 줄기들이 모습을 드러내고 있었다.

안타깝게도 굵직하게 나타나는 기둥 줄기는 하나가 아닌 둘이 자리를 잡아가고 있었다.

한국이라는 줄기를 타고 전개되어지는 것과 일본이라는 줄기를 타고 내려오는 것이 그것이었다.

비슷한 모양으로 평행선이 되어 나타나는 두 개의 줄기가 잔가지에서 서로 엉켜들어 가기도 하고 충돌하기도 했다. 북한이라는 변수가 추가되고 중국이라는 변수까지 추가되자, 화면은 훨씬 더 복잡하게 수정이 되어 갔다.

추가되는 변수에 따라 줄기는 조금씩 방향을 바꾸어 가기도 하며 아슬아슬하게 기본 줄기가 충돌 직전까지 근접하기도 해서 마음을 안타깝게하기도 했다.

명백한 것은 두 개의 기둥 줄기가 조금씩 접근해 간다는 사실이었다. 아직은 입력되는 자료가 부족하여 판단의 시점에 이를 수는 없지만 나타나는 긴장 곡선은 피할 수 없는 충돌의 가능성을 서서히 예고하기 시작했다.

한참 동안 치밀하게 자료 정리를 마친 뒤, 동 기자와의 약속 시간이 가까워짐을 확인하고는 서둘러 조 기사에게 북경루까지 동행을 부탁했다.

3층까지 넓은 공간이 모두 객실로 꾸며진 북경루의 접수부에서 강우는 동 기자의 이름으로 되어 있는 예약을 확인하고 안내를 받아 2층의 한 방으로 들어갔다.

동 기자는 아직 도착을 하지 않은 듯했고, 시계는 정각 1시를 가리키고 있었다. 강우가 먼저 자리를 잡고 앉은 지 얼마 되지 않아 동 기자가 뒤를 이어 들어왔다.

성큼성큼 걸어 들어오는 품새가 영락없이 첸 기자의 거동을 닮았다는 느낌이 슬그머니 웃음을 자아내도록 했다.

"일찍 도착하셨습니다, 안 선생님."

"아닙니다. 방금 도착했습니다. 반갑습니다."

굳은 악수로 서로의 노고를 위로하면서 함께 자리를 잡았다.

"좀더 일찍 대접을 해야 하는 건데 늦어 버리고 말았습니다."

"별 말씀을. 바쁘신 일정일 텐데 괜히 어려운 시간을 빼앗는 것이나 아닌지 모르겠습니다."

"천만에요. 부디 동경에 계시는 첸 큰형님에게 대접이 소홀하더라고 이르지는 말아 주십시오."

"허허허."

"핫핫핫."

담당이 들어오고 동 기자는 강우의 동의를 묻지 않은 채 튀김과 탕 종류로 음식을 주문했다.

중국의 음식점은 주문으로부터 음식이 나올 때까지의 시간이 유난히 길기로 유명하다. 특히 이곳 북경루처럼 커다란 고급 음식점일수록 기약 없이 기다려야 하는 것을 예사로 생각해야 실수가 없다.

급한 용무를 앞에 두고 어설프게 주문을 했다가는 낭패 보기가 십상이어서 동 기자가 묻지 않고 주문한 셈이었다.

"동 기자님, 한 가지 질문이 있습니다."

"말씀하십시오."

"다름이 아니라 일본의 외교 무관으로 되어 있는 와다라는 자에 대한 것입니다만……."

그 순간 강우는 동 기자의 안색이 냉정하게 바뀌는 것을 놓치지 않고 지켜보았다.

잠시 동 기자는 아무 대답도 하지 못하고 무슨 생각엔가 깊이
잠긴 것 같았다.

"안 선생님, 벌써 그곳까지 접근을 하셨습니까? 짧은 체류 일
정이라 저는 설마했었습니다."

"숨김없이 알려 주시길 부탁합니다."

"이번 취재의 내용과 관련이 있는 내용입니까?"

"무언가 짚이는 점이 있어서 그렇습니다."

"사실 와다의 근황은 저도 잘 모르고 있습니다. 그자의 배경 정
도라면 몰라도……."

강우는 좀더 자세히 설명을 해야겠다고 생각했다.

"와다의 그림자 둘이 지금 동경에 잠입해 있는 것은 이미 알고
계시지요?"

강우는 한 번 더 동 기자가 알고 있는 정보의 범위를 확인하고
자 되물었다.

"안 선생님께서 와다의 그림자라는 표현까지 알고 계시는 것을
보니 첸 형님과 아주 깊은 곳까지 대화가 있으셨군요?"

"그렇습니다. 나는 이번 이윤옥 사건의 집행인이 바로 와다라
고 생각합니다. 자신의 위치를 사전에 위장해 두기 위해서 먼저
부하들을 동경으로 보내 놓고 슬그머니 그들의 위치를 고의적으
로 누설시킨 것 같습니다."

"그러니까 부하들을 통해서 자신도 동경에 있는 것처럼 위장해
두고 북경에서 은밀하게 사건을 벌였다는 말씀이군요?"

"틀림없습니다. 지금 와다라는 자도 북경에는 없을 것입니다.

사건을 저지르고 나서 바로 일본으로 합류했을 것입니다."

"확인이 가능할지 모르겠습니다만, 시도는 해보겠습니다."

"중요한 내용입니다. 서둘러야 할 것입니다."

"안 선생님은 언제쯤 돌아가실 예정이신지요?"

"길어야 2, 3일일 것 같습니다. 시간이 더 이상은……."

"예상은 했습니다만, 그렇게 빨리 가셔야 합니까?"

"예, 시간이 된 것 같습니다."

"와다의 존재와 배경은 이곳 북경에서도 극히 일부의 인사들만 알고 있는 내용입니다. 아직까지 확실하게 활동이 확인되지 않아서 그저 주목하는 정도였는데 그자가 활동을 시작했다면 작은 소식은 아닙니다. 다른 사람, 특히 류시광 군과 이런 이야기를 나누셨습니까?"

"아닙니다. 여러 사람의 입장이 함께 연루되어 있다는 점을 알고 있으니 함부로 발설할 내용은 아니지요."

"아주 잘하셨습니다. 지극히 예민한 문제라서……. 잠시 연락을 하고 오겠습니다."

동 기자는 강우에게 양해를 구하는 둥 마는 둥 전화가 있는 곳으로 가기 위해 자리에서 일어났다.

식사를 끝내고 연락을 해도 될 만큼 여유 있는 것이 아님이 확실했다.

와다, 와다, 역시 아무리 생각을 해도 결론은 와다였다.

무려 30여 분을 기다려서야 동 기자가 돌아왔다.

"안 선생님, 와다가 북경 어느 곳에서도 보이지 않습니다. 아무래도 안 선생님의 생각이 맞는 것 같습니다."

"그럴 겁니다. 사라진 지 이미 여러 날이 되었을 것입니다."

강우가 류시광과도 차마 나누지 못했던 내용은 바로 와다의 존재에 대해서였다.

여러 사람들의 입장도 입장이려니와 어렵게 접촉했고, 진실을 숨김없이 털어놓고 협조를 구하는 류시광에게 강우 자신이 너무 깊은 곳까지 알고 있다는 경계심을 줄 필요가 없었다.

생각 같아서는 틀림이 없는 정보의 제공자이므로 와다에 대한 구체적인 정보를 요청하고 싶었지만, 그보다는 간신히 열린 중요한 통로를 다시 막아 버리면 안되기 때문이었다.

한참만에야 주문했던 요리가 들어왔고, 함께 제공된 전통주와 식사를 하는 사이에도 동 기자는 한 차례 더 전화를 받기 위해 자리에서 일어났다. 역시 와다의 행적에 관한 전화였다.

비단 북경뿐만 아니라, 전중국의 영토 안에서는 어디서도 찾을 수 없다는 연락들이었다.

이젠 의심의 여지가 없이 와다의 소행이라고 단정을 지어도 틀림이 없게 되었다.

문득 내다본 창 밖은 언제부터인지 모르게 굵은 빗줄기가 시원스럽게 내리고 있었다. 가을을 재촉하는 비가 확실했다.

천천히 식사를 마친 뒤 향긋한 차를 한 잔 더 마시고 나서 두 사람은 자리에서 일어났다.

언제 다시 만나게 될지 약속을 하지 못하는 서로의 입장들을 아쉬워하면서 간곡하고 우정 어린 인사를 뒤로 남겨 둔 채, 강우가 먼저 택시를 탔고 지사 사무실로 왔다.

쏟아지는 빗줄기를 시원스럽게 바라보며 조금은 마음의 여유를 느낄 수가 있었고 이로써 북경에서의 임무는 대충 정리가 된 셈이었다.

강우는 자신도 미처 예상하지 못할 정도로 빠르게 임무를 마친 것을 내심 만족했지만, 또 가슴 한구석에 남겨지는 연민의 정을 추억으로 간직하고 싶었다.

북경에서의 일정은 대체로 마무리되었는지 몰라도 이것이 또 다른 시작이라는 냉엄한 사실도 알아야 했다. 그 또 다른 시작의 결말이 강우는 내심 두려웠다.

류시광과 마찬가지로 동 기자에게까지도 미처 말하지 못한 내용 하나가 더 남아 있었고, 그것이 바로 새로운 시작과 두려운 결론의 동기가 되기 때문이었다.

중국에서는 더 이상 풀어낼 수 없는 내용이므로 일본으로 돌아가서 고민해야 하는 내용이었다.

"안 기자, 내일 오후 항공권을 마련해 두었네. 한국 대사관의 입장도 고려하자니 역시 빠를수록 좋을 것 같아서……."

"잘 하셨습니다. 괜히 우리 공관의 입장을 난처하게 만들 일은 아니지요. 본사와 연락은 취해 보셨습니까? 이 선배님."

"물론이지. 모든 판단을 자네에게 일임한다는 통보야. 아무래도 본사에 앉아서 결정을 하기가 부담스러운 모양이지?"

"그럴 테지요. 제가 알아서 결정을 하겠습니다."

"오늘 저녁이 북경에서의 마지막 밤이 되겠군. 나가서 함께 저녁이나 할까?”

두 사람은 좀 이른 시간이긴 했지만 짧았던 만남과 긴 이별을 위해 처음 북경에 왔을 때 들렀던 ‘아리랑’으로 향했다.

비가 멎은 북경의 거리를 달리며 강우는 도착했을 때와는 사뭇 날씨가 가을다워짐을 느꼈다.

북경에 체류하는 동안 내내 도움을 준 조 기사와 함께 강우는 권하는 대로 잔을 받았고 모처럼 취하기를 마다하지 않았다.

그렇게라도 해서 북경에서 힘들었던 페이지를 홀가분하게 넘기고 싶은 마음이 간절했다.

일부러 작정한 것도 아닌데 서로가 그동안의 일에 대한 언급은 일체 삼간 채 밤이 깊을 때까지 고향 소식과 자신들의 추억이 담긴 얘기로 가슴의 앙금을 털어 버리려 애썼다.

‘아리랑’에서 준비한 승용차 편으로 호텔로 돌아왔을 때는 자정을 넘어선 시각이었다.

아무런 꿈도 꾸지 않고 참으로 오랜만에 깊은 잠에 빠졌다.

우중충하게 찌푸린 하늘 덕분인지는 몰라도 자리에서 눈을 뜨고 본 시계가 아침 10시를 가리키고 있었다.

전날 마신 술에 적당히 취하기도 했지만 그동안 쌓인 피로가 이완된 긴장을 타고 한꺼번에 밀려들었기 때문이다. 욕실에 들어가 정신이 들 때까지 물을 뒤집어썼다.

샤워를 마친 뒤 서둘러 짐을 챙기고 나자, 시간이 11시가 되었다. 호텔의 프런트에서 마지막 수속을 밟고 있는데 로비에 앉아 있던 조 기사가 웃으며 다가왔다.

"그동안 무척 피곤하셨던 모양이네요. 차마 깨울 수가 없어서 내려오실 때까지 기다리고 있었습니다. 허허허."

"어이구, 죄송합니다. 전화라도 주시지요."

"했지요. 그러나 전화벨 소리도 듣지 못하실 정도로 깊은 잠이 드셨던 모양입니다."

"그랬었군요. 시간이 너무 늦어서 야단인데요."

"비행기 시간은 여유가 있습니다. 대사관 면담이 먼저인데 일단 제가 사무실과 연락을 해두었습니다. 전화로 출국 인사를 대신하시지요."

세심하게 배려를 해주는 조 기사의 인정이 가슴 깊이 와닿았다.

"그래야 하겠군요. 지사에 들를 시간이 없을 것 같지요?"

강우는 조 기사가 내미는 항공권을 받아 들고 공중 전화로 다가갔다.

"하하하, 원없이 잠이 들었던 모양이지, 안 기자?"

"예, 아마도 기절이라도 했던 모양입니다."

"그동안 정말 수고가 많았어. 전화로 인사를 대신하기로 하고 바로 움직이시게나."

"그래야 하겠습니다. 그동안 여러모로 감사했습니다."

"부디 건투를 빌겠네. 몸조심하시고……."

"언제 다시 뵐 수 있을지 모르지만, 이 선배님도 부디 건강하십시오."

전화를 끊고 강우는 커피숍으로 조 기사와 함께 들어갔다. 그리고 가벼운 수프와 커피로 재빨리 빈속을 달래고 일어섰다.

승용차가 한국 대사관에 도착한 시간은 12시를 넘긴 시각이었다. 안내원에게 총영사와의 면담 약속을 확인하고 안내를 받아 2층의 영사 집무실로 들어갔다.

"안녕하십니까? 대한신문의 안강우올시다."

"어서 오십시오. 기다리고 있었습니다."

"어려운 시기에 노고가 크시지요?"

강우는 먼저 총영사의 눈치를 살피며 자연스럽게 대화를 유도했다.

노련미가 여실히 드러나는 50대의 사나이가 차가운 표정을 감추지 않은 채 강우를 소파로 안내하면서 인사를 받았다.

"모두가 마찬가지 아닐까요?"

"이런 때일수록 서로의 힘을 하나로 모아야 할 것입니다."

"옳은 말씀입니다."

강우의 기선에 비로소 총영사의 표정이 조금은 누그러지고 있었다.

"제가 안 선생을 이곳까지 오시게 한 것은 다름이 아니라…….
중국의 공안국에서 경고가 왔기 때문입니다."

"경고라니, 무슨 내용인지……."

"안 선생의 활동이 도를 넘어서 있다는 경고이지요. 덕분에 우리 대사관도 난처해질 수가 있습니다. 부디 행동을 자제해 주셔야 하겠습니다."

"알겠습니다. 무슨 뜻이신지……."

"그리고 안 선생께서 취재한 내용과 자료에 대해서인데, 어느 정도 성과는 있으십니까?"

"글쎄요. 환경이 여러모로 까다롭기 때문에……."

강우는 말끝을 흐렸다.

"아무튼 예민한 시점이니 보도 내용에 대하여 중국측의 심기를 고려하셔야 합니다. 자칫하면 국제적인 문제로 비화될 수 있는 소지도 있구요. 그럴 경우, 우리로서도 손쓸 수 없는 지경에까지 갈 수 있습니다."

강우는 내용이 생각보다 심각하게 될지도 모른다는 생각이 들었다. 이제까지의 행동은 평상시라면 충분히 용납될 수 있는 수준이었으나 시기가 시기인지라 정략에 따라 악용될 가능성도 없지 않았다.

특히 일본측에서 고의로 문제를 비화시킬 경우를 예상해 보면 파장이 만만치 않은 것도 사실이었다.

"염려 마십시오. 저는 다른 취재 계획이 있어서 오늘 출국하기로 되어 있습니다."

"그렇다면 다행이군요."

"괜한 염려를 끼쳐 드린 것 같아서 죄송합니다."

"거듭 말씀드립니다만, 경고를 가볍게 여기지 말아 주십시오."

"유념하겠습니다. 다시 연락이 오면 취재를 중단했다고 안심시켜 주십시오. 나머지는 제 스스로 처리하겠습니다. 그리고 다른 루트를 통해서 취재의 결과와 내용은 반드시 본국 정부와 협의를 거치도록 하겠습니다."

"알겠습니다. 이젠 우리 공관에서도 가볍게 대응할 수가 있겠군요."

공항으로 향하는 승용차 안에서 강우는 새삼 냉혹한 첩보 세계의 실상을 들여다 본 것 같아서 마치 줄타기를 하는 듯한 느낌이 들었다.

거기에는 진실과 도리보다는 이익과 주도권이 판을 치고 있었고, 논리와 정의보다는 술수와 투쟁만이 살아 남기 위한 유일한 방법으로 존재하고 있었다.

강우는 길지도 않은 날 동안 정이 든 조 기사와 아쉬운 작별을 하며 동경행 비행기의 트랩에 올랐다.

해결책은 있다

*

　한 · 일간에 관광이라는 명목으로 이루어지던 왕래는 거의 중
단이 되었다. 두 나라 사이의 불편한 관계가 시작되던 때부터 서
서히 줄어가더니 지금에 와선 거의 자취를 감추어 버리고 말았다.
　많은 이용객들이 자취를 감춘 지금, 한국 내 여러 곳의 국제 공
항 청사 내부엔 무거운 분위기가 채워지고, 계속 줄어가는 운항
편수로 인해 한산한 날이 갈수록 늘어갔다.
　덕분에 여행객들을 주선하고 안내하던 수많은 여행사들도 미
처 대책을 강구할 사이도 없이 속속 문을 닫아야 했다.
　필연적으로 왕래를 해야만 하는 분야의 사람들도 횟수를 최소
한으로 줄이고 행동 또한 극도로 자제하는 분위기에서 서로 몸조
심하기에 여념이 없었다.
　이전에도 교과서 왜곡 사건이라든가 일부 정치인들의 의도적

인 망언들로 인한 일시적 냉각기가 없지는 않았지만 얼마쯤 시간
이 지나면 곧바로 다시 정상화되곤 했다. 그러나 지금은 그 의미
가 전과 다르다는 것을 사람들은 알고 있었다.

한국에 머물고 있는 대부분의 일본인들은 극소수의 인원을 제
외하고는 거의가 한국어를 모르기 때문에 겪는 고초가 보통이 아
니었다.

노골적인 승차 거부로 택시는 이용할 엄두도 내지 못하고, 생
활 필수품도 직접 구입하기가 어렵게 되어 버렸다.

두 나라 사이의 대치 상태가 점점 깊어지면 깊어질수록 일본인
들에게 가해지는 방해와 핍박으로, 협조적인 한국인들의 도움이
아니면 일상 생활까지도 영위하기가 어려웠다. 그러니 일반 관광
객의 한국 여행은 엄두도 낼 수 없는 것이 당연했다.

반드시 필요한 외출이 아니면 자제해 달라는 요청이 경찰서로
부터 전달되었으며, 부득이 외출을 할 때에도 두 사람 이상이 함
께 동행해야 하고 한국어를 구사할 줄 아는 사람과 함께 있어야
할 정도로 불안한 정국이 계속되었다.

이러한 사태에 따른 여파는 즉각 모든 경제 수치에 영향을 주
었고, 그에 따르는 파급 효과 또한 막대하기만 했다.

무역 거래액, 환율, 은행 예금고, 성장 지수, 고용율, 국가 신용
도, 기타 긍정적인 요인이 되는 수치는 땅으로 곤두박질쳤고 물
가, 실업률, 부도율 등 부정적인 요소의 수치들은 꼭대기까지 치
솟았다.

수십 년을 공들여 쌓아 온 성과가 이토록 간단히 흔들려 버릴

줄은 아무도 예상하지 못한 채, 이러한 원인마저도 상대국에 책임을 전가시켜 버리게 되어 상대에 대한 분노의 크기를 더욱 키워 갔다.

민간 소비자 단체들은 일본 제품에 대한 대대적인 불매 운동을 벌여 공개 장소에서 공공연히 불태웠고, 무참히 부수었으며 그런 모든 장면들이 한국뿐만 아니라 외신을 타고 일본에까지 방영되어 상황을 더욱 악화시키는 역할을 하고 있었다.

일본 대사관은 자연히 한국인들에게는 원한의 표적이 되었다. 매일 돌팔매질이 난무했고, 고함 소리에 날이 새고 밤을 맞곤 했다.

건물의 창문과 모든 출입구는 철 그물망으로 겹겹이 보호되고 있지만, 하루에도 수없이 깨어지는 창구는 이젠 완전히 막혀 버리고 말았다.

마치 일본과 통할 수 있는 대화의 창구를 완전히 봉쇄해 버린 것 같은 삭막하고 무겁고 암담한 모습이 TV 화면에 비추어지곤 했다. 길고 긴 터널의 끝은 정녕 없는 것인가?

무엇보다 안타깝고 유감스러운 것은 이러한 두 나라 사이의 대치 상황을 해결하기 위해 한국으로서는 능동적으로 해야 할 일이 거의 없다는 사실이었다.

일본의 요구대로 독도를 양보하고 내준다는 것은 한국의 국민 감정에 비추어 도저히 상상도 할 수 없는 일이었고, 약정에 의한 거래마저도 용납될 수 없는 현실이었으며 이 모든 것들이 명분에 완전히 거스르는 것이므로 한국 국민들에게 차라리 자결을 하라고 하는 편이 더 쉬울 것이었다.

무역 역조에 따른 적자의 누적과 제3국에서 자주 발생하는 방해 행위도 일본의 개방적인 사고 방식과 협조 의지가 따르지 않으면 한국 단독으로는 개선할 방법이 거의 막혀 버렸다. 공교롭게도 한국이 안고 있는 외채의 총액과 일본과의 무역 손실 누적액이 거의 비슷한 정도로 액수의 아귀가 맞아 들어가자 현재 한국이 당하는 어려움이 고스란히 일본 때문인 것으로 생각하기 쉽게 되어 갔다.

동경으로 돌아온 강우는 지사 사무실에 도착하자마자 그동안 밀려 있던 통계 자료와 데이터를 자신의 컴퓨터에 입력하면서 변화되어 가는 수치와 그래프들의 암담한 내용들을 지켜보았다.

오후 시간에 첸 기자와 '일번지'에서 만나기로 약속을 해놓고 그 틈을 이용해 스크랩되어 있던 기사와 자료를 정리했다.

무언가 크게 개선이 되어질 것은 애당초 기대하지도 않았지만 막상 눈으로 변화되어 가는 자료의 그래프를 바라보니 허탈하기만 했다.

펼쳐 놓았던 휴대용 컴퓨터의 모니터를 닫아 버리고 자리에서 일어났다. 지하 쇼핑 가의 인파를 일부러 헤집고 다니며 혹시 있을지도 모르는 추적을 따돌리기 위해 재빠르게 몸을 움직였다.

필요도 없는 골목도 지나고, 잠시 한쪽 구석에 몸을 숨기고 뜸을 들이며 박자를 흩뜨려서 돌고 돌아 첸 기자와 약속한 '모모야'에 들어섰다.

아직 이른 시간이라 사람들은 별로 많지 않았고, 덕분에 먼저 와서 자리를 잡고 있는 첸 기자의 우람한 몸체를 단번에 찾아낼 수 있었다.

강우가 문을 열고 들어서는 것과 동시에 첸 기자도 자리에서 일어서며 앞으로 걸어나왔다.

"정말 수고가 많으셨습니다, 안 선생."

"반갑습니다, 첸 선배."

온몸으로 끌어안듯이 강우를 양팔로 맞아들이며 가슴에서 우러나오는 반가움을 표시했다.

"안 선생의 활약은 동생으로부터 침이 마르도록 들었습니다. 참으로 대견한 일이고말고요."

"별 말씀을…… 동생 분이 아니었다면 감히 꿈도 꾸지 못할 만큼 협조가 컸습니다. 첸 선배의 도움이 역시 넓고 크다는 사실도 깨달았고요. 거듭 두 분께 감사 드립니다."

"아닙니다. 이 모든 것이 안 선생의 덕이지요."

"자, 어서 앉으십시오."

강우는 계속 선 채로 이야기하려는 첸 기자를 재촉했다.

"그래, 그 이후로 진전이 더 있었습니까?"

강우는 침착하게 인터넷 통신 채널을 통해 다하지 못했던 과정과 사실들을 숨김없이 이야기해 나갔다.

청주가 배달되어지고 서로 자기 잔을 채울 때까지 잠시 이야기가 정지된 시간을 제외하곤 강우의 일방적인 설명을 첸 기자는 듣고만 있을 수밖에 없었다.

그는 간간이 눈을 감고 고개를 끄덕거리기도 하며 사건의 추이와 연관을 나름대로 정리해 가고 있었다.

이윤옥 메모에 대한 설명에서는 깊은 한숨까지 지으며 표정도 비장하게 바꾸어 갔고, 와다의 행적과 의문을 이야기할 땐 깜짝 놀란 듯, 두 눈을 크게 뜨고 혀를 차며 천장을 뚫어지게 응시하기도 했다.

두둑한 배짱에 냉정한 성격의 첸 기자도 강우의 설명이 적지 않게 충격적인 듯, 표정의 변화가 이야기의 내용에 따라서 확연히 달라졌다.

설명이 끝난 뒤에도 정적이 오랫동안 뒤를 이었다. 첸 기자의 숨소리가 강우에게도 들릴 만큼 가빠졌다.

"잘 들었습니다. 안 선생의 의견은 어떻습니까?"

강우는 다른 사람에게는 하지 못한 의견을 이야기해야 했다.

"제 생각입니다만, 이윤옥의 남편 류시원 교수가 와다의 뒤를 깊숙이 추적하고 있다고 생각합니다. 중국에서는 가족의 원수는 살아 있는 한 무슨 일이 있더라도 갚아야 하는 뿌리 깊은 전통이 있지요? 류 교수의 크나큰 분노가 여러 곳에서 확인이 되었습니다."

첸 기자는 고개를 크게 끄덕이고는 다시 눈을 감았다.

"지금쯤 와다를 쫓아 동경에 상륙했을지도 모릅니다."

두 눈을 꽉 감은 채, 첸 기자는 입 속으로 웅얼거리듯 혼잣소리를 냈다.

"류 교수의 동생으로부터 간곡한 부탁이 있었던 것을 잊지 말아 주십시오. 가능한 한 협조를 하고 싶은 생각입니다."

"안 선생, 이러한 내용을 기사화하실 생각이십니까?"

"아닙니다. 그렇지 않아도 위험 천만한 류 교수의 처지인데 만일 이러한 내용이 조금이라도 알려질 경우, 류 교수는 그 순간부터 죽은목숨과 마찬가지지요. 확실한 결말이 확인되기 전에는 결코 알려지게 하지는 못하겠습니다."

"일생 일대에 다시없을 대특종인 데도 말입니까?"

"그런 것에는 관심이 없습니다."

"참으로 고맙습니다. 안 선생 같으면 류 교수의 처지를 어떻게 유도하고 싶습니까?"

"두말할 나위 없이 제3국으로 망명을 유도해야겠지요. 류 교수가 미국에서 오랜 기간 공부를 하기도 했으니 미국으로의 망명은 쉽게 허락이 될 것입니다."

"올바른 판단입니다. 그렇게 하면 류 교수의 목숨은 살릴 수 있겠지요. 그러나 류 교수는 그렇게 구차한 방법을 선택할 것 같지는 않습니다. 누가 뭐라 해도 안 선생의 말씀처럼 부인인 이윤옥 여사의 원수를 반드시 갚고자 할 것입니다."

"안타까운 결론이네요, 참으로 안타까운⋯⋯."

류시원의 입장은 완전히 정글에 떨어진 외톨이의 처지가 되었다. 본국의 첩보대에서까지 추적을 받고 있으니, 어느 누구도 믿지 못하고 독자적인 행동을 할 수밖에 없게 되어 버린 것이다.

스스로 살아날 수 있는 방법을 모를 리는 없을 터인데, 넘치는 분노를 억제하고 구차스럽게 혼자 살아날 방법을 선택하지는 않을 것이라는 확신이 들었다.

제아무리 비상한 두뇌의 소유자이고 응용력이 뛰어나다 하더라도 주변의 지원과 협조 없이 홀로 헤쳐 나가기에는 너무 험난하고 외로운 싸움일 것이 확실해 보였다.

류 교수의 분노와 겹쳐서 그의 앞에 닥칠 역경과 고난의 무게가 힘겹게 느껴졌다.

심리적 갈증에 조용히 자신 앞에 놓인 청주 잔만 말없이 비우고 또 비워 나갔다. 그러나 그렇게 해도 풀리지 않는 갈증에 두 사람은 교대로 새로운 청주를 주문했고 테이블 위엔 빈 병이 자꾸 늘어갔다.

어떻게 문제를 풀어야 할지를 생각하는 것보다, 의미 없는 세간의 잡담으로 시간을 보냈다. 안주 삼아 청주 몇 병을 더 비우고 나서 두 사람은 자리에서 일어났다.

저녁 기온은 이미 가을에 접어든 것 같았다. 제법 싸늘함을 느낄 만큼 바람 끝이 차가웠다.

첸 기자와 선 샤인 빌딩 입구에서 헤어지고, 느릿한 걸음으로 사무실로 돌아왔다. 퇴근 시간이 가까웠지만 직원들 어느 누구도 돌아갈 기색이 보이지 않았다.

제법 많이 마신 술의 양에 비해서 취기는 간 곳이 없을 정도로 말짱하기만 한 것은 첸 기자와 나누었던 대화의 긴박함과 긴장감이 각성제가 되어서였던 모양이었다.

의무라고도 할 수 있는 첸 기자와의 만남에 이어서 강우는 기노시다에게 연락을 하고 싶었다.

헤어진 지가 몇 년은 된 것처럼 궁금증이 한꺼번에 몰려왔다. 기노시다의 호출 번호를 입 속으로 반복하며 강우는 책상 위의 전화기를 바라보았다.

바로 그 순간, 전화기의 벨이 마치 강우의 눈길을 기다리기라도 한 듯이 때를 맞추어 울렸다. 하루에도 수없이 울려 대는 전화벨 소리지만 강우는 직감적으로 자신에게 온 전화일 것이라는 확신이 들었다.

강우가 미처 손을 가져가기도 전에 건너편에 있던 동료가 먼저 수화기를 들었다.

몇 마디 짧은 대화가 오고갈 동안 강우는 심호흡을 하면서 자신의 이름이 불려지기를 기다렸다.

동료의 눈길이 자신을 향해 미처 무어라 할 사이도 없이 강우는 수화기를 집어들었다.

"여보세요, 안 선생님이십니까?"

전화 속의 목소리는 다름 아닌 기노시다의 것임이 틀림없었다.

"아! 기노시다 씨, 안강우입니다."

"마침 계셨군요, 반갑습니다."

"정말 오랜만입니다. 근황은 어떻습니까?"

"예, 염려 덕분에 좋습니다. 어디 먼 곳에라도 출장을 다녀오신 모양이지요? 그동안 몇 차례 전화를 드렸었습니다만……."

"예, 중국에 취재를 지원할 일이 있어서 다녀왔지요."

"그러셨군요. 이렇게 통화가 되니 마음이 놓이긴 합니다만, 만일 무슨 일이 신상에 일어나시거나 하면 반드시 즉시 제게로 연락을 주셔야 합니다."

"고맙습니다. 그렇게 하지요."

"안 선생님, 날씨가 더 변하기 전에 어디 가까운 곳에 하루거리 여행이라도 함께 하실 수 있겠는지요. 이번 일요일은 시간이 있거든요?"

거절할 수 있는 부탁이 아니었다. 그보다는 거절해서는 안될 부탁이었다.

"좋은 생각입니다. 나도 기노시다 씨 덕분에 숨이라도 좀 돌려 볼까요?"

"가능하시다니 정말 다행입니다. 저 때문에 괜히 무리하지나 않으시는지⋯⋯?"

"천만에요. 어차피 일요일인데 누가 뭐라고 하겠어요? 장소는 어디, 가고 싶은 곳이라도 있으시면⋯⋯."

"글쎄요. 안 선생님도 바다를 좋아하시니까⋯⋯. 동경에서 제법 가까운 곳에 호젓하게 하루거리로 다녀올 만한 곳이 있지요. 장소는 제게 맡기시고 그냥 나오시기만 하세요."

"그래요. 그럼 이번 일요일 하루의 일정을 부탁드려 보겠습니다."

통화를 마치고 강우는 긴 한숨을 내쉬었다.

기노시다에게 그동안 별일은 없었구나 하는 안도감과 함께 앞으로 전개되고 변화되어질 사건들의 불확실성 때문에 달라질지도 모를 분위기가 묘한 느낌으로 강우를 복잡하게 만들었다.

일요일 오전, 강우는 일찌감치 잠자리에서 일어났다.

대충 가벼운 차림을 하고 숙소를 나서는 마음이 마치 소풍이라
도 떠나는 어린 학생처럼 가볍게 들떠 있어서, 스스로 생각해도
멋쩍게 느껴졌다.

하루라고는 하지만 목적지도 모른 채 여행을 떠나는 것이 한결
흥미를 더해 주었다.

네즈 지하철역 가까이 '요시노' 식당에서 덮밥과 장국으로 간
단한 아침을 때웠는데도 속이 든든한 것은 여행의 기대감 때문인
지도 모를 일이었다.

'요시노' 식당은 강우가 자주 아침 식사를 하는 곳이었다.

일본 전국에 걸쳐 무수히 많은 체인점을 두고 하루 24시간, 1
년 365일을 연중 무휴로 영업을 하는 간이 식당이기 때문에 급할
땐 자연히 먼저 찾아지게 마련이었다.

영업을 시작한 지 벌써 1백 년도 넘는 내력이 있는 식당으로,
바삐 움직이며 살아가는 현대인의 습성을 적절히 맞춰 주었고,
무엇보다 일본의 일상 음식에 익숙하지 않아서 애를 먹는 한국인
들에게는 다른 곳보다 비교적 입맛에 잘 맞았다. 따라서 일본에
서 파견 근무를 시작하던 초기에는 거의 매일 이용할 정도로 친
근하고 다분히 서민적인 식당이었다.

네즈에서 탄 지하철을 니시니포리에서 야마노테 선으로 바꾸
어 탄 뒤 기노시다와 만나기로 한 시나가와로 향했다.

시나가와에 도착한 시간이 오전 10시가 조금 안된 시간이어서
강우는 근처 매점에 들러 음료수 캔 몇 개와 과자를 준비했다.

더도 덜도 아닌 10시 정각에 가벼운 점퍼 차림의 기노시다가

단 1분의 오차도 없이 성큼성큼 걸어왔다.

두 사람은 반갑게 손을 잡았다.

"반갑습니다, 안 선생님. 일찍 나오셨습니까?"

"아니오 방금 전에 도착했지요. 그동안 무척 분주했던 모양입니다."

"예, 조금……."

강우는 그와 알고 지내 온 기간이 얼마 되지 않는 것을 언뜻 상기해 내고는 그 짧은 기간에 무척 빨리도 가까워진 것을 깨달았다.

짧은 기간이었으므로 둘이서 함께 하는 여행도 이번이 처음인 것은 당연했지만, 마치 오래 전부터 함께 여행을 해온 것처럼 조금도 어색하지가 않았다.

"그래, 여행 목적지는 결정되었어요?"

강우의 물음에 기노시다는 대답 대신 두 장의 전철표를 꺼내어 강우의 눈앞에 내밀고 장난기가 가득한 표정으로 가볍게 흔들었다.

"어허, 어느 사이에 준비해 두었어요? 방금 도착하신 것 같은데……."

강우도 웃으면서 손에 들고 있던 봉투를 기노시다의 코앞에서 가볍게 흔들었다.

"역시 안 선생님이십니다."

두 사람은 아무것도 아닌 이런 가벼운 일에도 크게 터져 나오는 웃음을 구태여 참으려 하지 않고 시원스럽게 터뜨렸다.

기노시다가 결정한 장소는 미사키구치라는 읍 단위의 포구로 시나가와에서 게이힌 급행선을 타고 종점까지 가야 하는 곳이었다. 지도를 살펴보니 동경만의 어구에 위치해 있어서 거리도 생각보다 가까웠다.

전철의 내부가 생각보다 한산해서 적이 마음이 놓였다. 강우는 기노시다가 자신의 마음을 잘 헤아려 결정했을 것으로 믿으며 그저 안내에 맡기면 그만이었다.

혼자서 철도 여행을 할 때와 지금처럼 두 사람이 함께 하는 여행의 묘미는 사뭇 달랐다.

기차 여행 그 자체가 정서에 오붓한 감흥을 불러, 설레게 하는 독특한 매력이 있었지만, 서로 가깝게 상통할 수 있는 상대가 함께 할 경우, 그 매력을 금세 배가시켜 주는 특별한 효능도 가지고 있었다.

전철이 일정한 박자로 기분 좋게 흔들려 주는 것까지 분위기를 돋우어 주는 역할을 했다.

전철이 출발하는 것과 함께 강우는 음료수 캔을 손수 개봉하여 기노시다에게 넘겨 주며 먼저 말문을 열었다.

"시나가와까지 오는 전철 안에서 계속 한 생각입니다만 일본의 경제 부흥을 생각하면 정말로 놀라운 느낌을 받지 않을 수 없지요. 세계 어느 나라가 이처럼 단기간에 이같은 성장을 이뤄 낸 예가 또 있을까요? 그것도 패전의 상처를 딛고 일어서서 말입니다."

"성장과 발전이 중요한 것은 다른 나라도 매한가지겠지만, 우리 일본의 지정학적 여건의 특수성 때문에 그 중요도는 필연 이상으로 강조되고 있어요. 일본처럼 좁은 땅덩이 안에서 1억이 훨씬 넘는 인구가 자연 자원도 거의 전무한 상태에서 생존을 하려면 외부 국가와 긴밀한 교류가 이루어져야 하지요. 주식은 식생활 개선으로 자급 자족이 가능합니다만, 필수 불가결한 에너지와 기초 자원은 외부로부터 공급을 받지 못할 경우 생존 자체가 불가능할 정도여서 이런 수입 자원의 대가를 지불하기 위해서라도 경제적인 여유가 반드시 있어야 하고 그래야만 많은 국민들의 삶을 책임질 수가 있게 되는 것입니다."

"옳은 이야기입니다. 일본처럼 생존의 대외 의존도가 높은 나라도 드물지요. 그 많은 인구를 풍요롭게 하려면 참으로 필사적인 노력이 필요할 것이라는 점은 쉽게 이해할 것 같습니다."

"우리 일본이 좀더 잘살기 위해서 애쓴다고 하는 것은 너무 안일한 표현입니다. 전세계 국가들 중에서 지리적 이점이 거의 없는 것이나 마찬가지인 악조건을 염두에 둔다면, 그런 노력은 오히려 살아 남기 위한 몸부림이라고 표현하는 것이 더욱 적절할 것 같습니다. 일전에 안 선생님이 말씀하신 자기 영토에 대한 애증의 감정도 일반 민중들보다도 일본의 지도자들에게는 더욱 직접적인 스트레스로 작용하여 그런 것이 계속해서 누적될 경우 때때로 무리한 발상과 행동으로 부작용을 크게 남기기도 했다고 생각합니다."

"그랬었지요. 이제 일본은 자기 생존을 위한 개념을 명백히 정립해야 할 것이라고 생각합니다."

"좀더 구체적으로 말씀하신다면……?"

　"어차피 일본은 외부로부터의 협조와 공급이 생존을 위한 필수적인 만큼 의식의 저변으로부터 상호 호혜적이며 공생하고자 하는 상대의 인식을 현실 속에서 정착시킬 필요가 있다고 생각합니다. 그 양이 많고 적음은 둘째로 치더라도 생존에 반드시 필요한 것들을 일본의 바깥에서 공급을 받아야 한다는 점은 일본의 생존과 직결되는 안타까움이니까요. 앞서 가지 않으면 살아남지 못한다는 개념은 전 시대에서나 일시적으로 가능했던 성숙하지 못한 개념입니다. 입장이 크게 변화된 지금, 모두가 자각을 하기 시작한 21세기에는 어느 국가도 이해시키지 못할 것입니다. 전 시대에 비해서 좁아질 대로 좁아진 지구촌 안에서 서로가 공존해야 한다는 당위성이 빨리 자리를 잡아가고 있습니다. 그러한 당위성에 일본은 어떻게 대응해야 할지 자명하지 않을까요?"

　"안 선생님의 의견에 절대 동의할 수밖에 없군요. 만일 그러한 당위성에 동의하지 않는다면 결국 스스로 파국으로 몰아가는 지름길만 남을 수밖에 없겠지요."

　"경제 교류의 경우, 필요에 따라 비교적 쉽게 정착이 되어 가고 다른 지역에서는 현재 그렇게 진행되어 가고 있는 것도 사실이지만 정치적인 분야에서는 그에 훨씬 미치지 못하고 있으니 이 또한 부조화의 원인이라고 할 수밖에 없지요."

　"전 시대를 투쟁으로 살아왔던 지도층 인사들에게는 의식의 혁신이 무엇보다 중요한데 그것이 말처럼 쉽지 않아서 문제가 되고 있지 않습니까? 예전의 간명했던 힘의 논리가 그들에게는 일본의 생존을 위한 유일한 수단이라고 집착할 정도로 굳어져 있는 것 같습니다.”

“기노시다 씨의 지적이 핵심일지도 모르겠습니다. 자신들의 지나간 가치관이 후대에 고스란히 전승될 경우, 새로운 국제 질서에 맞지 않는다는 생각을 인정해야 할 텐데 현실은 오히려 그에 역행하고 있어서 큰 문제가 되고 있으니까 말입니다.”

“안 선생님의 지적처럼 우리 일본은 정치가 문제입니다. 정치가……”

새로운 음료수 캔이 나누어지고 잠시 그 틈을 타고 대화가 끊어졌다. 마치 이제까지 나누었던 대화들을 되새김하기 위한 휴식처럼…….

한 시간 남짓 달리던 전철이 종착점인 미사키구치 역으로 서서히 진입해 들어갔다.

놀랄 만큼 작은 역사가 의외였다. 동경에서 이처럼 가까운 곳에 이처럼 조그만 포구가 있었구나 하는 마음에 정겨움이 더했다.

일본의 여느 곳처럼 정갈한 거리는 인상적이었고, 바닷가를 가기 위해서는 역 광장에서 다시 단거리 셔틀 버스를 이용해야 했다.

구불구불 좁은 언덕길을 스칠 듯 내려가는 것도 운치가 있어서 좋았고 특히 자연스럽게 이루어진 포구의 주변이 유난히 하얀 색들인 것이 이채로웠다. 건물도 선박도 모두가 밝은 햇살을 받아 눈이 부시도록 흰색을 발산했다.

지금은 제철이 아니어서 한산하지만 바다 낚시가 제철인 계절에는 무척 성황을 이루어 제법 흥청거리기도 한단다. 그러나 이곳은 이렇게 한산한 모습이 제격이라고 생각됐다.

바다 바람이 제법 차가웠다.

태양으로부터 바람이 불어 올 때는 온화한 기후가 되지만 지금은 환절기로, 차가운 북서풍이 불어오기 시작하는 계절이라 바람 끝이 차가웠다.

여러 집이 모여 있는 식당가 골목길을 지나 기노시다는 앞서 걸어갔다. 깊게 패인 구릉을 지나자 갑자기 방금 전과는 전혀 다른 제대로 된 바닷가가 확 펼쳐졌다.

강우는 자신도 모르게 '와!' 하는 감탄사를 뱉어 냈다.

검고 붉은 바위들의 평평한 모습들이 어딘가 친근했고 기묘하게 생긴, 마치 코끼리의 모습과 같은 절벽이 멀찌감치 왼편 모서리에 물에 잠긴 채 보였다.

푸르다 못해 검은 바닷물은 고국의 동해안 언저리에서 바라다보던 것과 다를 바 없었다.

오른편 아스라히 먼 곳에 하역 부두의 거대한 모습과 제철소인 듯한 건물들이 뿌옇게 형체를 감추고 있었고, 먼바다 가운데 동경만을 지나는 거대한 화물선들이 여러 척 떠 있었다.

여객기 한 대가 때마침 머리 위를 가로지르며 지나가는 것을 보고 기노시다는 서울에서 일본의 나리타 공항을 왕래하는 모든 비행기는 바로 이곳 머리 위에서 고도를 낮추기 시작하고 또 제 고도를 찾아 오르기도 한다고 했다. 강우는 가끔 한국을 왕복하면서 여객기 창문을 통해 내려다보던 곳이 바로 이곳이었구나 하는 생각을 하자 더욱 친근하고 금세 익숙해지는 것 같았다.

　북서 계절풍이 쌀쌀하기는 해도 해변의 갯바위는 따끈하게 달구어져 있어서 적당히 솟은 바위를 골라 강우는 등을 기대고 반쯤 누웠다. 기노시다도 강우의 맞은편 바위를 골라 자리를 잡았다.

　"마치 한국의 동해안 어느 바닷가에 있는 것 같은 생각이 들어요."

　어제까지 북적거리던 대도시에서의 갈증이 한순간에 채워지는 것 같은 안도감이 사르르 몸 전체를 휘감고 지나갔다.

　지난 여름에 방문했던 지바현 99리 해안의 검은 모래사장 분위기와는 완전히 달랐다.

　기노시다는 바다 낚시를 취미로 즐기기 때문에 오래 전에 몇 번인가 이곳을 이용한 적이 있었다고 했다.

　상황이 좋아지고 마음의 여유가 생기면 낚시철에 맞추어 함께 다시 와서 바다 낚시를 즐겨 보자고 했지만, 그것은 간절한 희망일 뿐 기약할 수 없는 공허한 약속이라는 생각이 들어 차라리 하지 않음만 못하지 않나 하는 후회가 잠시 가슴을 스치고 지나갔다.

　바로 곁에서 잔잔하게 출렁거리는 파도 소리에 기노시다와 강우의 목소리는 실려서 퍼져 나가고, 문득 올려다 본 하늘은 말로 표현하기 어려운 색깔로 치장되어 있어서 사람까지도 모두 파란색으로 물들여지는 것만 같았다.

　간간이 하얀 파도에 따라 부서지는 두 사람의 웃음소리가 가을 분위기를 가르고 제트기가 그리고 간 하얀 꼬리 구름처럼 길게 이어져 갔다.

정감 어린 이야기가 한참 동안 이어진 뒤, 두 사람은 천천히 포구를 향해 언덕을 되짚어 걸어 올라갔다.

점심 시간도 되었고 해서 두 사람은 아늑한 포구가 잘 보이는 식당을 골라 들어갔다.

일요일임에도 불구하고 텅 비어 있는 실내 안쪽에서 쪼르르 여주인이 나와서 두 사람을 안으로 안내했다.

철이 아니어서인지 어항과 수족관 안에는 잡어들만 몇 마리 지친 듯 정지해 있었다. 정식으로 식사를 주문하고 따끈한 정종과 문어 구이를 추가로 주문했다.

실내 분위기를 둘러보니 사방의 벽마다 낚시로 잡아 올린 흑돔들의 어탁이 액자에 담겨 드넓은 홀의 비어 있는 벽 곳곳마다 빽빽하게 전시되어 있어서 제철에는 어지간히 흥청거리겠구나 하는 생각이 들었다.

어탁마다 어종명, 날짜, 장소, 조사자 이름 등이 자세히 기록되어 있어서 이곳의 역사가 결코 만만치 않음을 읽을 수 있었다.

창 밖으로 이제 막 들어온 작은 어선으로부터 상자들이 연이어 하역되는 모습을 바라보며 기노시다가 말을 꺼냈다.

"제가 군인이 되지 않았다면 지금쯤 아마 어부가 되어 있을지도 모르겠어요. 어렸을 때부터 바다에 떠 있는 크고 작은 배들을 보면 이상하게 가슴이 설레고 희망이 솟아나곤 했지요."

"그래요? 어쨌든 해군이 되었으니 소원을 이룬 셈이 되기는 했군요."

"그렇다고 할 수 있겠지요. 해군 사관 학교를 지원하게 된 동기가 그런 이유에서였는지도 모르겠습니다."

식사가 정성 들여 차려졌다.

우선 보기에도 정갈하고 모양새가 반듯한 것이 차마 흩뜨리기 미안할 정도로 정돈되어 있었다.

창 밖의 정경을 눈 안주로 곁들여 식사와 함께 정종을 나누며 한적한 분위기에 젖어 들었다.

잠시 동안 창 밖을 내다보거나 기노시다의 모처럼 생기가 도는 표정을 모처럼 흐뭇하게 바라보면서 분위기를 그대로 유지하고자 했으나 그동안 잊고 있었던 것을 불현듯 상기해 낸 듯 기노시다가 말을 꺼냈다.

"안 선생님, 제가 고등학교 시절에 수학 여행을 한국의 경주로 간 적이 있었어요. 부산의 김해 공항을 거쳐 전세 버스를 타고 경주에 갔었습니다. 김해 공항에서 경주까지 달려가는 데 주변의 산과 들이 무척 운치가 있다고 느꼈지요. 그 첫 인상을 지금도 생생하게 기억하고 있습니다. 그다지 날카롭지도 않고 가파르지도 않은 완만한 능선들이 보는 사람들에게 포근한 안정감을 갖도록 했지요."

"그랬었군요. 한국의 산하가 일본의 그것과는 외견상 다소 차이가 있는 것 같아요. 물론 일본의 산하도 각 지방에 따라 조금씩 특징이 있지만, 그 차이가 한국에 비해서 작은 편이고 보통 일본의 산들이 한국의 산보다 좀더 가파르다는 느낌을 받지요. 기노시다 씨가 여행한 지역은 그래도 일본과 비슷한 느낌을 받을 수 있는 지역입니다만 서쪽 지방으로 가보면 그 차이가 상당히 큰 것을 느낄 수 있을 것입니다."

"그렇습니까? 일본은 비교적 젊은 산이기 때문에 그런 모양이지요? 그에 비해서 한국의 산은 그 역사가 수십억 년이나 된다고 하니 그 긴 역사가 대지와 산하에서도 나타나는 것 같습니다. 아무튼 가파른 능선의 산들만 봐오다가 완만한 능선의 산을 대하니 마음이 따라서 여유로워지는 것을 느낄 수 있었습니다. 제게는 무척 생소한 경험이었지요."

강우는 담담히 기노시다에게 한반도의 국토가 가지고 있는 독특한 특성에 대해 이해를 시켜 줄 필요가 있다고 생각했다.

"기노시다 씨, 광대한 아시아 대륙의 오른쪽 끝에 자리잡은 한반도는 지리적인 이점에 못지 않게 단점도 함께 가지고 있습니다. 무려 36억 년에 이르는 오래된 지질 역사의 풍화, 침식 작용 덕분에 한반도의 대지는 내부의 독기를 완전히 버리고 지금처럼 깨끗한 모습으로 정착하게 되었지요"

그러나 대지가 유독 독기만 골라서 배출한 것은 아니었다. 독기와 함께 대지가 품고 있던 다양한 영양소마저 당연히 물에 씻겨 나가고 말았다.

특히 국토의 일부와 제주도를 제외한 거의 전지역에서 자라는 과일 나무는 '해거리'라고 하는 생육 지연 현상을 보이고 있었다.

나무들이 한 해 동안 정성을 다해 열매를 만들고 나면 땅의 지력(영양소)이 그만 쇠하게 되어 다음 한 해는 부족한 영양소를 견디지 못하고 한 해 동안 열매 맺기를 걸러야 하는 독특한 고역을 치르고 있었다.

오랜 세월 독기와 함께 씻겨 나간 다양한 영양소의 결핍이 가져온 현상일 것이었다.

땅의 색깔 또한 풍부한 유기물 함유로 인한 검은색 계통이 아닌 독기와 영양소가 모두 제거된 붉은 황토색이 대부분이었다.

대지 겉 표면의 녹색을 살짝 걷어 내면 전국토 어디를 보나 온통 붉은 산과 밭으로 한반도 자연의 독특한 색깔을 형성하고 있었다. 그런 오랜 세월에 걸쳐 정화된 깨끗한 산하를 타고 흐르는 냇물은 당연히 맑은 물일 수밖에 없으므로 근래까지도 계곡 아무 곳에서나 흐르는 물을 떠서 마시더라도 탈이 나는 경우가 드물 정도였다.

세계적으로 높은 품질과 약리 효과를 자랑하는 고려 인삼이 한반도에서 잘 성장하는 이유도 바로 이런 해로운 독기가 철저히 제거된 토양의 클린(clean) 효과 때문인 것을 부인할 수 없었다.

얼마나 치밀하게 토양이 세척되고 독기가 제거되었으면 일부 지방에서는 식용이 가능하기까지 했겠는가.

대지가 세월의 흐름에 따라 잃어버린 것은 비단 영양소뿐만 아니라 표토의 흙도 마찬가지였다.

덕분에 지표 토양의 깊이가 얕아지는 결과를 초래하였고, 영양소 결핍에 더해서 표토의 깊이가 얕음으로 수목의 뿌리가 자유롭게 뻗어 나가는 것을 방해하게 되고 말았다.

수목이 지상으로 50미터를 자라려면 땅 밑으로도 그만한 깊이의 부드러운 토양이 마련되어 있어야 가능한 것이지만, 유감스럽게도 세월의 풍상은 그런 여유를 쓸고 지나가 버리고 말았다.

토양의 얕은 깊이로 인해 자유롭게 위로 자라지 못하는 수목은 자연히 뿌리의 억눌린 모양에 대응하여 양옆으로 힘겹게 뒤틀리게 되었고, 활용 가치를 위주로 한 실용성보다는 시인, 화가들의 예술적 표현의 소재로 더욱 적합한 모습이 되고 말았다.

19세기 후반, 당시 조선 정부에서 초대 외교 사절로 박영효 공사를 미국으로 파견했을 때 한·미 수교를 기념하기 위해 조선을 대표하는 수목인 토종 소나무 몇 그루를 뉴욕 공원에 이식했었다.

결과는 역시 표토 깊이의 넉넉함과 영양소의 풍부함으로 한반도에서 익숙한 형태와는 달리, 조금의 휘어짐도 없이 올곧은 자세로 하늘을 찌를 듯이 자라 뉴욕의 공간을 오늘날까지 훌륭하게 장식하고 있다.

아울러 육지의 비옥한 토양은 결국 바다로 흘러들어가 광대하고 비옥한 뻘밭을 형성하는 훌륭한 조건이 되기도 했다.

대부분의 지형과 주요 하천이 동쪽에서 서쪽 바다로 흘러들어가는 동고서저(東高西低)의 경사 구조이므로 당연히 서해 바다의 깊이는 육상의 지속적인 토사 유입으로 점차 얕아졌고, 뻘밭이 유난히 발달하는 원인을 제공하였다.

한반도 동쪽으로 흐르는 얼마 안되는 하천들은 그 길이가 짧고 경사가 가파른 이유로 쓸려 가는 토양의 모습도 빠르고 거칠어서, 대부분의 동쪽 하안(河岸)가는 모래 또는 그 이상으로 굵은 자갈밭의 상태를 유지하고 있었다. 그러나 서해와 남해로 흐르는 하천들은 그 길이가 수백 킬로미터에 이를 만큼 길고도 완만해서 알이 굵은 토양은 도중에 운동 능력을 상실한 채 단계적으로 쌓이게 되었다. 또 바다와 만나는 하천의 마지막 출구에서는 매우 곱고 미세한 토양만이 쌓이게 되어 독특한 삼각주의 진흙과 같은 기름진 평야 지대를 만들고 있었다.

육지의 영양소가 바다로 흘러들어 비옥한 또 다른 해양의 토양을 형성하였으니, 에너지 대체의 점에서 보면 크게 손해랄 것도 없을지 모르지만, 그런 자연의 조건을 제대로 활용하는가 하는 관점에서의 허와 실은 별도로 논의되어져야 할 것이었다.

그 이유는 그토록 엄청난 영양소와 크기를 가지고 있는 뻘밭을 유용하게 가꾸고 양식할 활용 기술이 거의 전무하다는 사실에 있었다.

지금껏 대부분의 뻘밭은 선사 시대의 자연 채취 방식에서 거의 변함이 없다는 것은 여간해서 이해가 되지 않는 점이다.

대부분의 유용한 해양 기술은 외국으로부터 배워 온 것이며, 외국에서는 저들의 해양 조건에 어울리지 않는 생소한 분야이므로 뻘밭 활용 지식이 발달하지 못했던 점까지 고스란히 수용되었기 때문인지도 모른다.

한반도의 독특한 자연 조건이 외국의 그것과 항상 일치할 수는 없는 법이므로 자연 조건의 특수성에 어울리는 독자적인 뻘밭 활용 기술이 생겨도 벌써 생겼어야 하지 않을까.

"서양의 사대주의가 너무 뿌리 깊숙이 의식의 저변을 지배하고 있어서 자신들의 소중한 가치를 인식하지 못하거나 하찮게 여기게 되는 어리석음의 단적인 증거라고 할 수 있을 것입니다."

강우는 계속해서 진솔한 자신의 의견을 아무런 거리낌없이 펼쳐 나갔다.

"봄, 여름, 가을, 겨울 뚜렷한 사계절이 있어서 사람들은 어느 때 미리 준비를 하고 어느 때 집중적인 노고를 쏟아야 할지를 잘 알고 있습니다. 여름철 한창 더울 때의 최고 기온은 영상 약 37. 8도까지 오르며, 겨울 가장 추울 때의 최저 기온도 약 영하 15도 정도에 이르지요. 물론 국지적이고 기록적인 최고 기온과 최저 기온은 이보다 더욱 차이가 나기는 하지만 평균적인 면에서 볼 때 그렇다는 뜻입니다."

연중 기온의 변동 폭이 최대 52. 3도에 이르는 기온 조건은 각기 계절에 맞추어 살아가는 지혜와 요령을 확실히 구분지게 하였다. 그것은 다양한 의미의 적응력으로 나타나기도 하여 여러 상황에 적절히 대응할 수 있는 행동 유형을 자리잡게 하였다.

때에 따라서는 번개 치듯 서둘러 일처리를 하기도 하지만, 때론 이해하기 힘들 정도의 완만한 행동으로 마냥 여유를 부리기도 하는 것이다.

사계절의 기온이 변화가 거의 없거나 작은 지역의 사람들이 나태하고 게으른 성격을 띠고 있는 것과도 비교해 볼 수 있지만, 비교적 부지런한 성품이 활동 특성으로 정착된 것은 사실이다.

그러나 이렇게 비옥하지 못한 대지의 조건과 기온 변화의 다양함으로 인해 들이는 수고와 노력에 비해, 얻어지는 소득은 결코 넉넉한 편이 아니었다.

충분히 여유가 없는 일조량과 짧은 곡식의 생육 기간으로 인해 1년에 단 한 번뿐인 수확의 기회를 때로는 하늘의 처분에 의지해야 하는 경우도 있어서 일부 운명론적인 인성의 발생을 가져오기도 했다.

강우량도 연평균 2,000밀리미터 정도로, 농경에 모자라는 편은 아니지만 그 양이 일정치가 않고 불규칙하기 때문에 수확에 대한 안정감은 떨어지게 되고 늘 곤궁한 때를 대비해야 하는 절약이 큰 미덕으로 권장되었다. 그로 인하여 수확의 안정감과 양적인 증대를 위한 노력은 오랜 기간에 걸쳐 다방면으로 연구가 되어졌다.

기노시다는 지극히 논리 정연한 강우의 설명에 마치 옛이야기를 듣는 듯한 착각까지 느끼며 깊이 몰두해 있었다.

정보학교에서 공부한 한반도 지리학의 내용보다 훨씬 깊이가 있는 유용한 이야기들이 한국에 대해 이제껏 다소 막연했던 단편들을 아무런 막힘 없이 빠르게 대치하고 있었다.

강우의 진솔하고 깔끔한 성격이 한반도의 특성과도 어쩌면 관계가 있을지도 모른다는 생각이 잠깐이지만 머리를 스치며 지나갔다. 강우는 이제 그만 기노시다에게 이야기의 말머리를 돌려주어야겠다고 생각했다.

"그래요. 여행은 우리에게 시사하는 바가 무척 크지요. 사고의 폭을 넓혀 준다는 의미는 여행이 갖는 가장 큰 이점입니다. 그것도 나이가 어릴 때의 여행은 사고의 형성에 충격적일 만큼 커다란 자극을 주기 때문에 적극 권할 만하지요."

"사실 제게는 그런 자극 이상의 의미가 있었던 사건이 있었습니다. 다름 아닌 일본의 학생들의 교과서에 왜곡된 내용들이 수록되어 일본과 한국 사이에 커다란 문제가 있었을 때입니다. 즉 교과서 왜곡 사건이 바로 그것이지요."

"그랬었군요. 참 공교로운 일이 아닐 수 없네요."

"지금 안 선생님과 함께 하는 이 순간에도 그때의 충격이 부끄러움으로 되살아나는 것을 감출 수 없습니다. 제가 배우고 믿었던 교과서의 절대 사실들이 근본적으로 부정되어진다는 점은 참으로 난감한 일이었어요. 한국 내에서 컬러 텔레비전의 방송이 시작된 지 얼마 되지 않았던 시기였었는데 말은 알아듣지 못해도 화면의 내용으로 보아 얼마나 한국인들의 분노가 컸었는가를 쉽게 느낄 수 있었습니다. 경주 곳곳에 산재되어 있는 유적, 유물들을 돌아보는 문화적 충격과 저녁에 숙소에 돌아와서 느끼는 정반대의 충격이 도저히 양립하기 어려운 혼란으로 우리 모두에게 강한 기억으로 남겨지고 말았지요. 안내를 담당한 인솔 교사들도 난처하기는 우리보다 더했을 것입니다. 진실을 숨김없이 이야기해 달라고 질문을 던져도 그분들도 차마 시원한 대답을 할 수 없었습니다. 사실 그분들은 우리보다 더 왜곡된 교육을 받아 왔을지도 모를 일이지요. 결국 한국측의 강력한 항의를 일본측이 다소 수용하여 후에 일부가 수정되긴 했지만 그 자체가 이미 교과서의 권위에 절대적인 상처를 주게 되었다고 생각합니다."

"참으로 아픈 역사적 사실이 아닐 수 없네요. 그러한 교과서 왜곡보다 더욱 중요한 것은 일부 지도급 원로들의 왜곡된 역사 의식이 더 큰 문제이지요. 그런 의식이 변화되지 않는 이상, 같은 잘못이 계속되고 현재와 같이 극단적으로 발전할 수 있는 소지가 항상 잠재해 왔던 것입니다."

기노시다의 고개가 앞으로 숙여졌다. 난감해 하는 표정이 강우에게도 고스란히 전해져 오는 것을 느끼며 잠자코 술잔을 비워 나갔다.

교과서가 바르지 않고 어른들이 어긋나 있을 경우, 누가 이것을 바로 잡아야 할 것인지 대책이 막연했다.

바로 잡아야 할 어른들이 어긋나 있다는 큰 잘못이 지금처럼 모두를 어긋나게 할 여지가 진작부터 예상되어 왔지만, 일본은 물론이고 한국에서조차 이것을 바로잡기 위한 효과적인 시도가 없었고, 그 심각성의 정확한 해석조차도 계속 미루어 왔던 것이다.

고쳐야 할 것에 순서가 있을 수 없으며, 시정해야 할 것에 시간이 따로 있을 수가 없었음에도 이를 가볍게 생각한 나머지 오늘날 커다란 상처로 남았고, 이제는 약으로 다스릴 시기가 아니라 대폭적인 수술로도 장래를 장담할 수 없도록 만들어 놓았다.

"우리 일본의 지도자들은 그동안 갚아야 할 빚을 모두 청산했다고 생각했으나 그것은 실제로 이자에도 미치지 못했고, 지금에 와서 그 빚은 원금에 이자가 더욱 불어서 우리와 후손들에게 골고루 안배되어지고 말았습니다. 방법이 없다는 말은 참으로 하기 싫지만 지금 당장에 대책이 세워지기 어렵다는 사실이 저를 한없이 슬프게 하고 있습니다."

"사실을 사실 그대로 직시하지 못하고 자존심을 내세워 자기 식대로 해석을 해버림으로써 다분히 의도적으로 그렇게 했다는 생각도 듭니다. 정치학에서 간혹 국민들로 하여금 세태의 흐름을 너무 속속들이 알지 못하게 함으로써 정부의 행동을 자유롭게 유지하고자 하는 우민정책과 함께 정부의 실책과 오류를 범한 책임을 바깥으로 돌려 버려 국민들의 사고를 다른 곳으로 쏠리게 하는 엉뚱한 수법이 사실상 통치의 수단으로 존재하고 있습니다."

"사고력이 발달한 국민들에게는 통할 수 없는 유치한 이론이지만 지금의 상황에서는 그럴 가능성도 생각해야 할 것 같아서 문제가 더욱 심각해지는 것 같습니다."

이처럼 조망이 좋은 곳에 와서 왜 이같이 답답하고 암담한 이야기를 하지 않으면 안되는 것인지……. 그것은 두 사람의 마음을 안타깝게 만들 뿐이었다.

오후 4시가 넘은 시각에 두 사람은 식당을 나와 부두의 색다른 분위기를 느끼며 이곳 저곳을 거닐었다.

아직은 이른 시간인데도 그림자가 제법 길게 느껴지는 것을 보면 해가 많이 짧아졌다는 것을 알 수 있었다.

돌아가는 버스에 올랐다. 전철의 출발 시간이 좀 남아 있었으므로 자동 판매기에서 더운 커피를 뽑아 들고 두 사람은 역 주변을 어슬렁거리며 그냥 두고 떠나기 아쉬운 풍경들을 조금이라도 더 가슴에 담아 두려는 듯 이리저리 쏘다녔다.

여전히 한적한 전철 안은 오후의 햇살로 가득히 채워져 이색적인 모습이 올 때와는 다른 분위기를 연출했다.

이러저러한 한담으로 시나가와 역이 가까워졌을 때, 강우는 기노시다에게 다음 약속을 해두고자 말을 돌렸다.

"기노시다 씨, 다음 일요일에 시간이 허용된다면 저번에 이야기한 최 노인 댁을 함께 방문했으면 하는데……."

"그렇습니까? 반드시 시간을 내도록 하겠습니다. 기다리던 기회여서 놓치고 싶지 않습니다."

"좋습니다. 다시 연락해서 서로 시간을 맞추기로 하지요."

아쉬움을 뒤로하고 시나가와에서 두 사람은 헤어져야 했다.

말없이 뒤돌아서는 기노시다의 뒷모습이 쓸쓸해 보였다.

수요일 오후 취재 계획과 원고 작성을 하던 중 강우를 찾는 전화가 전달되었다.

"저, 기노시다입니다."

"예, 안강우입니다. 전번의 여행은 덕분에 아주 즐거웠습니다."

"저야말로 오랜만에 마음을 열어 놓고 이야기할 수 있는 분을 만나 좋았습니다. 그리고 저를 아껴 주시는 안 선생님의 배려에 늘 감사하는 마음을 갖고 있습니다."

"별 말씀을……. 언제나 외롭지 않도록 마음을 헤아려 주는 기노시다 씨의 고마움이야말로 나에게 큰 위로가 되고 있어요."

"하루 빨리 세월이 좋아져서 다 잊어버리고 바다 낚시나 즐길 수 있었으면 얼마나 좋겠습니까?"

"그렇고말고요. 나도 그렇게 되길 간절히 바라고 있습니다."

"안 선생님, 이번 주 일요일에 시간이 빌 것 같습니다. 최현성 선생님 방문 계획은 계속 유효하지요?"

"예, 다행입니다. 나는 염려 없어요."

강우는 기노시다와 통화를 마치고 나서 저녁이 되기를 기다려 최 노인의 집으로 전화를 했다.

"어르신, 저 안강우입니다."

"아! 그래 강우 군, 반갑구먼. 날세."

"반갑습니다. 제가 워낙 게을러 놔서 통 소식도 드리지 못했습니다. 그간 별고 없으셨는지요?"

"나야 뭐 늘 여전하지."

"제가 좋지 않은 시간에 전화를 드려서 방해를 드리지 않았는지요?"

"아니 아니야, 염려 마시게."

"어르신, 다름이 아니라 이번 일요일 오후쯤 한번 찾아뵈려고 하는데요."

"그래? 나야 언제나 좋고말고. 강우 군 좋은 시간에 오시게나."

"예, 일요일 오후 6시경에 찾아 뵙겠습니다. 그런데 어르신, 일본인 친구 한 사람을 데리고 가도 될지 모르겠습니다. 꼭 찾아 뵙고 인사라도 드리겠다고 해서……."

"글쎄……. 그건 강우 군이 알아서 하시게나."

"예, 그럼 자세한 인사는 찾아 뵙고 말씀드리겠습니다."

전화를 놓고 나자 강우는 마음 한구석이 개운치 않음을 느꼈다.

여느 때처럼 선선히 승낙을 하시는 표현이 아닌 것으로 미루어 낯선 사람과의 동행을 부담스러워 하시는 게 아닌가 해서였다. 혹시 잘못하는 것은 아닐까 하는 우려는 워낙 기노시다를 깊이 신뢰하기 때문에 이내 말끔히 지워 버릴 수 있었다.

일요일 아침에 사무실에 들러 밀린 일을 서둘러 마친 강우는 점심 시간이 지나서 기노시다와 만나기로 약속한 우에노 공원 입구로 갔다.

사복에 정장 차림의 기노시다가 먼저 나와 강우를 맞았다.

두 사람은 조금씩 단풍이 들기 시작한 공원을 함께 거닐며 약속 시간까지 시간을 보냈다.

공원은 사람들로 붐볐고 그들의 얼굴에서 긴장된 분위기가 없는 것이 우선은 다행스러웠다.

한가한 비둘기들이 머리 위로 떼를 지어 맴돌았고, 한 번씩 날갯짓을 할 때마다 우수수 떨어지는 이른 낙엽들이 공원길 아스팔트 위를 구르고 있었다.

강우는 근처의 매점에서 비둘기 먹이를 사들고 넓은 광장 한쪽 먹이를 뿌려 주다가 봉지째 기노시다에게 넘겨 주었다.

기노시다의 내민 손바닥 위로 비둘기들이 한꺼번에 달려들어 마치 날개 꽃이 손바닥 위에 활짝 피어 있는 것 같은 재미있는 광경이 연출되었다.

기노시다도 허수아비처럼 조금도 움직이지 않고 자신을 비둘기들에게 몽땅 내맡겨 버리는 시늉을 했다.

　강우는 다시 기노시다가 한 손에 들고 있는 먹이 봉지를 받아
들고 기노시다의 어깨와 팔, 심지어 머리 위까지 가릴 것 없이 골
고루 뿌려 주어 서서히 비둘기들에게 파묻혀 가는 모습을 지켜보
며 마냥 즐겁게 웃을 수 있었다.

　비둘기의 등쌀에 기노시다는 숨도 제대로 쉴 수가 없을 것 같
은데도 얼굴에는 가득 미소가 가득했다.

　구경하는 사람, 지나가는 사람들이 진기한 풍경에 계속 카메라
를 들이대었다.

　일본의 국화인 벚나무가 꽉 들어찬 우에노 공원은 봄이 되면
온통 하얀 벚꽃으로 뒤덮여 최고의 벚꽃 잔치가 벌어진다.

　밤이 되면 인공 조명과 어우러진 벚꽃의 색깔도 일품이려니와
산들바람이라도 불어서 하얀 꽃잎들이 눈발처럼 날릴 때는 선경
이 따로 없는 감동을 받게 된다.

　그러한 축제의 계절을 잊은 듯 이제는 비둘기의 날갯짓에도 때
이른 낙엽을 털어 내고 있었다.

　이리저리 홀가분한 마음으로 느릿느릿 거닐다가 두 사람은 도
쿠가와 이에야스의 사당 앞에 이르렀다.

　도쿠가와 이에야스는 400여 년 전, 막부 시대를 연 통일 일본
의 강력한 영웅으로서 쇄국 정책을 펼치며 오랜 기간 태평성대를
구가했으며 뭇사람들로부터 추앙을 받고 있다.

　그 존경심은 시대가 여러 차례 바뀌고 전란이 휩쓸고 지나가도
변하지 않는 무게를 더해 간다는 기노시다의 자세한 설명을 들으
며 강우는 독특한 일본인들의 영웅 숭배, 조상 숭배의 실상을 가

늠해 보았다.

사당 주변 매점에서 판매하는 기원부가 인기리에 판매되는 것만 보아도 그런 숭배 사상이 얼마나 일본인들의 의식 속에 깊게 자리잡고 있는가를 알 수 있었다.

기원부는 짧막한 나무 표찰로 되어 있기도 하고, 일본의 재래식 종이로 되어 있기도 했다. 그것에 자신이 소원하는 내용을 적은 뒤 사당 근처에 준비되어 있는 곳에 걸어 두고 소원이 이루어지기를 간절히 바라는 주술적인 의미와 종교적인 의미가 골고루 가미된 일본 특유의 풍습이었다.

기노시다가 기원부 두 개를 구입하여 강우에게 하나를 내밀었다. 강우는 잠시 망설이다가 한글로 '현해탄에 평화의 다리를'이라고 적어 넣었다.

강우가 신중하게 기록하는 모습을 어깨 너머로 들여다보던 기노시다가 그 뜻이 무엇이냐고 넌지시 물어 왔다.

강우의 설명을 듣고 빙긋이 웃으며 기노시다는 자신의 표찰을 내밀었다. 거기에는 '안강우 선생의 소원이 꼭 이루어지소서.'라고 적혀 있었다.

두 사람은 웃으면서 길가에 걸려 있는 기원부 걸이들을 비집고 나란히 걸어 두었다.

기노시다가 신사 쪽을 향하여 손뼉을 두 번 마주친 후 정중하게 고개를 숙여 소원 성취의 기도를 하는 모습을 강우는 옆에서 지켜보기만 했다.

주변에 빼곡이 걸려 있는 표찰들을 하나하나 살펴보니, 상급

학교 입학시험 기간이 가까워졌다는 것을 대변이라도 하듯 '합격 기원', '필승! 입학 ○○대학' 등의 문구들로 가득했다.

천천히 자리를 옮기며 강우는 기노시다에게 말했다.

"한글로 기록해서 내 소원은 들어주지 않을지도 모르지만 기노시다 씨의 소원이 이루어지기만 한다면!"

"그 식으로라도 소원이 이루어지기만 한다면 더 이상 바랄 것이 없겠습니다."

두 사람은 어깨를 나란히 하며 공원의 입구를 향해 걸어 나갔다.

'동경 문화 센터' 가까이에 이르자 둥둥거리는 북소리가 두 사람의 발길을 이끌었다.

모두에게 처음 보는 광경은 아니었지만, 오늘처럼 둘이서 함께 본다는 의미가 새롭게 느껴졌다.

거기에는 늙수그레한 불구의 노인이 한 세대 전, 일본 제국 군대의 전투 복장을 한 채 쉬지 않고 북을 두드리며 모금을 하고 있었다.

일요일 이맘때면 늘 같은 자리에 나와서 무엇을 호소하고자 하는지 짐작할 것도 같은 복장과 자세로 한결같이 모금을 하는 것이다.

오늘따라 '둥둥' 울리는 북소리가 두 사람에게 묘한 여운으로 다가와 가슴속을 마구 흔들어 놓았다. 두 사람은 걸음을 약간 빠르게 하여 그곳을 빠져 나왔다.

토요일 오후부터 일요일에 걸쳐 우에노 역 앞에서부터 아키하

바라까지 이르는 넓은 자동차 도로는 차량의 통행이 완전히 차단
되어 보행자들만의 천국이 된다. 따라서 오늘도 수많은 사람들이
한꺼번에 자동차 도로를 가득 메운 채 오가며 북새통을 이루고
있었다.

두 사람은 어렵사리 인파를 헤쳐 가며 서로를 잃지 않도록 자
주 눈을 맞추며 확인할 수밖에 없었다. 잠시만 한눈을 팔아도 금
세 저만치 인파에 휩쓸려 떨어지기 일쑤였다.

간신히 자동차 도로까지 헤쳐 나와서 시간을 확인해 보니 최
노인과의 약속 시간이 얼마 남지 않은 것을 알 수 있었다.

인파도 인파려니와 모처럼의 산책이, 그것도 서로 마음이 통하
는 사람과 함께 하는 시간이어서 시간이 가는 줄도 모르고 있었
던 것이다.

아무래도 택시를 이용해야겠다고 의견을 나누고 최 노인이 살
고 있는 이다바시로 향했다.

우에노에서 이다바시까지는 제법 먼 거리였다.

다행히 일부 구간을 제외하고는 소통이 비교적 원활해서 늦지
는 않을 것 같았다. 달리는 택시 안에서 기노시다는 강우에게 질
문을 했다.

"최 선생님은 어떤 일을 하고 계신지요?"

"그분은 우리가 하찮은 일로 여기는 고물상을 하고 계시지요.
젊었을 땐 손대지 않은 일이 없을 정도로 여러 분야를 전전하신
모양이에요."

"그럼 정규 교육은 얼마나 받으셨을까요?"

"한국에서 대학을 다니시다가, 우리는 제주도 4·3 사태라고 이야기합니다만, 민중 봉기가 일어났을 때 거기에 가담을 하셨다고 들었습니다. 그 뒤에 한국 정부와 경찰로부터 배후 주동 인물로 지목되어 수배가 내려지자 일본으로 밀항, 도피하게 되었답니다."

강우는 자신이 알고 있는 대로 기노시다에게 최 노인에 대한 얘기를 해주었다.

특히 최 노인의 이름에 얽힌 사연을 이야기해 주자 기노시다는 한 인간이 다른 인간을 향한 아픔이 공감되어서인지 무척 심각한 표정이 되어 대화가 한참씩 중단되기도 했다.

택시가 이다바시에 거의 접근해 가고 있을 때 강우는 최 노인이 초밥을 좋아한다는 것을 기억해 내고는 창 밖을 주의 깊게 살피다가 기노시다를 부추겨 같이 내렸다.

강우는 최 노인이 좋아하는 초밥과 다른 몇 가지를 성의껏 준비하고, 기노시다는 최 노인에게 이리저리 궁리한 끝에 겨울용 속옷과 스웨터를 준비하여 최 노인의 집으로 걸음을 서둘렀다.

차츰 어두워지기 시작해서인지 최 노인의 2층 창문에는 불이 환하게 밝혀져 있었다.

"강우 군, 이제 오시는가?"

반가운 한국말에 강우는 깜짝 놀랐다.

최 노인은 문 앞에까지 나와서 뒷짐을 지고 기다리고 있었다.

"바람이 차가운데 어찌 나와 계십니까?"

"아니야. 방금 나왔던 참일세. 답답하기도 해서……."

"뵙게 되어서 참으로 반갑습니다. 건강해 보이시니 다행이십니다."

"반갑구먼. 어서 들어가세."

최 노인의 안내를 받아 두 사람은 계단을 올라 노인의 거처로 들어갔다.

외부에서 보는 것과는 전혀 다르게 깔끔하게 정리된 거실과 침실, 욕실 등이 의외로 넓고 정갈하게 보여서 기노시다는 감탄했다.

거실의 한가운데에는 다목적용의 탁자가 널찍하게 자리잡고 있었다. 탁자의 밑으로는 전기 고다츠가 추위에 대비해 준비되어 있어서 훈훈한 분위기를 만들고 있었고, 탁자 위에는 노인이 읽고 있었던 듯한 책이 펼쳐져 있었다.

먼저 노인이 자리를 잡고 앉자 강우는 한국식으로 큰절을 올렸다. 노인은 함께 맞절을 함으로써 서로 예의를 갖추는 정중한 모습이 기노시다로 하여금 관심 깊게 지켜보도록 했다.

최 노인과 강우 사이에 오가는 인사와 정중하기 짝이 없는 예의에 기노시다는 자연 압도되는 느낌을 받았다.

"자, 두 분 어서 이리 앉으시오. 여기까지 찾아 주셔서 고맙습니다."

최 노인의 말에 강우는 최 노인의 곁에 앉으며 기노시다에게 어서 앉기를 권했다.

자연스럽게 최 노인을 중심으로 해서 강우와 기노시다가 서로 마주보고 앉았다.

"어르신, 이쪽은 기노시다 준이라고 합니다. 자위대 소속 해군 소령으로 근무하고 있고, 저와는 친형제간처럼 지내고 있습니다."

"잘 오셨습니다. 최현성이올시다."

"기노시다 준이라고 합니다. 안 선생님으로부터 말씀 많이 들었습니다. 잘 부탁드립니다."

기노시다가 무릎을 꿇은 채 머리를 깊숙이 숙여 인사를 하자 노인은 손을 내밀어 기노시다의 손을 잡았다.

강우는 준비해 온 초밥 꾸러미를 펼쳤고, 기노시다는 속옷과 스웨터를 노인의 옆으로 공손히 밀어 놓았다.

노인은 기노시다의 선물을 하나하나 살피고는 거듭 고맙다는 표정으로 고개를 끄덕여 주었다.

노인이 탁자 위에 펼쳐져 있는 책을 한쪽으로 치우자 강우는 노인이 좋아하는 초밥과 소주를 탁자 위에 펼쳐 놓았다.

"허어, 인사가 너무 과한 것 같아서 부담이 되는 걸……."

언제나 그렇듯이 노인의 인사와 치하는 짧고도 간결했다.

강우가 자연스럽게 얼른 주방으로 가서 술잔과 필요한 그릇들을 챙겨서 탁자 위로 가져오자, 기노시다가 재빨리 받아 각자의 자리 앞에 가지런히 펼쳐 놓았다.

"최 선생님, 저도 안 선생님처럼 편안하게 대해 주셨으면 정말 감사하겠습니다만……."

기노시다가 간곡한 어조로 최 노인을 바라보며 요청을 했고, 노인은 잠시 생각을 하는 듯하다가 고개를 끄덕임으로써 비로소 자신의 세계로 들어온 사람으로 인정해 주는 표시를 했다.

강우는 최 노인의 잔에 기노시다가 먼저 술을 따라 드릴 것을 권했다. 그러자 기노시다가 공손히 두 손으로 병을 받쳐들고 첫 대면의 예의를 갖추었다.

한국식의 주법과 좌석의 예의는 강우와 '스즈'에서 어울릴 때 자세히 전해 들었기 때문에 처음부터 어색하지 않게 어울릴 수 있었다.

처음엔 너무 복잡하고 형식적인 것이 아닌가 하고 내심 불편하게 생각하기도 했었다. 그러나 오늘 최 노인과 자리를 함께 하는 첫 과정에서부터 그런 의구심은 사라지고 정중한 예의가 어떤 것이며 그것이 어떤 분위기를 만들어 주는지, 그렇게 함으로써 어떤 마음 자세가 되는지를 비로소 실감할 수 있었다.

"강우 군이 우리 식의 예절을 세심하게 알려 준 모양이군. 너무 형식에 구애받을 필요는 없네. 허허허."

"예, 아직은 그럴 수밖에요."

강우가 적절하게 기노시다에 대한 변명을 했다.

"첫 잔만은 인사로 받지만 다음 잔부터는 한국식도 일본식도 아닌 내 방식대로 할 테니 편하게 스스로 알아서 즐기기로 하세."

"예, 우리도 그것이 편하기는 하지만 어르신께 결례가 될까 봐 아직도 자연스럽게 하지 못하고 있습니다."

"괜한 염려는 하시지 말고……."

최 노인이 먼저 초밥을 음미하듯이 천천히 들기 시작했고 이어서 강우와 기노시다도 함께 음식을 먹기 시작했다.

강우와 기노시다의 대화가 간간이 유머를 섞어 가자, 분위기도 좋게 이어졌고, 아늑한 거실 공간이 고다츠의 열기 속에서 훈훈하게 퍼져 나갔다.

두 사람의 이런 모습을 최 노인은 빙긋이 웃으며 바라보기만 했다.

식사가 끝나고 대충 자리가 정돈되자 풍성한 바닷고기 횟감이 가운데 놓여졌다.

준비해 간 소주 세 병이 각자의 자리에 따로 놓여져, 최 노인의 방식대로 스스로 알아서 즐기는 것으로 했다.

"어르신, 아까 보시던 책이 성경책 아닙니까?"

강우가 궁금증을 참을 수 없었던지 말문을 열었다.

"음, 성경책이지. 요즘 들어 부쩍 손이 자주 가는 것 같아."

"선생님 크리스천이시군요?"

기노시다가 의외라는 듯이 정색을 하며 되물었다.

"그렇다네. 별스럽게 몰두하지는 않지만 가급적 믿음은 유지하려고 하지."

강우는 잠시 잊고 있었지만, 최 노인은 초교파 무교회 기독교 신자라는 것을 상기했다.

구태여 교회라는 물리적 장소에 얽매이지도 않고, 일정한 교파에 치우치지도 않으며 자신이 머무르는 곳은 어디나 교회이고 자신이 일하는 곳은 모두 예배를 드리는 교당이 될 수 있다는, 역시 최 노인다운 믿음이라고 생각했다.

이런 내용을 최 노인은 기노시다에게 차분히 설명하고 있었다. 기노시다는 최 노인으로부터 설명을 들으며 처음 방에 들어섰을 때 느꼈던 정갈하고 정리된 분위기가 비로소 이해가 되는 듯했다.

온화하고 바른 자세에서 스며 나오는 완성감은 자연스럽게 의지하고 싶은 마음이 스스로 우러나오도록 했으며 극도로 절제된 자기 에너지가 최 노인의 범상치 않은 눈빛에 서려 있음을 감지할 수 있었다. 또한 철저한 외유내강의 자유인, 그것은 아무나 흉내낼 수 없는 모습이었다.

기노시다와 강우는 각각 자신의 잔을 채웠다.

"세 사람의 총각을 위해 건배를 하고 싶습니다."

강우가 먼저 잔을 들어 건배를 요청했고, 최 노인은 커다랗게 소리를 내어 웃음을 터뜨렸다.

최 노인의 잔이 비워지기를 기다려 이번엔 강우가 노인의 잔에 술을 따랐다.

잠시 대화가 끊어졌다.

일본식의 술좌석에서는 대화가 정지되어 정적이 찾아드는 것을 금기시하고 있으며 서로가 최대한으로 대화가 단절되지 않도록 계속 이어 나가야 할 의무가 모두에게 골고루 주어진다.

그 점을 가장 잘 아는 기노시다가 역시 정적을 앞서 깨뜨렸다.

"선생님, 요즈음 일본과 한국 사이에 팽배해 있는 긴장감을 잘 아시리라 생각합니다. 참으로 안타까운 현실이고 위험하기 이를 데 없는 상황이라고 할 수 있겠지요. 어떻게 하면 슬기로운 돌파구가 마련될 수 있을까요?"

"글쎄……."

기노시다의 도발적이고 직설적인 질문에 최 노인은 차마 말을 이어 가기가 어렵다는 듯이 잠시 무거운 표정이 되었다.

"그보다 왜 이런 상황이 발생하게 되었는지 그 원인이 더 중요할지도 모르겠어요. 원인이 밝혀져야 그 안에서 대책도 강구되어지리라 생각합니다."

강우가 최 노인의 망설임에 여유를 주기 위하여 재빨리 고쳐서 말했다.

"물론 그렇겠지. 표면적인 이유야 그다지 어렵지 않아. 한반도가 통일을 이루기 전에 영토 문제와 역사적 사실에 대한 매듭을 지었으면 하는 일본의 초조감 때문이라고 할 수 있겠지. 한반도가 통일에 대한 가능성을 자꾸 키워 가면 갈수록 일본의 초조감은 더욱 심화되어서 지금과 같이 무리한 시도를 자꾸 하는 것 같아. 통일 한국은 어떠한 형태가 되든 간에 동북 아시아의 질서를 처음부터 다시 수립해야 할 만큼 커다란 지각 변동을 수반한다는 점은 주변 국가 모두가 이해하고 있으니까……."

"한반도가 통일을 이룩함으로써 무시할 수 없는 강국으로 등장하기 전에 자신들의 소망을 달성하고자 하는 초조감이 표면적인 이유겠네요. 아울러 가만히 놔두면 이미 엄청나게 비대해진 중국의 영향권 아래 한반도가 놓여지게 되고 동북 아시아에서의 패권은 자연히 중국이 가질 수밖에 없겠지요? 그럴 경우 일본의 미래와 생존을 위한 모양도 자연히 그러한 질서의 그늘 아래 놓이게 되고 말 것은 당연하겠지요."

"그렇지. 영원히 다시 올 수 없는 기회일지도 모른다는 강박관념이 극우주의자들을 서둘게 만드는 원인이 되고 있다네. 일본으

로서는 어떠한 희생을 치르더라도 한반도에 대한 영향력을 확보
하지 않으면 안되게 되어 있지."

최 노인과 강우의 대화를 가만히 듣고 있던 기노시다가 자신의
잔을 남김없이 비워 놓고 말을 거들었다.

"최 선생님, 한국의 입장도 결코 소홀히 여길 수 없이 국제적인
역량을 인정받고 있고, 국가간의 위상도 무시하지 못할 정도로 성
장이 되어 있는 것이 사실인데 우리의 위정자들이 그러한 무리수
가 가능하다고 생각할까요?"

"좋은 이야기야. 일본의 입장에서 지금 당장 목적을 달성하고
자 하는 의도로 이러는 것은 아니겠지. 결론적으로 이야기한다면
에너지의 소모를 통하여 한반도 통일에 대한 준비를 약화시키고
자 하는 것이겠지. 시간을 벌기 위한 소모전의 양상이 일본의 장
래를 확고하게 하기 위한 필수적인 것이고 한국의 현실 경제를
요리할 수 있는 기반이 이미 오래 전부터 확보되어 있어서 일본
으로서는 자신이 서 있는 전략이기 때문이야."

"우리 일본도 적지 않은 피해를 보고 있는데도요?"

"이미 일본의 경제력은 그 정도의 충격에는 능히 견딜 수 있는
기반을 갖추어 놓았기 때문에 같은 크기로 소모전을 벌인다면 결
과는 뻔하지 않겠나?"

잠시 적막이 안개같이 거실을 스친 뒤 기노시다의 넋두리 같은
말이 이어졌다.

"그런 점까지 물론 한국의 위정자들이 모르고 있지는 않겠지
요. 그러나 냉정히 생각해 보면 일본과 미국이 국제 연합을 거의

지배하고 있는 상황이고 이미 일본은 안전 보장 이사회의 상임 이사국이 되어 있으며, 막대한 국제 연합의 운영 예산을 조달하는 가장 커다란 후원자로서 그 영향력은 가히 절대적이 되고 말았지요. 그 점은 두 분께서도 잘 알고 계시겠습니다만, 덕분에 지금 우리 일본과 한국 사이에 발생한 문제에 대한 국제 여론은 당연한 것처럼 일본에 절대 유리하게 전개되어 가고 있습니다. 만일 한국의 입장에서 대응을 무작정 피하고만 있을 경우, 가만히 앉아서 국제 여론과 사법 재판소의 판결에 양보당하고 마는 여론 재판의 필연적 결과를 예상할 수도 있는 만큼, 한국의 입장으로서는 절대로 불리한 상황임에 틀림없습니다만."

기노시다의 목소리가 힘없이 안으로 잦아들고 있었다.

"우리 이야기가 너무 무거웠던 모양이지?"

최 노인이 안됐다는 표정으로 주의를 환기시키기 위하여 잔을 들고 두 사람을 쳐다보았다. 두 사람은 최 노인을 따라서 건배를 한 뒤 남김없이 비워 버렸다.

"화제를 바꾸어 볼까? 일본이 보배처럼 여기고 있는 만엽집이 있지 않은가? 1천 년도 더 넘는 일본의 문학사에서 보물 중의 보물로 여기고 있는, 귀중하기 짝이 없는 시가집일세. 그 만엽집을 놓고 오랫동안 학자들 사이에서 연구가 끊임없이 진행되어 오고 있다는 것은 우리 모두가 잘 알고 있는 사실이지. 그만큼 난해한 내용이라고 모두가 생각하고 있었지만, 결국 그 해석이 간단히 이루어지고 말았단 말이야……."

강우와 기노시다는 동시에 고개를 들었다.

　신라시대의 귀족이 작가로 밝혀지고 어려운 한자로 쓰여져서 여러 학자들간에 해석이 분분하여 마치 무슨 암호 같은 내용이라는 것도 두 사람 모두 잘 알고 있었다.

　그 긴 세월 동안의 비밀이 마침내 15, 6년 전에 재일 한국인 학자의 해석으로 풀렸다는 것도 새삼스럽지 않은 내용이었다.

　한국 고대 언어의 매우 귀중한 연구 자료로서 존재 가치가 새롭게 인정됨은 물론, 한국과 일본간의 고대 문화의 교류 과정도 흥미로운 내용이 될 수 있으므로 새삼스럽게 무슨 말씀인가 하고 강우와 기노시다는 의아스럽게 생각했다.

　"나는 그 만엽집에 대한 해석을 하고자 하는 것은 아닐세. 다만 문자라고 하는 것이 한 나라의 존재를, 그 민족의 의미를 얼마나 증폭시키기도 하고 왜곡시키기도 하는가에 대한 이야기를 하고자 함이지. 강우 군도 잘 알다시피 삼국 시대까지 한반도에는 '이두'라는 표현 방법이 있었다고 전해지지만 자세한 실체는 아직도 그늘 아래 묻혀 있지 않은가? 그래서 문자가 미처 발달하지 못한 상황에서 남의 나라 문자, 즉 중국의 문자를 빌어서 우리말의 표현을 기록하고자 했었지. 그러한 사실이 바로 만엽집을 통해서 확인되고 있으니 말일세. 때문에 선사 시대 이래의 역사 전통과 탁월한 사회 구조가 다만 문자로 전해지지 못했다는 이유 하나만으로 철저히 왜곡되고, 변조당해 왔던 사실이 하나하나 밝혀지고 있지. 세계사를 보더라도 그토록 찬란하고 정교한 문화를 구가했던 잉카 제국과 마야 문명이 후세에 그 가치를 정확히 인정받지 못하고 있는 이유도 바로 문자의 유무 차이가 아닌가 하네. 내가

이런 이야기를 새삼스럽게 하는 이유도 다름이 아니라 바로 한국
과 일본 사이에서 고대로부터 유기적으로 연관지어 내려오는 어
떤 인과 관계를 암시해 주고 싶어서일세. 두 사람이 오늘날의 여
러 문제를 진실로 이해하기 위해서는 부디 지나간 역사라고 소홀
히 하지 말고 현실의 열쇠가 그 안에 있을지도 모른다는 의미를
가지고 좀더 절실하게 다가서는 노력을 함께 해주시기를 바라
네."

"좀더 자세히 말씀해 주시지요. 아직 이해가 되질 않아서……."

기노시다의 간곡한 재촉에도 최 노인은 그만 말을 중지하고 더
이상 대답을 하지 않았다.

두 사람은 무엇인가 매우 중요한 의미를 담고 있는 이야기라는
생각을 했지만 그 이상의 말은 나오지 않았다.

여러 의미들을 쉽게 풀이해 가며 이끌어 가는 최 노인의 논리
에 가슴이 후련해질 것을 기대했지만 두 나라 사이에 일어난 상
황처럼 오히려 의문점만 더욱 깊어진 것을 알 수 있었다. 그래도
아쉬움이 남아 있던 기노시다가 차마 물러서지 못하고 끈질기게
물었다.

"일본의 안정도 도모하고 한국의 발전에도 도움이 될 수 있는
지혜가 절실히 필요하다고 느끼고 있습니다. 어느 한쪽이 일방적
이어서는 물론 안되겠지만 어떤 방법이어야 할지……."

"기노시다 군의 안타까운 마음이 그 한 마디 속에 함축되어 있
구먼. 하지만 그런 발상이 함정이 있다는 것을 염두에 두어야 하
네."

"예? 함정이 있다는 말씀은……?"

"그래, 깊은 함정이 있고말고. 19세기 말과 20세기 초 일본이 한국으로 진출하고 이어서 동남 아시아로 세력을 확장시키고자 할 때, 그런 행동의 명분으로 내건 슬로건이 바로 대동아 공영권이었지. 일본은 석유, 고무, 식량 등을 안정적으로 확보해야만 할 절대적인 이유가 있었지만, 다른 국가들은 당시에 근대화의 준비가 덜 되기도 했지만 일본에 비해서 절실함이 훨씬 덜했던 것일세. 그러므로 일본이 표방한 대동아 공영권의 속뜻은 다른 나라의 성장과 발전을 도모하자는 것은 결코 아니었고 오로지 일본의 보급 조달과 성장을 위해서 세워진 논리였던 것일세. 그것이 물리적인 군사력이 다른 국가보다 튼튼하게 갖추어진 조건에서 일본은 그 힘을 사용해야 할 유혹을 이겨내지 못하고 실행에 옮김으로써 동북 아시아의 운명적인 비극이 시작되었던 것이고, 대동아 공영권의 허구성이 드러나고 말았지. 그렇다고 해서 기노시다 군의 희망이 결코 옳지 않다는 말은 아니라 모두가 적절하게 준비와 균형이 갖추어진 상태에서나 가능한, 간단치 않은 방식일세. 현재 유럽 연합이 어떤 점에서는 그런 공영권 형성의 예비 단계에 처해 있다고 볼 수도 있지 않겠나?"

"그렇군요. 그런 위험성도 충분히 있을 수 있겠군요."

"함께 성장하고 함께 영위하자는 이상주의는 필연적으로 몇 가지의 조건이 충족되어야만 논의되어질 수 있는 것이므로 그러한 조건이 갖추어지기 전에 일본으로서는 바깥으로 드러내 놓고 대동아 공영권 운운하는 것은 설득력이 없어지고 말지. 이미 오래 전에 그런 논리에 속아 본 적이 있는 아시아 국가들이 어떻게 받아들일 것인지 자명하지 않겠나? 아직은 이상에 머무를 수밖에 없는 논리일세."

"몇 가지 조건이라고 말씀하셨는데 어떤 조건들이 충족되어야 할까요?"

기노시다가 정색을 하고 자리를 바르게 고쳐 앉으며 이어 받았다.

"먼저 군사적인 안전성이 상호 보장되어야 하고 여러 국가들과 공통적인 평화 대책이 먼저 수립되어야 하겠지. 단지 두 나라 사이의 협정이라면 의미가 없고 적어도 4개 국가 이상의 공동 협정이 되어야 하겠지. 3개 국가인 경우 한 국가가 외톨이가 되어질 가능성이 적지 않지만 4개국 이상이면 그런 위험성이 급격히 줄어드는 것은 역사의 교훈이니까, 아시아 각 나라별 특성상 결코 쉬운 일은 아닐세. 다음으로 국가 상호간의 경제 수준이 70퍼센트 이내에 이를 만큼 평등성이 확보되어져야 하지. 그렇지 않으면 우월한 국가로부터 경제 공세가 펼쳐져 열세한 국가의 경제 산업의 기반이 자칫 초토화되기 쉽기 때문이지. 그래서 장기적인 계획을 세우고 약소 국가의 수준을 높이기 위해 적극적인 협조가 있어야 함은 당연하지. 그러니 그것이 얼마나 어렵겠나. 그리고 인종 문제, 종교 문제, 기타 몇 가지 작다고 하는 문제들도 언제든지 폭발적인 사건이 되어 튀어나올 소지가 없지 않으니 그 점도 계획 속에 늘 대비해 두어야 할 터이고……."

"그 정도로 어려울 줄은 미처 몰랐습니다."

"참으로 어렵고 어려운 일이지만 불가능한 것은 아니라는 희망은 남겨 두어야 하네."

기노시다는 자신이 배운 대로 일본이 주장한 대동아 공영권이 일본의 선진적인 입장을 아시아 국가를 위해서 실행하고자 했다는 순진한 생각을 갖고 있었으나 그 속에 감추어진 허구성이 적나라하게 밝혀지자 가슴 한구석에 남아 있던 자긍심이 무너져 내리는 것 같았다.

요즈음 일부 호사가들과 정치인들이 경제적인 의미에서의 공동화 운동이라는 말을 심심지 않게 하고 있다는 것도 알고 있었으므로 새삼스럽게 그러한 주장이 아직은 용납되기 어려운 비현실적인 허구로구나 하는 생각으로 정리되었다.

최 노인과 기노시다의 활발한 대화 내용을 조용히 듣고만 있던 강우가 거들고 나섰다.

"유럽 연합을 본떠서 북아메리카 자유 무역 기구가 생겼지만 잘 알고 있듯이 멕시코 경제의 파탄 상태로 인해 시작부터 실패하고 있다는 것도 그런 어려움을 실제로 확인시켜 주고 말았지요 필요성은 절감하면서도 그러한 제반 조건에 대해서 대체로 안일하게 생각하고 연구가 깊이 이루어지지 못했던 것 같습니다."

"그렇다고 할 수 있지. 참여 국가가 많아야 성공할 가능성이 많다는 내 생각은 다른 학자들과는 같지 않을 수도 있지만 북미 기구보다 유럽 연합이 비교적 성공 가능성이 높다는 것도 그것을 실증적으로 보여 주고 있지 않은가?"

"참여 국가가 많으면 자연히 파생되는 문제도 많아서 더 어려워질 것 같은데 그것 참 이상한 결과네요?"

기노시다가 이해할 것 같으면서도 어렵다는 듯이 고개를 설레설레 흔들었다.

"조금은 이해할 수 있을 것 같습니다. 참여 국가가 많아지면 작은 문제들은 함께 늘어날 수밖에 없지만, 아울러 미리 그에 대한 대비나 준비도 쉽게 마련이 될 수 있고, 큰 문제는 서로의 견제와 타협으로 오히려 명료해질 수도 있겠습니다."

강우가 기노시다를 바라보며 이야기를 덧붙였다.

"바로 그 점이 국가 대 국가 사이에 감추어진 묘한 생리라고 할 수 있겠지. 지나치게 많은 국가가 참여를 한다면 그것도 어려운 문제지. 준비된 국가들부터 먼저 실시되어야 하고, 그러한 경제 구조의 변화와 안정에 이어서 자연스럽고 필연적으로 정치 제도의 변화와 발전을 공동으로 유도할 수도 있으니까 부산물로 얻을 수 있는 이익이 적지 않음도 기대할 수 있지. 결국 지구촌은 경제 블록화에 뒤이은 정치 블록화에 의해 간명하게 정리될 가능성도 있으니까……"

내던지듯 쉽게 이야기하는 최 노인의 미래관이 얼마나 중요하고 원대한가 하는 것을 강우와 기노시다는 함께 가슴으로 느끼면서 서로의 얼굴을 마주보며 마음속의 공감대를 계량해 보았다.

초가을 밤이 이슥해지도록 술잔을 기울였지만 조금도 취해 오지 않을 만큼 이야기 속으로 몰입되었다.

대화 도중에 던져진 최 노인의 아리송한 숙제를 가슴에 담고 최 노인의 배웅을 받으며 두 사람이 자리를 일어선 시각은 벌써 자정이 가까워져 있었다.

　돌아오는 택시 안에서 강우와 기노시다는 아무 말이 없었다. 제각기 오늘 나누었던 많은 내용들을 상기하면서 깊은 생각에 빠져 있었다.

(2권에 계속)

강강수월래 1 1판 인쇄 / 1998년 8월 10일, 1판 발행 / 1998년 8월 15일, 지은이 / 고충녕, 펴낸이 / 이종천, 펴낸곳 / 오늘, 등록일 / 1980년 5월 8일, 제10-104호, 주소 / 서울시 마포구 용강동 45-8, 전화번호 / 719-2811(대) 716-2811 711-7571, 팩스 / 712-7392 * 저자와의 협의 하에 인지는 붙이지 않습니다. * 잘못된 책은 바꾸어 드립니다.
ISBN 89-355-0357-6 03810